百無禁忌
天官賜福

天官賜福

천관사복

天官賜福

묵향동후 장편소설

1

天官賜福

목차

1장 천관이 복을 내리시니

천상에 존재하는 수많은 신과 부처. 이 안에 이름을 날린 '삼계(三界)의 웃음거리' 한 분이 계셨다.

들리는 풍문에 따르면, 팔백 년 전 중원 지역에 선락국이라는 고대 국가가 있었다고 한다.

유구한 역사를 자랑하는 선락국은 광활한 영토에 자원이 풍족했고 민심도 화목했다. 이 나라에는 네 가지 보물이 존재했다. 구름 같은 미인, 화려한 시문, 값진 보석. 그리고 명성 드높으신 태자 전하.

이 태자 전하는 뭐랄까, 말하자면 퍽 독특한 사내였다.

그를 눈에 넣어도 아프지 않을 만큼 총애한 왕과 왕후는 늘 입버릇처럼 자랑했다.

"우리 아이는 장차 후세에 길이 남을 명군이 될 것이다."

하지만 태자 전하는 속세의 왕권과 부귀 따위에는 추호도 관심이 없었다.

그가 종종 말하는 혼잣말을 빌리자면, 그의 관심사는 바로…….

"난 창생을 구할 거야!"

태자는 유년 시절 수행에만 전념했는데, 그중 세간에 널리 퍼진 두 가지 일화가 있다.

첫 번째 일화는 그가 열일곱 살 되던 때 겪은 사건이다.

그해 선락국은 성대한 정월 제사 의식을 거행했다.

이는 향후 수백 년 넘게 등한시된 전통 신화 의식이다. 하지만 남아 있는 고서적과 구전된 이야기가, 이 의식이 얼마나 성황리에 거행되었을지 짐작케 해 주었다.

풍요로운 정월 대보름, 신무대로.

대로 양쪽이 사람들로 북적였다. 고관대작들은 높다란 누각 위에서 담소를 나누었고, 갑옷으로 무장한 황실 무사들은 위풍당당하게 선두를 열었다. 너울너울 춤추는 소녀들이 흰 손으로 온 하늘에 꽃비를 흩뿌리니, 사람과 꽃 중에 무엇이 더 고운지 분간할 수 없었다. 황금 마차 안에서 흘러나온 아득한 풍악이 황성 하늘로 나부꼈다. 의장대 행렬 끝에는 금 고삐를 맨 열여섯 마리 백마가 나란히 줄지어 찬란한 화대(華臺)를 이끌었다.

이 높디높은 화대에는 모든 사람들이 주목하는 '열신무자'가 서 있었다.

제사 의식을 치르는 열신무자는 화려한 복색과 황금 가면을 갖추고 손에 보검을 든 채, 마귀와 요괴를 굴복시킨 천년의 제일 무신(武神) 신무대제 '군오'를 연기한다.

열신무자로 선택된다는 것은 지고무상한 영광이었기에 선발 기준이 엄격했다. 그해에 선택된 사람은 바로 태자 전하였다. 만천하의 백성들은 그가 역사상 가장 훌륭한 열신무를 완성하리라고 믿어 의심치 않았다.

그러나 그날 뜻밖의 사건이 일어났다.

의장대가 황성을 세 바퀴째 돌던 무렵이었다. 그들은 한 면이 십여 장(丈)에 달하는 까마득한 성벽 앞을 지나고 있었다.

화대 위의 무신은 요마를 일격에 처단하려던 참이었다.

가장 감격스러운 대목에, 거리 양쪽이 떠들썩하게 끓어올랐다. 성벽 위 사람들도 술렁이기는 마찬가지였다. 사람들은 앞다투어 목을 빼고 서로를 밀치기에 여념이 없었다.

이때, 한 아이가 성루에서 떨어졌다.

사방에서 날카로운 비명이 울려 퍼졌다. 사람들은 신무대로가 저 아이의 피로 물들겠구나, 생각했다. 그때 고개를 살짝 치켜든 태자가 허공으로 도약해 아이를 받아 들었다.

사람들의 시야에 담긴 것은 새처럼 하늘로 솟구치는 흰 형체뿐이었다. 정신을 차려 보니 아이를 안고 태연하게 착지한 태

자가 보였다. 황금 가면이 떨어져 내리자, 가면 뒤에 숨어 있던 젊고 수려한 얼굴이 드러났다.

뒤이어 온 백성들의 환호가 쏟아졌다.

백성들이 흥분에 들뜬 반면, 황실 도장에 머무는 국사들은 골치가 지끈거렸다.

이런 차질이 생길 줄 누가 예상했으랴.

불길하구나. 아주 불길해!

화대가 황성을 한 바퀴씩 돌 때마다 곧 나라의 태평과 백성의 안녕을 바라는 한 해의 기원이 담겨 있다. 그런데 이렇게 중단되고 말았으니, 이제 재앙이 들이닥칠 일만 남지 않았는가!

빗발치는 근심에 머리를 싸맨 국사들은 고심 끝에 태자를 모셔 와 넌지시 말했다. 전하께서 한 달 동안 면벽[#1]하시어 반성하는 모습을 보여 주시면 어떻겠습니까? 정말로 면벽하실 필요는 없고, 그럴듯한 시늉이면 충분합니다.

그 말에 태자는 싱긋 웃으며 말했다.

"싫습니다."

그의 대답은 이러했다.

"사람을 구한 게 나쁜 일도 아닌데요. 한데 옳은 일을 한 내게 하늘이 천벌을 내린다?"

음…… 만약 하늘이 기어코 천벌을 내리겠다면요?

"그건 하늘의 잘못이지요. 옳은 일을 했을 뿐인데 사죄할 필

#1 면벽 面壁, 벽을 마주하고 좌선함

요가 있겠습니까?"

국사들은 할 말을 잃었다.

태자 전하는 바로 이런 분이셨다.

그는 여태껏 자신이 해낼 수 없는 일을 마주친 적도, 자신을 사랑하지 않는 사람을 만난 적도 없었다. 그야말로 인간 세상의 바른길이요, 세계의 중심이었다.

그래서 국사들은 속이 부글부글 끓었으나…….

'개뿔, 제대로 알지도 못하면서!'

두말할 수 없었고, 그럴 용기도 없었다. 무엇보다 전하께서도 귀담아듣지 않으실 것이리라.

두 번째 일화도 태자가 열일곱이던 해에 겪은 사건이다.

풍문에 따르면, 한 귀신이 황하(黃河) 남쪽에 있는 '일념교'라는 다리 위를 수년간 배회했다고 한다.

이 귀신의 몰골은 몹시 끔찍했다. 부서진 갑옷을 입고 업화(業火)의 불꽃을 두른 채, 온갖 무기와 화살에 맞아 피범벅이었다. 내딛는 걸음 뒤로는 피와 불꽃이 발자취를 남겼다. 수년에 한 번, 귀신은 한밤중에 홀연히 나타나 다리 위를 배회하다 행인을 가로막고 세 가지 질문을 던졌다.

"여기는 어디지?"

"나는 누구지?"

"뭘 어찌해야 하지?"

틀린 대답을 내놓으면 귀신에게 단숨에 잡아먹힌다. 하지만 정답을 아는 사람은 아무도 없었고, 수년 동안이나 수많은 행인이 귀신에게 잡아먹혔다.

사방을 유랑하던 태자는 이 소문을 듣고 일념교를 찾아갔다. 그는 밤새 다리 어귀를 지킨 끝에 사악하게 작간을 부리는 귀신을 맞닥뜨렸다.

귀신의 등장은 소문대로 음산하고 무시무시했다. 귀신은 태자에게 첫 번째 질문을 던졌다. 태자가 웃으며 대답했다.

"인간 세상이지."

하지만 귀신의 대답은 달랐다.

"여기는 무간(無間)이다."

이리 경사스러울 수가. 첫 번째 문제부터 틀려 버렸다.

태자는 속으로 생각했다. 어차피 세 문제 전부 틀릴 생각이었는데, 구태여 질문을 다 들어 줄 필요는 없잖아? 그리하여 그는 무기를 치켜들고 싸우기 시작했다.

퍽 치열한 혼전이었다. 태자의 무예는 출중했고 귀신은 무시무시할 만큼 용맹했다. 인간과 귀신, 두 존재는 다리 위에서 밤낮을 맞붙었고, 전투는 귀신의 패배로 막을 내렸다.

귀신이 사라지자 태자는 다리 어귀에 꽃나무 한 그루를 심었다. 이때 그곳을 지나치던 도인이 흙을 뿌리는 태자를 발견했

다. 그는 흩날리는 흙을 바라보며 물었다.

"어찌 이곳에 꽃나무를 심으셨습니까?"

태자가 내놓은 대답은 그 유명한 스무 글자였다.

"몸은 무간에 있어도, 마음은 도원에 있길 바라서요."

이 말을 들은 도인은 옅은 미소를 짓더니 흰 갑옷을 입은 신장(神將)으로 변했다. 그는 상서로운 구름을 딛고 바람을 부려 햇빛과 함께 자취를 감췄다. 태자는 그제야 자신이 마귀를 제압하러 속세에 친히 걸음을 한 신무대제와 마주쳤다는 것을 깨달았다.

태자가 제천유 의식에서 뛰어올랐던 당일, 제천의 신들은 남달리 훌륭했던 이 열신무자를 눈여겨본 참이었다. 일념교에서의 첫 만남이 성사되자 신선들이 제군에게 물었다.

"제군께서는 태자 전하를 어찌 생각하십니까?"

제군도 태자와 같은 스무 글자로 답했다.

"이 아이의 장래는, 누구도 막을 수 없이 창창하구나."

그날 밤 황궁 위 하늘에서 비바람이 거세게 몰아치는 기현상이 일어났다.

요란한 섬광과 우레 속, 태자 전하가 선경에 올랐다.

하지만 누군가 선경에 오르면 천계가 크게 흔들리기 마련이다. 이 태자 전하는 하늘에 오르며 온 천계를 세 번이나 뒤흔들

었다.

수행으로 깨달음을 얻는다는 것은 너무나도 어려운 일이다.

천부적인 자질이 필요하고, 수행을 쌓아야 하며, 기회와 인연이 들어맞아야 한다. 신 하나의 탄생이란 이토록 세월없는 일생의 여정이었다.

소년 시절에 등선하는 행운아도 가끔 존재했다. 하지만 죽기살기로 수행해도 천겁[#2]조차 겪지 못하는 자들이 태반이었다. 설령 고대하던 천겁이 내려도 그 관문을 버티지 못해 죽었고, 겨우 목숨을 건진 자들은 하잘것없는 존재로 전락했다. 강가의 모래알처럼 평범한, 제 앞가림도 하지 못하는 우둔한 일생을 맞이하면서.

그러니 이 태자 전하는 하늘의 총애를 한 몸에 받는 행운아가 분명했다. 원하는 것이라면 전부 얻었으며 마음만 먹으면 전부 해냈으므로. 그는 선경에 올라 신이 되고자 했고, 정말로 열일곱 나이에 선경에 올라 신이 되었다.

애초부터 태자는 민심을 사로잡은 사람이었다. 왕과 왕후는 그런 아들을 그리는 마음으로 각지에 대대적으로 태자의 사당을 세우라고 명했다. 굴을 파고 신상을 설치하자 만백성이 찾아와 참배했다. 신도가 많아질수록 사당도 늘어났고, 세월이 쌓일수록 법력은 강해졌다. 그리하여 선락궁의 태자전은 불과 몇 년 만에 눈부신 전성기를 맞이했다.

#2 천겁 天劫. 하늘이 내리는 시련

—삼 년 뒤, 선락 대란이 일어나기 전까지는.

대란이 일어난 원인은 군주의 폭정에 반란군이 봉기했기 때문이었다. 하지만 전란의 불길이 인간 세상 도처에 치솟아도 천계의 신관들은 멋대로 간섭할 수 없었다. 요마나 귀계의 존재들이 경계를 침범하지 않는 이상, 다른 일은 알아서 돌아가도록 내버려 두어야 했다. 생각해 보자. 분쟁은 인간 세상 곳곳에서 일어나며, 사람들은 저마다 자신이 옳다고 여긴다. 그런데 이 사이에 신들이 끼어들어 자신의 고국을 지원하고 후손의 복수를 돕는다면 어떻게 될까. 금세 신선들의 전쟁으로 번져 천하가 암흑에 휩싸이지 않겠는가? 입장이 입장인 만큼, 태자 전하는 의심받을 만한 행동을 삼가야 했다.

하지만 태자는 전혀 개의치 않고 제군에게 말했다.

"제가 창생을 구하겠습니다."

천년의 신력을 가진 제군조차도 그런 말은 입에 담아 본 적이 없었으니, 태자의 말을 들은 그의 심경이 어땠을지 알 만하리라. 제군은 부득이한 심정으로 입을 열었다.

"모두를 구할 수는 없다."

"전 할 수 있습니다."

그는 한마디를 남기고 주저 없이 속세에 강림했다.

물론 선락국의 백성들은 크게 기뻐했다. 그러나 예로부터 전승된 민간 고사가 사람들에게 똑똑히 가르쳐 준 진리가 있었으니.

'신선이 인간 세상에 몰래 내려오면 결코 끝이 좋지 못하리라.'

아니나 다를까, 전란의 불길은 잦아들기는커녕 한층 맹렬히 타올랐다.

태자 전하가 노력하지 않았다는 소리는 아니다. 하지만 노력하지 않는 편이 나았다. 그가 노력을 기울일수록 전황은 엉망이 되었다. 전쟁에서 참패한 선락국 백성들은 참혹한 사상자로 나뒹굴었고, 마지막에는 역병이 온 황성을 휩쓸었다. 전란은 반군이 황궁을 장악하며 막을 내렸다.

선락국이 남은 숨을 겨우 몰아쉬고 있었다면, 태자 전하는 그 숨통을 아예 끊어 버린 셈이었다.

고국이 멸망한 후에야 사람들은 한 가지 사실을 깨달았다.

자신들이 천신으로 받들던 태자는 상상처럼 완벽하고 강하지 않았다.

속된 말로 하자면, 번듯한 공적을 세우기는커녕 죄다 망쳐 놓은 무능한 작자가 아닌가!

집과 가족을 잃은 고통은 하소연할 곳조차 없었다. 만신창이가 된 백성들은 태자전으로 불같이 몰려들어 신상을 무너뜨리

고 사당을 불태웠다.

사당 8천 채는 이레 동안 밤낮을 타오른 끝에 말끔히 자취를 감추었다.

그날을 기점으로 평안을 지키던 무신은 사라지고, 재앙을 부르는 역신이 태어났다.

사람들이 당신을 신이라고 부르면 당신은 신이다. 똥이라고 부른다면 당신은 똥이다. 당신의 존재는 사람들이 결정한다. 본래 이런 법이다.

태자 전하는 도저히 이 사실을 받아들일 수 없었다. 그가 더욱 받아들일 수 없었던 것은 자신에게 내려진 징벌이었다. —'폄적(貶謫)'.

법력은 봉쇄되었고, 그는 인간 세상으로 추락했다.

유년 시절부터 극진한 총애를 받으며 자란 그는 여태껏 인간 세상의 고통을 맛본 적이 없었다. 이 징벌은 그를 구름 속에서 진흙탕까지 끌어내렸다. 진흙탕 속에서 그는 처음으로 굶주림과 가난, 추악한 감정들을 느꼈다. 한평생 자신이 하리라고 상상조차 못 한 일들도 처음으로 저질렀다. 훔치고, 빼앗고, 욕설을 퍼붓고, 자포자기했다. 체면은 몽땅 내던졌고 자존심은 전부 사라졌다. 그의 꼴은 갈수록 볼썽사나워졌다. 가장 충성스러웠

던 시종조차 그의 변화를 받아들이지 못하고 곁을 떠나갔다.

'몸은 무간에 있으나 마음은 도원에 있기를.' 온갖 비석과 현판에 새겨져 선락국 도처에 내걸린 문장이다. 전란 후 대부분 타 버리지 않았더라면, 태자 전하는 그것을 발견하자마자 가장 먼저 달려들어 부수어 버렸을 터다.

이 말을 꺼낸 사람이 몸소 증명해 보인 것이다. 그 역시 무간에 처했을 때, 마음은 도원에 있지 못했으므로.

그는 빠르게 선경에 올라 한층 빠르게 속세로 추락했다. 신무대로에서의 눈부신 자태, 일념교에서 마주친 요마와 신. 이 모든 것이 간밤의 일만 같았다. 천계는 아쉬움에 탄식했으나 과거는 과거로 남겨 두기로 했다.

그렇게 긴 세월이 흐른 어느 날, 하늘에 굉음이 메아리쳤다. 태자 전하께서 두 번째로 등선한 것이다.

예나 지금이나 폄적된 신관들은 평생 주저앉거나 귀계(鬼界)로 빠져드는 일이 다반사였다. 추방당한 뒤에도 시련을 딛고 일어서는 신관은 극소수에 불과했다. 그러나 태자 전하는 떳떳하고 기세등등하게 다시 선경에 올랐다.

하다못해 그는 등선하자마자 여세를 몰아 천계로 돌진했고, 주먹다짐을 해 가며 사방을 뒤집어엎었다. 그렇게 그는 등선한

지 고작 일 주향[#3]만에 다시 추방되고 말았다.

일 주향. 역사상 가장 맹렬하고도 짧은 등선이었다.

그의 첫 번째 등선이 미담이었다면, 이 두 번째 등선은 희극 그 자체였다.

두 번의 추방이 이어지자 이 태자 전하는 천계의 빈축을 단단히 샀다. 동시에 약간의 경계심도 뒤따랐다. 한 번 추방됐다고 그렇게 난동을 부렸는데, 두 번째 추방으로 사도(邪道)에 빠져 창생에게 복수를 저지르면 어쩌지?

하지만 추방된 그는 사도에 빠지기는커녕 성실하게 폄적 생활에 적응했다. 그에게는 아무런 문제도 없었다. 유일한 문제라면…… 지나치게 성실하다는 점이었다.

그는 종종 거리에서 기예를 팔았다. 노래부터 악기 연주까지 능숙하지 않은 기예가 없었고, 심지어 가슴으로 바위를 부수는 기술까지 손쉽게 해냈다. 태자 전하가 가무에 능통하고 다재다능하다는 이야기는 신들도 익히 들어 알고 있었다. 다만 이런 방식으로 실감하게 되니 심정이 참으로 복잡했다. 그리고 그는 이따금 착실하게 고물을 모으기도 했다.

제천의 신들은 충격에 휩싸였다.

#3 주향 炷香. 향 하나를 피우는 데 걸리는 시간

상황이 전혀 예상치 못한 방향으로 흐른 탓이다. 하물며 이제 '네가 낳은 아들은 선락 태자'라는 말이 가문의 씨를 말려 버리겠다는 말보다도 악랄한 욕으로 전락하고 말았다.

그도 한때는 금지옥엽 태자 전하였고 신선의 반열에 올라선 신관이었다. 그런데도 이 지경까지 추락하다니, 퍽 진기한 기록이 아닐 수 없었다. '삼계의 웃음거리'라고 불리게 된 것은 바로 이런 연유에서였다.

감상적인 사람들은 그를 비웃다가도 한숨을 내쉴 것이다. 아득히 군림했던 하늘의 총아가 정말로 사라져 버렸구나, 하면서.

신상은 무너졌고 고국은 멸망했다. 단 한 명의 신자조차 남지 않았으며, 세상 사람들의 기억은 갈수록 희미하게 바랬다. 때문에 그가 어디를 떠돌고 있는지 아무도 알지 못했다.

한 번의 폄적도 충분히 큰 치욕이다. 두 번 폄적된 이상 그 누구라도 다시는 일어설 수 없으리라.

다시 긴 세월이 흐른 어느 날. 이번에도 하늘에 갑작스러운 굉음이 메아리쳤다.

천지가 갈라지고 땅과 산이 요동쳤다.

흔들리는 장명등[#4] 불빛이 격렬하게 나부꼈다. 궁전에 있던

#4 장명등 대문 밖이나 처마 끝에 달아 밤새 켜 두는 등

신관들은 너나없이 소스라쳐 잠에서 깨어났다. 그들은 분주히 뛰어다니는 와중에 서로 물었다.

“어떤 신관이 새로 등선한 겁니까? 실로 어마어마한 기세입니다!”

그러나 누가 알았으랴. ‘대단하다, 대단해’ 하고 감탄한 다음 정신을 차려 보니, 천계의 신상이 몽땅 갈라져 있었다.

아직도 안 끝났냐!

이름난 괴짜이자 삼계의 웃음거리, 전설 속의 태자 전하. 그 태자 전하가— 젠장, 또 선경에 올랐다!

2장 고물 선인과 세 번의 등선

“축하드립니다, 태자 전하.”

그 말에 사련이 고개를 들었다. 싱긋 웃어 보인 그가 입을 열었다.

“감사합니다. 그런데 무슨 축하인지 여쭤봐도 될까요?”

팔짱을 끼고 서 있던 영문진군이 말했다.

“‘가장 속세로 추방당했으면 하는 신관’ 순위에서 1위를 차지하셨습니다.”

“내용을 떠나서 1위는 1위네요. 그런데 굳이 이렇게 축하해 주시는 건 다 그럴 만한 이유가 있어서겠죠?”

영문이 말했다.

“그렇습니다. 여기서 1위를 하면 공덕 백 개를 받으실 수 있거든요.”

사련이 냉큼 대답했다.

"다음에 또 이런 순위를 매기게 되면 꼭 저를 끼워 주세요."

"2위는 누군지 아십니까?"

사련은 짧게 고민하다 대답했다.

"너무 어렵네요. 실력순이었다면 저 혼자서 상위 3위까지 모두 차지했을 텐데."

"대충 비슷합니다. 2위는 없습니다. 일방적으로 독주하시는 바람에 아무도 따라잡지 못했죠."

"참 황송한 말씀이네요. 그럼 지난번 1위는 누구였나요?"

"없습니다. 이 순위는 올해부터 시작됐으니까요. 정확히 말하면 오늘부터군요."

"으음."

잠시 멈칫한 사련이 물었다.

"그 말씀은…… 이게 설마 저를 위해 특별히 만들어진 순위는 아니겠죠?"

"우연히 순위에 올라 우연히 1위를 차지했다고 보셔도 되겠죠."

사련이 눈을 접어 웃었다.

"좋아요. 그렇게 생각하면 더 기쁘겠네요."

영문이 계속해서 말을 이었다.

"왜 1위를 차지했는지 아십니까?"

"모두가 바라니까요."

"이유를 말씀드리겠습니다. 저 종을 보세요."

그녀는 손을 들어 한 방향을 가리켰다. 뒤를 돌아보자 아름다움의 극치가 시야에 담겼다. 백옥으로 깎은 궁전과 누각, 자욱하게 감도는 선운, 샘물 위를 노니는 새.

사련은 그 풍경을 한참 바라보다 물었다.

"방향을 잘못 짚으신 건 아닐까요? 종이 없는데요?"

"제대로 짚었습니다. 바로 저기요. 보이십니까?"

다시 진지하게 바라본 사련이 솔직하게 대답했다.

"안 보여요."

"안 보여야 정상입니다. 원래는 저곳에 종이 있었습니다만, 전하가 등선하실 때 흔들려 떨어졌거든요."

"……."

"그 종은 전하보다 나이가 많았지만 아주 떠들썩하고 활발한 성격이었습니다. 누군가 선경에 오르면 몇 번이고 소리를 울려 갈채를 보내곤 했죠. 전하가 선경에 오른 그날에는 멈추지 않고 정신없이 울려 대더니, 결국엔 종루에서 떨어지고 나서야 조용해지더군요. 그리고 떨어지면서 지나가던 한 신관을 내리쳤습니다."

사련이 물었다.

"지…… 지금은 괜찮나요?"

"괜찮지 않습니다. 아직 수리 중이에요."

"제 말은, 종에 맞았다는 그 신관이요."

"종에 맞은 신관은 어떤 무신(武神)이었습니다. 자리에서 종

을 두 동강 내 버렸죠. 이번에는 저쪽에 있는 궁전을 보세요. 보이십니까?"

그녀가 다시 한 곳을 가리키자, 사련도 따라 고개를 돌렸다. 시선 끝에 와 닿은 것은 아득한 운무 속에서 찬란히 빛나는 유리 전당이었다.

"아, 이번에는 보이네요."

"보이면 안 될 텐데요. 저쪽엔 아무것도 없습니다."

"……."

"전하가 선경에 오르면서 수많은 신관들의 금궁이 흔들려 기둥이 무너지고 유리기와가 깨졌습니다. 단시일 내에 복구할 수 없는 궁전도 있었죠. 할 수 없이 임시로 새로운 거처를 몇 채 세웠습니다."

"제 책임인가요?"

"전하의 책임입니다."

"아……."

사련은 한 가지를 짚고 넘어갔다.

"등선하자마자 아주 많은 신관들의 미움을 샀겠죠?"

"갚으실 수만 있다면야 괜찮을 겁니다."

"어떻게 갚아야 좋을까요?"

"간단합니다. 팔백팔십팔만 공덕."

사련이 거듭 웃어 보였다. 영문이 말을 이었다.

"물론 알고 있습니다. 전하는 십분의 일조차 내지 못하시겠죠."

사련이 솔직하게 말했다.

"뭐랄까…… 참 송구하지만, 만분의 일을 가져오라고 해도 못 낼 거예요."

인간 세상 신자들이 바치는 믿음은 곧 신관의 법력이 된다. 그리고 그들이 올리는 향불과 공양은 '공덕'으로 불린다.

웃음기를 거둔 사련이 심각하게 물었다.

"지금 저를 걷어차서 아래로 떨어뜨리는 대신 팔백팔십팔만 공덕을 주시면 어떨까요."

영문이 대답했다.

"저는 문신(文神)입니다. 걷어차 줄 사람이 필요하시면 무신을 찾아가세요. 더 호되게 걷어차이는 대신 공덕은 두둑하게 받을 겁니다."

사련은 땅이 꺼지도록 한숨을 내쉬었다.

"다른 방법을 생각해 볼게요."

영문이 그의 어깨를 토닥이며 말했다.

"당황하지 마세요. 하늘이 무너져도 솟아날 구멍은 있기 마련입니다."

"저는…… 가라앉을 구멍도 없는걸요."

선락궁이 한창 번성했던 팔백 년 전이었다면 그깟 팔백팔십팔만 공덕이 무슨 대수였겠는가. 태자 전하는 눈 하나 깜짝하지 않았을 것이다. 그러나 지금은 옛날과 다르다. 인간 세상에 있는 그의 사당은 말끔히 타 버린 지 오래였다. 신도도, 향불

도, 공양도 없다.

이쯤 해 두자. 어차피 없으니까. 없다. 아무것도 없다!

선경대로에서 홀로 머리를 싸맨 채 웅크리고 있기를 한참, 사련은 문득 깨달았다. 선경에 오른 지 사흘이 다 되었는데도 상천정의 '통령진'에 접속하지 않은 것이다. 그런데 아까 영문에게 구령을 묻는다는 것을 깜빡 잊고 말았다.

상천정의 신관들은 단체로 진법을 펼쳐 놓고 그 안에서 신식[#5]을 사용해 목소리를 주고받았다. 선경에 오르면 반드시 이 통령진에 접속해야 하지만, 구령을 알아야 통령진을 찾을 수 있었다. 사련은 마지막으로 통령진에 접속한 것이 팔백 년 전이었던지라 구령이 전혀 기억나지 않았다. 신식을 펼쳐 뒤져 보던 사련은 통령진과 비슷한 진법을 발견하고 닥치는 대로 들어갔다. 진에 들어서자마자 사방에서 덮쳐 온 왁자지껄한 아우성에, 사련은 하마터면 발을 삐끗할 뻔했다.

"한번 건 돈은 무르기 없소! 우리 태자 전하가 얼마나 오래 버티다 추락할지 내기합시다!"

"일 년에 걸지!"

"일 년은 너무 길잖소. 지난번엔 일 주향이었으니 이번엔 사흘일세. 사흘, 사흘에 걸겠네!"

"자네도 참 미련하군! 사흘도 다 지나가는데 걷긴 뭘 걸어?"

……사련은 조용히 밖으로 빠져나왔다.

#5 신식 神識. 부처나 신선이 지니는 실체화된 의식

착각했다. 여기는 절대 아니야.

상천정의 신들은 모두 한 지방을 관장하는 대신관(大神官)들이다. 그들은 하나같이 고명하면서도 정무에 바쁜 자들이었다. 떳떳한 정도를 거쳐 등선한 만큼 근엄하게 품위를 지켰고, 말씨와 행동에서 거드름이 묻어나기도 했다. 반면 사련은 처음 등선했을 당시 너무 감격한 나머지 통령진 안의 신관들을 일일이 붙잡고 인사를 건넸다. 머리꼭지부터 발끝까지, 이토록 진지하고 상세하게 자신을 소개한 신관은 사련이 처음이었다.

그곳에서 빠져나온 사련은 다시 진법을 뒤져 다른 한 곳에 난입했다. 이번에는 사련의 마음이 한결 편안해졌다. 그가 속으로 생각했다.

'조용하네. 여기가 맞는 것 같아.'

이때 가벼운 목소리가 스치듯 들려왔다.

"태자 전하가 또 돌아오셨다지요?"

말투가 부드럽고 점잖아 얼핏 듣기에는 평온하게 느껴지는 목소리였다. 하지만 자세히 들어 보면 목소리나 감정에 서늘함이 감돌았다. 그래서인지 가볍고 부드러운 목소리는 오히려 악의를 품은 것처럼 들렸다.

사련은 진에 접속하면 규율에 따라 얌전히 숨어 있을 생각이었다. 하지만 누군가 말을 걸어 온 이상 가만히 입 다물고 있을 수는 없었다. 하물며 이 상천정에 자신 같은 역신과 대화를 나누려는 신관이 있다니. 사련은 기쁜 마음으로 재빠르게 대답했다.

"맞아요! 안녕하세요, 여러분. 제가 돌아왔습니다."

사련은 꿈에도 몰랐겠지만, 그 말이 끝난 순간 통령진에 접속한 모든 신관들이 귀를 곤두세웠다.

그 신관은 침착하게 말을 이었다.

"이번 태자 전하의 등선 말입니다. 기세가 참으로 대단하더군요."

상천정은 왕후장상이 사방을 거닐며, 발에 차이는 것이 영웅호걸이라 해도 과언이 아닌 곳이다.

신선이 되려면 먼저 걸출한 인물이 되어야 한다. 속세에서 공훈과 업적을 쌓은 사람이나 훌륭한 인재라면 선경에 오를 절호의 기회가 따른다. 말 그대로 어느 나라의 공주며 황자며 장군 따위는 이곳 상천정에서 썩 귀한 존재들이 아니었다. 아무렴 다들 똑같은 하늘의 총아가 아니겠는가? 그런 연유로 신관들은 폐하 전하, 장군 대인, 종주 맹주를 호칭으로 남발하며 겸손을 떨기 바빴다. 하지만 이 신관의 말투는 그런 느낌이 아니었다.

이 신관은 아까부터 사련을 '태자 전하'라고 칭했지만, 어째 존경심은 눈곱만큼도 없고 오히려 바늘로 콕콕 찌르는 듯했다. 이곳 통령진에도 한때 태자 전하 신분이었던 신관들이 몇몇 있었다. 그들은 이 신관이 '태자 전하'를 거듭 언급하자 솜털이 바싹 치솟으며 온몸이 불편해졌다. 사련은 상대방의 불순한 의도를 눈치챘지만 공연한 말다툼은 피하고 싶었다. 도망가야겠다

고 생각한 그가 웃으며 입을 열었다.

“나름대로 괜찮았죠.”

하지만 그 신관은 사련에게 도망칠 기회를 주지 않고 심드렁하게 받아쳤다.

“태자 전하는 괜찮으셨겠죠. 하지만 제 운은 괜찮지 않았습니다.”

이때 갑자기 영문이 보낸 밀어가 들려왔다.

밀어는 단 한 글자였다.

“종.”

사련은 삽시간에 깨달았다.

종에 얻어맞았다는 그 무신이구나!

그렇다면 이 신관이 충분히 화를 낼 만도 했다. 원체 사과를 잘하는 성격이었던 사련은 냉큼 말했다.

“종 얘기는 들었습니다. 진심으로 사과드릴게요. 정말 미안합니다.”

무슨 의미인지 상대방은 흥, 하고 코웃음을 칠뿐이었다.

천계에는 이름난 무신들이 넘쳐났지만, 사련 다음으로 선경에 오른 자들도 적지 않았기에 목소리만으로는 상대방을 가려낼 수 없었다. 그렇다고 상대방의 이름도 모른 채 사과할 수는 없는 일이었다. 그래서 사련은 한마디를 덧붙였다.

“실례지만 귀하의 칭호가 어떻게 되시는지요?”

이 말이 나오자 맞은편에서 정적이 흘렀다.

비단 맞은편뿐만이 아니었다. 마치 온 통령진이 그대로 얼어붙은 듯, 살풍경한 공기가 정면으로 끼쳐 왔다.

영문이 다시 밀어를 보내왔다.

“전하. 한참이나 대화를 나눴으니 당연히 알아보셨겠지만, 그래도 조언을 드리고 싶군요. 저자는 현진입니다.”

“현진?”

사련은 잠시 버벅거린 뒤에야 반응을 보였다. 그가 다소 충격받은 듯 되물었다.

“모정이라고요?”

현진 장군은 서남쪽을 관장하는 무신으로, 사당 7천 채를 지녔으며 인간 세상에 명성이 제법 자자한 편이다.

이 현진 장군의 본명은 모정이다. 그는 팔백 년 전 선락궁의 태자전 밑에 몸담은 부장(副將) 출신이었다.

영문도 덩달아 크게 충격받았다.

“정말로 못 알아보신 건 아니겠죠.”

사련이 대답했다.

“정말 못 알아봤습니다. 예전엔 제게 이런 식으로 말하지 않았거든요. 게다가 마지막으로 만난 게 언제인지도 전혀 모르겠어요. 오백 년이나 육백 년 전이려나요. 이제는 모정의 얼굴도 기억이 안 나는데 목소리를 어떻게 기억하겠어요.”

통령진에는 여전히 정적이 흘렀다. 모정은 한마디도 꺼내지 않았다. 다른 신관들은 무관심한 체하며 아무나 빨리 말을 이

어 가기만을 애타게 기다렸다.

이 두 분도 말하자면 조금 어색한 관계다. 세월을 거쳐 구전된 두 사람의 우여곡절은 다들 속속들이 알고 있었다. 사련이 선락국 태자였을 당시, 모정은 황극관에서 수행을 했다. 황극관은 선락국의 황실 도장이었기에 제자를 선별하는 기준이 엄격했다. 하지만 모정은 빈민 출신에 아버지는 참수당한 죄인이었다. 이런 자는 황극관에 들어갈 자격이 없었다. 모정은 할 수 없이 허드렛일을 맡아 태자의 수련관을 청소하고 차를 날랐다. 노력을 아끼지 않는 그 모습에 사련은 그를 예외로 삼아 제자로 들여 달라고 국사에게 부탁했다. 태자 전하의 말씀이란 곧 천자의 명이 아니던가. 그리하여 모정은 황극관에 들어가 태자와 함께 수행할 수 있게 되었다. 이후에 등선한 사련은 그를 자신의 장군으로 임명해 선경으로 데려왔다.

그러나 선락국이 멸망하고 사련이 속세에 추락한 뒤로 모정은 그를 따르지 않았다. 하다못해 사련을 옹호하는 말 한마디조차 없었다. 어쨌든 태자가 사라지자 모정은 자유로워졌다. 그는 명승지를 찾아가 고행을 쌓았고, 몇 년도 걸리지 않아 천겁을 겪고 홀로 선경에 올랐다.

한 명은 하늘에, 한 명은 땅에. 예나 지금이나 변함이 없는 사실이다. 단지 두 사람의 처지가 완전히 뒤바뀌었을 뿐.

한편 영문이 말했다.

"화가 단단히 났군요."

"그런 것 같아요."

"제가 화제를 돌릴 테니 전하는 그 틈에 빠져나가세요."

"그러실 필요 없어요. 별일 없었던 척하면 되니까요."

"괜찮으시겠습니까? 지켜보는 저까지 어색합니다만."

"괜찮아요!"

사련은 죽는 것을 제외하면 못 하는 일이 없었다. 가진 것도 없는 처지에 체면은 몇 번이고 내던졌다. 이보다 몇 배는 더 어색한 일도 해 봤던 그는 이 상황이 진심으로 괜찮다고 생각했다. 하지만 누가 알았으랴. 만사에 다짜고짜 괜찮은 일은 없는 법인지, 그가 '괜찮아요'라고 말하자마자 포효하는 목소리가 들려왔다.

"어떤 망할 자식이 내 금궁을 부쉈지? 당장 튀어나와!"

울려 퍼진 고함에 통령진에 있던 신들은 머리가 터져 나갈 뻔했다.

다들 속으로는 상상의 나래를 펼치면서도 숨을 죽이고 사련의 반응을 기다렸다. 그러나 예상을 뛰어넘는 명장면이 뒤를 이었다. 사련이 입을 열기도 전에 모정이 선두를 가로챈 것이다.

모정이 허, 하고 소리 내어 웃자 그 신관이 서늘하게 말했다.

"네가 부쉈군? 그래, 기다려라."

모정이 담담히 대답했다.

"나라고 한 적 없다만. 중상모략은 그만둬."

상대방이 되받아쳤다.

"그럼 왜 웃었지? 맛이 갔나?"

"말하는 꼴이 우스워서 웃었다. 네 금궁을 부순 자가 지금 통령진에 있으니 직접 물어봐."

상황이 이쯤 되자 사련은 뻔뻔스레 도망갈 수가 없었다.

큼, 하고 헛기침한 그가 입을 열었다.

"제가 그랬습니다. 미안합니다."

사련이 말을 꺼내자 욕을 지껄이던 그 신관마저 정적에 빠졌다.

이때 사련의 귓가에 또다시 영문의 목소리가 들려왔다.

"전하, 저 사람은 남양입니다."

"이번엔 알아봤어요. 하지만 저쪽은 절 알아보지 못한 것 같네요."

"아닙니다. 남양은 속세를 돌아다니느라 선경에 자주 머물지 않습니다. 전하가 또 등선하신 줄 몰라서 저러는 겁니다."

남양진군은 동남쪽을 관장하는 무신으로, 사당 8천 채를 지녔으며 민간 백성들의 열렬한 추앙을 받고 있다.

본명이 풍신인 그는 팔백 년 전 선락궁 태자전의 개선장군이었다.

충직한 풍신은 사련이 열네 살이었을 때부터 호위를 맡았다. 그는 태자와 나란히 자라 선경에 올랐으며 나란히 땅에 떨어져 유배당했다. 하지만 애석하게도 사련과 나란히 팔백 년을 견뎌내지는 못했다. 결국엔 감정이 어긋나 서로 갈라섰고, 다시 얼굴을 마주치는 일은 없었다.

옛 주인은 향불도 사당도 신자도 없는 '삼무(三無)'의 웃음거리로 전락했다. 반면에 두 시종은 천겁을 이겨 내고 선경에 올라 한 지방을 관장하는 대무신이 되었으니, 지켜보는 사람들의 소감이 뒤숭숭하고 소란스러울 만도 했다. 풍신과 모정 중에 더 어색한 사람을 고르라고 한다면 사련은 '둘 다 괜찮아!'라고 말할 것이다. 하지만 어떤 자들은 사련과 풍신이 다투는 장면을 구경하고 싶을 것이고, 어쩌면 사련과 모정의 싸움에 더 큰 흥미를 느낄지도 모른다. 누구나 각자의 입맛이 있는 법이니까. 좌우간 멱살 잡을 이유야 양쪽 모두 충분하니 우열을 가리기가 어려웠다.

그래서 묵묵부답으로 일관하던 풍신이 말도 없이 모습을 감추자 다들 크게 실망했다. 사련은 마무리를 짓기 위해 거듭 한 발 물러났다.

"저도 이런 사달이 날 줄 몰랐습니다. 고의는 아니었지만, 여러분께 폐를 끼쳤습니다."

모정이 쌀쌀맞게 말했다.

"오, 그렇다면 아주 공교로운 일이었군요."

사련도 아주 공교롭다고 생각한 참이었다. 하필이면 모정을 깔아뭉개고 풍신의 금궁을 무너트리다니. 남들 눈에는 사전에 준비된 계략처럼 보일 지경이었다. 하지만 실상은 이렇다. 사련은 천 잔의 술 가운데에서 독이 든 한 잔의 술을 고르는, 무슨 수를 쓰든 기어이 독주를 고르고 마는 그런 사람이다. 물론

타인들이 이런 고충을 헤아려 주리란 기대는 하지 않았다. 사련은 부득이한 심정으로 입을 열었다.

“여러분의 금궁과 나머지 손실까지 전력을 다해 만회할 테니, 조금만 시간을 주시길 부탁합니다.”

계속해서 빈정대려는 모정의 심사는 바보 천치도 알아볼 만큼 뻔했다. 하지만 모정의 금궁은 아무 피해가 없었다. 하물며 본인을 깔아뭉갠 종도 두 동강으로 쪼개 버렸으니, 여기서 또다시 사련을 몰아붙이면 체면과 품위를 잃게 될 터였다. 그리하여 모정도 말없이 사라졌다. 난처한 상황이 알아서 수습되자 사련은 재빨리 자리를 박차고 도망쳤다.

사련은 팔백팔십팔만 공덕을 어떻게 구해야 좋을지 아주 진지하게 고민했다. 그러던 이튿날, 영문이 사련에게 ‘영문보전’으로 와 달라고 청했다.

영문은 인사를 관장하는 신관으로 인간의 만사형통과 입신양명을 다스린다. 영문보전은 바닥부터 둥근 천장까지 공문과 두루마리가 태산처럼 쌓여 있었다. 그 충격적인 광경은 보는 이의 혼을 쏙 빼놓기 일쑤였다. 사련이 오는 길에 마주친 영문전을 나서는 신관들은 하나같이 사람 키보다 높게 쌓아 올린 공문을 들고 있었다. 핏기 없는 얼굴은 넋이 나갔거나 굳어 버렸거나 둘 중 하나였다. 사련이 대전에 들어서자, 영문이 뒤로 빙글 돌더니 대뜸 본론을 꺼냈다.

“전하. 제군께서 부탁할 일이 있다 하십니다만, 힘을 보태 주

실 수 있겠습니까?"

천계에는 진군(眞君)도 원군(元君)도 많지만 '제군'으로 칭해지는 신은 단 하나뿐이다. 그분은 어떤 일이든 남에게 부탁할 필요가 없었다. 얼떨떨해진 사련이 정신을 차리고 물었다.

"무슨 일인데요?"

영문이 그에게 두루마리 하나를 건네며 말했다.

"최근 북방의 큰 신도들이 무리를 지어 날마다 복을 빌고 있습니다. 아무래도 상황이 태평치 못한 모양입니다."

'큰 신도'는 보통 세 부류를 가리킨다. 첫 번째 부류는 부유한 자. 돈을 들여 굿을 하고 사당을 세운다. 두 번째는 다른 사람들에게 법도를 설파하는 전도자, 세 번째는 심신을 다해 신념을 관철하는 자이다. 개중 첫 번째 부류가 가장 많다. 부유할수록 무속과 미신을 경외하고, 그런 부자들은 강을 헤엄치는 붕어만큼이나 많으므로. 머릿수가 가장 적은 쪽은 세 번째 부류였다. 신념을 관철할 정도로 수준 높은 인물들은 훗날 선경에 오르기 때문이다. 영문이 말하는 '큰 신도'란 틀림없이 첫 번째 부류일 터였다.

영문이 계속해서 말했다.

"현재 제군께선 북쪽을 돌볼 여유가 없으십니다. 전하가 대신 다녀오신다면, 이후 큰 신도들이 예참[#6] 의식에서 모든 공덕을 전하의 제단에 올릴 겁니다. 어떠십니까?"

#6 예참 禮參. 신이나 부처에게 드리는 감사 참배

사련은 두 손으로 두루마리를 받아 들었다.

"고맙습니다."

군오가 사련을 돕고 있는 게 분명했다. 그럼에도 사련더러 자신을 돕지 않겠느냐, 그리 물어 준 것이다. 사련도 모르는 바는 아니었지만 고맙다는 말 대신 제 심정을 표현할 만한 마땅한 대답이 떠오르지 않았다.

"저는 맡은 일을 했을 뿐입니다. 감사 인사는 제군께서 돌아오시거든 직접 전하세요. 참, 어떤 법보를 빌려드릴까요?"

"괜찮아요. 법보가 있어도 지상으로 내려가면 법력이 사라져서 쓸 수가 없거든요."

사련은 두 번의 폄적으로 법력을 전부 잃었다. 천계에서는 그럭저럭 괜찮았다. 온갖 신들이 주둔하는 천계는 넘치는 것이 영기(靈氣)라 멋대로 집어 사용하면 그만이었다. 하지만 그는 인간 세상으로 내려가는 순간 바보로 둔갑하고 만다. 번거롭지만 도술을 부리려면 어떻게든 법력을 빌려야 했다.

짧게 고민한 영문이 입을 열었다.

"무관 몇 명을 빌려 전하를 보조하는 편이 낫겠군요."

지금 천계의 무신들은 사련을 아예 모르거나, 피하기에 급급했다. 그 역시 이 사실을 잘 알고 있었다.

"괜찮습니다. 마땅한 사람이 없을 거예요."

영문은 뾰족한 수라도 있다는 듯이 대답했다.

"시도해 보죠."

시도하면 뭐가 달라질까 싶었지만, 사련은 가타부타 말없이 그녀를 지켜보았다. 통령진에 들어선 영문이 낭랑하게 말을 읊었다.

"여러분, 제군께서 북방에 중요한 임무가 생겨 급히 인력을 구하고 계십니다. 궁에서 무관 두 명을 보내 주실 무신 계십니까?"

말이 끝나자마자 모정의 가벼운 목소리가 나풀대며 흘러나왔다.

"제군께선 북방에 안 계시다 들었습니다만. 태자 전하에게 빌려주시려는 모양이군요."

사련은 속으로 생각했다.

'넌 하루 종일 통령진을 지키는 거니…….'

영문도 사련과 같은 생각이었다. 훼방을 놓는 모정을 한 대 후려쳐 내쫓고 싶었지만, 그녀는 웃음을 머금고 말했다.

"현진. 이틀 연속으로 만나다니, 어째 요즘 많이 한가하신가 보죠? 감축드립니다."

"손을 다쳐서 요양 중이라."

모정이 담담하게 대답했다. 다른 신관들은 속으로 생각했다.

'산을 허물고 바다를 갈라도 멀쩡했던 손이, 그 멍청한 종을 쪼갠 정도로 다쳤다고?'

영문은 일단 두 사람을 꾀어내 일부터 시킬 작정이었다. 그런데 눈치 빠른 모정이 그 계획을 입 밖에 내 버렸으니 사람 찾기는 그른 셈이었다. 아니나 다를까, 한참이나 긴 침묵이 이어졌다. 크게 기대하지 않았던 사련이 영문에게 말했다.

"보세요. 마땅한 사람이 없을 거라니까요."

"현진만 아니었으면 구할 수 있었을 겁니다."

사련이 웃으며 말했다.

"결국에는 임시방편으로 눈을 속일 뿐이잖아요. 제군의 명인 줄 알았다면 다들 당연히 자원했겠죠. 하지만 저와 일한다는 사실을 알게 되면 난리가 날 텐데, 앞으로 어떻게 협심할 수 있겠어요. 전 혼자가 익숙하고 팔다리도 멀쩡하니 이대로도 괜찮아요. 도와주셔서 고맙습니다. 이만 가 볼게요."

달리 방법이 없었던 영문은 하는 수 없이 공수하며 인사를 건넸다.

"알겠습니다. 순조로운 여정을 기원하겠습니다. 천관이 복을 내리시니—"#7

"—근심할 것 하나 없다!"#8

한마디 화답한 그는 손을 흔들며 시원하게 자리를 떴다.

사흘 뒤. 인간계, 북방.

대로변에 작은 찻집이 하나 있었다. 규모가 작고 점원도 몇 없는 가게였으나 경치만큼은 장관이었다. 산과 물, 사람과 도시. 찻집은 이 네 가지를 적절히 갖춘 곳이었다. 이 아름다운 곳에서 누군가를 만난다면 틀림없이 좋은 추억으로 남을 터였다. 가게 안의 차박사#9는 무척 한가로웠다. 손님만 없다 싶으면 그는 걸상을 문 앞에 옮기고 산과 물, 사람과 도시를 희희낙

#7 천관이 복을 내리시니 天官賜福, 천관사복
#8 근심할 것 하나 없다 百無禁忌, 백무금기
#9 차박사 茶博士, 찻집 주인이나 점원을 이르는 말

락 구경했다. 그때 멀리서 흰 옷차림의 도인이 걸어왔다. 먼 길을 걸어왔는지 온몸이 꾀죄죄했다. 근처로 다가온 도인은 찻집을 지나가다 말고 멈춰 서더니 다시 느릿하게 뒷걸음질을 쳤다. 삿갓을 잡고 고개를 든 그가 찻집 간판을 흘끗 올려다보고는 웃으며 말했다.

"상봉소점(相逢小店). '만남의 가게'라, 재미있는 이름이네."

다소 피곤한 낯빛이었지만 생글생글한 웃음기에 보는 이의 입꼬리가 절로 휘어졌다. 도인이 물어왔다.

"실례지만 말씀 좀 여쭙겠습니다. '여군산'이 이 근처인가요?"

차박사가 한 방향을 가리키며 말했다.

"저 일대에 있습지요."

사내는 숨을 푹 내뱉었다. 혼백까지 함께 토해 내지 않아 다행일 정도였다. 사내가 속으로 생각했다.

'드디어 도착했다.'

사내는 바로 사련이었다.

선경을 떠난 당일, 사련은 여군산에서 가까운 곳을 점찍어 강림할 생각이었다. 그런데 누가 알았으랴. 시원하게 떠난 사련은 시원하게 아래로 뛰어내리다 소매가 구름에 시원하게 걸려 버렸다. 그렇다. 다시 말하지만, 소매가 구름에 걸렸다. 소매가 어떻게 구름에 걸릴 수 있는지는 사련도 모를 노릇이었다. 좌우간 까마득한 하늘에서 굴러떨어지고 나니 제가 어디에 강림했는지 알 수 없게 되었다. 그렇게 사흘을 내리 걷고 나서야 점찍

어 둔 곳에 도착한 것이다. 한순간 사련은 감개무량해졌다.

가게에 들어선 사련은 창가 자리를 고른 다음 차와 다과를 주문했다. 겨우 자리에 앉은 그때, 가게 바깥에서 훌쩍이는 울음소리와 징과 북 치는 소리가 들려왔다.

거리를 내다보니 진홍색 꽃가마를 에워싼 남녀노소 무리가 길을 지나고 있었다.

행렬의 분위기는 몹시 기이했다. 얼핏 보기에는 혼인한 이들의 신행 가마 행렬처럼 느껴졌지만, 자세히 보면 사람들의 표정이 엄숙함과 슬픔, 분노나 두려움으로 물들어 있었다. 기쁜 기색이 없는 것을 보아 경사를 맞이하는 행렬은 아닌 듯했다. 그런데도 하나같이 화려한 복색으로 나팔을 불고 북을 치다니. 참으로 기이한 장면이었다. 차박사는 구리 주전자를 높이 들어 차를 따랐다. 그도 밖을 내다보았으나 고개만 홰홰 내젓고 자리를 떴다.

사련은 멀어져 가는 기괴한 행렬을 눈으로 뒤좇으며 생각에 잠겼다. 영문이 준 두루마리를 꺼내 다시 읽어 보려던 찰나였다. 반짝이는 무언가가 사련을 스치고 지나갔다.

사련은 고개를 들었다. 눈앞에서 은빛 나비 한 마리가 날갯짓하고 있었다.

영롱하고 투명한 은나비는 공중을 노닐며 찬란한 흔적을 남겼다. 사련은 저도 모르게 손을 내밀었다. 영명한 나비는 놀라지도 않고 사련의 손가락 끝에 내려앉았다. 아롱거리는 두 날개

가 눈부시게 아름다웠다. 햇살을 받은 모습이 건드리면 부서질 듯, 덧없는 환상 같기도 했다. 머지않아 나비는 날아가 버렸다.

사련은 나비를 향해 손을 흔들어 작별 인사를 건넸다. 그러고 다시 앞을 돌아본 순간, 그가 앉은 탁자에 두 사람이 늘어 있었다.

두 사람은 탁자의 사면에서 왼쪽과 오른쪽을 한 칸씩 차지하고 앉았다. 열여덟아홉 남짓 되는 소년들이었다. 왼쪽에 앉은 소년의 키가 더 컸다. 깊은 눈매가 준수하면서도 시선에 오만불손한 빛이 감돌았다. 오른쪽에 앉은 소년은 피부가 무척 희어 수려하고 점잖아 보였다. 다만 심기가 불편한지 표정이 지나치게 냉랭했다. 사실, 두 사람 다 기분이 썩 좋아 보이진 않았다.

사련이 눈을 끔뻑대며 물었다.

"두 분은 누구신지?"

왼쪽에 앉은 소년이 대답했다.

"남풍."

오른쪽에 앉은 소년이 대답했다.

"부요."

사련은 속으로 생각했다.

'이름을 물은 게 아닌데…….'

이때, 영문이 갑작스레 목소리를 전해 왔다.

"전하. 중천정의 소무관(小武官) 두 명이 전하를 돕겠다 자원

했습니다. 이미 전하를 찾으러 내려갔으니 지금쯤이면 도착했을 텐데요."

중천정이란, 당연하게도 상천정과 대립하는 곳이다. 천계의 신관들은 짧고 굵게 두 종류로 나눌 수 있다. 등선한 자, 그리고 등선하지 못한 자. 상천정의 신관들은 모두 자력으로 선경에 오른 자들이다. 이들은 온 천계를 통틀어 백 명도 채 되지 않는 귀중한 존재였다. 반면 중천정의 신관들은 누군가에게 '지명받아' 올라온 자들이다. 엄밀히 말하면 정식 명칭은 함께 올라왔다는 의미의 '동신관(同神官)'이다. 하지만 신관들은 '동'을 생략해서 부를 때가 많았다.

그렇다면 상천정과 중천정이 있으니 '하천정'도 있을까?

그건 아니다.

사실 사련이 처음 등선했을 당시만 해도 있었다. 그때의 천계는 상천정과 하천정으로 나뉘었다. 그러던 어느 날 신관들은 한 가지 문제점을 발견했다. '저는 하천정에서 온 아무개입니다'라는 소개말이 실로 민망스럽고 떳떳치 못했던 것이다. '하'라는 글자가 붙으니 뒤떨어지는 느낌을 떨쳐 낼 수가 없었다. 하천정 출신은 진정한 신관과 달리 천겁을 겪지 않았을 뿐, 천부적인 자질을 지닌 자와 법력이 강성한 인재들이 대부분이었다. 하지만 이들도 훗날 천겁을 겪을지 누가 알겠는가? 그리하여 누군가가 훨씬 듣기 좋다는 이유를 들어 '저는 중천정에서 온 아무개입니다'로 바꿔 말하자고 제안했다. 물론 이러나저러

나 같은 뜻이지만. 좌우간, 그렇게 바뀐 뒤로 사련은 한참 동안 적응하느라 진땀을 뺐었다.

사련은 두 소무관을 바라보았다. 너나없이 구겨진 표정이 어째 '도와주러 온' 모습은 아니었다. 그가 참다못해 영문에게 물었다.

"영문, 이 두 사람은 저를 도우러 온 게 아니라 목을 치러 온 것 같은데요. 설마 속아서 온 건 아니겠죠?"

유감스럽게도 사련의 말은 전해지지 않은 듯했다. 영문의 목소리도 더는 들리지 않았다. 선경에서 한참 멀어져 법력이 소진된 모양이었다. 사련은 할 수 없이 두 소무관을 향해 웃어 보이고 입을 열었다.

"남풍과 부요라고 했지? 날 도우러 여기까지 와 주다니, 우선 정말 고마워."

두 사람은 고개만 끄덕였다. 태도나 분위기로 보건대 명성자자한 무신전 출신임이 분명했다. 차박사에게 차 두 잔을 더 부탁한 사련은 다호[#10]를 쥐고 찻잎을 만지작대며 별생각 없이 물었다.

"너희는 어떤 전하의 궁 소속이야?"

남풍이 대답했다.

"남양전."

부요가 대답했다.

#10 다호 차를 담아 두는 항아리

"현진전."

"……."

그야말로 등골이 서늘해지는 대답이었다.

"장군께서 너희들을 이쪽으로 보냈니?"

사련이 차 한 모금을 넘기고 물었다.

두 사람이 동시에 대답했다.

"저희 장군께선 제가 여기 온 사실을 모르십니다."

잠시 뜸을 들인 사련이 질문을 이어 갔다.

"너희, 내가 누군지는 알아?"

만약 이 소무관들이 멋모르고 영문에게 속아서 온 것이라면, 우격다짐으로 사련을 돕고, 돌아가서도 본인들의 장군에게 욕을 얻어먹게 된다면 이 얼마나 바람직하지 못한 일인가.

남풍이 대답했다.

"태자 전하십니다."

부요가 대답했다.

"인간 세상의 바른길이요, 세상의 중심이십니다."

순간 사련은 말문이 턱 막혔다. 그가 반신반의하며 남풍에게 물었다.

"방금 부요가 눈을 까뒤집지 않았어?"

"맞습니다. 당장 치워 버리죠."

남양과 현진은 사이가 나쁘다. 이는 비밀 따위가 아니었고, 사련도 그 사실이 크게 놀랍지 않았다. 어차피 풍신과 모정은

예전부터 사이가 별로였다. 그때는 사련이 상전이었고 두 사람은 부하였다. 싸우지 마라, 좋은 친구가 되어야 한다는 태자의 당부에 두 사람은 틀어지려는 관계를 가까스로 억눌렀다. 인내심이 바닥나도 인신공격을 퍼붓는 정도로 그쳐 왔다. 하지만 이제는 가식을 떨 필요가 없었다. 두 신관이 관장하는 동남쪽과 서남쪽의 민간 신도들도 상대방을 아니꼬워했고, 남양전과 현진전은 하루가 멀다 하고 서로를 적대시했다. 지금 앞에 계신 이 두 분이 바로 그 전형적인 예였다. 부요가 냉소하며 말했다.

"영문진군께서 자원하면 올 수 있다 하셨는데 네놈이 뭐라고 날 돌려보내."

저런 표정으로 '자원'을 언급하니 설득력이 전혀 없었다. 사련이 물었다.

"하나만 짚고 가자. 너희 정말로 자원해서 왔어? 억지로 왔다면 무리하지 않아도 돼."

"자원했습니다."

두 사람이 동시에 대답했다.

사련은 두 사람의 침울한 표정을 바라보며 생각했다. 사실 '자살'이란 말을 하고 싶었던 게 아닐까.

"아무튼……."

사련이 말머리를 뗐다.

"공적인 임무부터 얘기하자. 이번에 무슨 일로 북쪽에 왔는지는 알 테고, 그럼 서론은 생략……."

두 사람이 나란히 입을 모았다.

"모릅니다."

"……."

사련은 부득이한 심정으로 두루마리를 꺼내 들었다.

"아무래도 처음부터 설명하는 편이 좋겠다."

몇 년 전, 여군산에서 한 신랑 신부가 혼례식을 올렸다.

두 사람은 남달리 애정이 돈독한 사이였다. 당시 신랑은 신부의 신행 가마를 기다리는 중이었다. 하지만 한참을 기다려도 신부는 모습을 보이지 않았다. 초조해진 신랑은 신부의 친정을 찾아갔다. 장인과 장모의 말을 들어 보니 신부는 진작 출발한 뒤였다. 두 가족은 관청에 신고하고 사방을 뒤졌지만 끝내 신부를 찾지 못했다. 설령 산속의 맹수에게 잡아먹혔어도 팔다리 정도는 남을 텐데, 이렇게 감쪽같이 사라지는 법이 어디 있겠는가? 그리하여 신부는 혼인을 거부하고 신행길에 동행한 사람들과 작당해 달아났다는 의심을 샀다. 그러나 몇 년 뒤, 한 신랑 신부가 혼례식을 올리며 다시금 악몽이 펼쳐졌다.

또 신부가 사라진 것이다. 이번에는 남긴 것 하나 없이 자취를 감추지는 않았다. 사람들은 좁은 오솔길에서 누군가가 먹다 남긴 다리 한 짝을 발견했다.

3장 세 얼간이의 거양전 야화

그날을 기점으로 사태는 걷잡을 수 없이 번져 갔다. 백 년 동안 신부 열일곱 명이 여군산 일대에서 실종됐다. 십 년 내내 잠잠하다가도 고작 한 달에 두 명이 실종되기도 했다. 괴담은 빠른 속도로 퍼졌다. 여군산에 한 귀신 신랑이 살고 있는데, 마음에 드는 여인이 생기면 혼례 길에 납치하고, 가마 행렬에 참석한 자들을 전부 잡아먹는다는 소문이었다.

천상까지 전해질 만한 사건은 아니었다. 새 신부 열일곱 명이 실종됐다지만 그보다 무탈한 새 신부가 훨씬 많기 때문이었다. 실종된 새 신부는 찾아지지 않고 귀신 신랑을 막을 방법도 없으니 조심하는 게 가장 상책이었다. 외지 사람들이 딸아이를 이 일대로 시집보내지 않거나, 지역 신혼부부들이 성대한 혼례를 삼가는 식이었다. 그런데 하필이면 열일곱 번째로 실종된

새 신부의 아버지가 관리 어르신이었다. 제 딸아이를 끔찍하게 아꼈던 그는 이 소문을 듣고 듬직한 무관 마흔 명을 선별해 혼례 길을 호송했지만, 기어코 딸아이를 잃고 말았다.

이제 귀신 신랑은 벌집을 쑤신 셈이었다. 이 관리 어르신은 인간 세상에서 해결사를 찾지 못하자, 분통을 터트리며 관리 동료들과 손을 잡고 굿판을 벌였다. 한술 더 떠서 무당의 말대로 곡창을 열고 빈민들까지 구제했다. 온 성이 떠나가도록 난리를 피우자 위쪽에 계신 신관들도 화들짝 놀랐다. 이런 소란이 없었다면 일개 인간의 목소리가 하늘 위 신관의 귀에 들어가지는 못했을 터다.

"사정은 대강 이 정도야."

두 사람의 태도는 아주 비딱해서 자신의 말을 제대로 들었는지도 알 수가 없었다. 한 귀로 흘려들었다면 다시 설명할 수밖에. 사련이 그리 생각하는데 남풍이 고개를 들고 미간을 찌푸리며 의외의 질문을 던졌다.

"실종된 새 신부들의 공통점이 뭡니까?"

"각자 집안 사정이 다르고, 전부 외모가 아름다운 것도 아니었어. 본처인 사람이 있는 반면에 첩으로 들어가는 사람도 있었지. 한마디로 무작위야. 이 귀신 신랑의 취향을 가늠할 방법이 전혀 없는 거지."

남풍이 흐음, 하는 소리를 냈다. 찻잔을 들고 한 모금 마시는 얼굴이 생각에 잠긴 듯했다. 반면 부요는 사련이 건넨 찻잔은

건드리지도 않았다. 흰 손수건으로 무심하게 손가락을 닦으면서 그가 서늘한 표정으로 말했다.

"태자 전하. 전하께선 그게 귀신 신랑의 소행이라고 어찌 단언하십니까? 귀신 신랑을 본 사람이 아무도 없는데, 놈이 사내인지 여인인지 노인인지 아이인지 어찌 확신한답니까? 그건 편견 아닙니까?"

사련이 빙긋 웃으며 말했다.

"두루마리 내용은 영문전 문관이 요약한 것이고, 귀신 신랑은 민간에서 붙인 이름에 불과해. 하지만 네 말도 일리가 있구나."

이어진 대화 속에서 깨달은 점이지만, 이 소무관들은 머리가 제법 명석했다. 표정은 시큰둥해도 맡은 일은 허투루 넘기지 않는 모습이 퍽 대견스러웠다. 창밖으로 날이 저물자 세 사람은 우선 찻집을 빠져나왔다. 삿갓을 쓰고 한참을 걷던 사련은 아무도 뒤를 따라오지 않자 의아한 얼굴로 고개를 돌렸다. 두 사람도 아주 의아한 표정으로 그를 바라보고 있었다. 남풍이 물었다.

"어디로 가시는 겁니까?"

"머물 곳을 찾아야지. 부요, 넌 왜 또 눈을 까뒤집고 있어?"

남풍이 의문을 담아 되물었다.

"한데 왜 그런 첩첩산중으로 가십니까?"

노숙이 일상이었던 사련은 천 조각 한 장만으로도 하룻밤을 지낼 수 있었다. 그는 평소 습관처럼 동굴을 찾아 불을 피우려

던 참이었다. 사련은 남풍의 말을 듣고 나서야 깨달았다. 남풍과 부요는 무신전의 무관이니 근처에 남양묘나 현진묘가 있으면 곧장 들어갈 수 있었다. 그런데 구태여 황량한 산에서 노숙을 할 필요가 있겠는가?

잠시 후, 세 사람은 볼품없는 길모퉁이에서 허름한 토지신 사당을 발견했다. 향과 접시가 깨진 모습이 제법 스산했다. 토지신에게 바쳐 놓은 공물은 둥글고 작은 돌멩이였다. 사련은 토지신을 몇 번 불렀다. 오랫동안 공양하는 사람도, 자신을 부르는 사람도 없었던 토지신은 그 목소리에 눈을 부릅떴다. 사당 앞에 세 사람이 서 있었다. 벼락부자라도 되는지, 좌우 양측의 두 사람은 온몸에 후광을 두르고 있어 얼굴이 보이지도 않았다. 놀란 마음에 한바탕 뛰어오른 토지신이 벌벌거리며 말했다.

"세 신관께서 소인에게 내릴 분부라도 있으신지요?"

사련이 고개를 끄덕이며 대답했다.

"분부는 아닙니다. 잠시 여쭐 게 있어서요. 근처에 남양 장군이나 현진 장군을 모시는 사당이 있나요?"

토지신은 최선을 다해 손을 꼽아 가며 말했다.

"그, 그, 그러니까…… 여기서 5리 떨어진 곳에 사당이 하나 있습니다. 모시는, 모시는 분은 남양 장군이랍니다."

사련이 두 손을 모아 합장하며 말했다.

"고맙습니다."

토지신은 사련의 곁을 지키는 두 사람의 후광에 눈이 멀어 다

급히 숨어 버렸다. 엽전을 몇 푼을 꺼내 사당 앞에 내려놓은 사련은 구석에 널브러진 향 조각을 주워 불을 붙였다. 그 와중에도 부요는 힘들지 않냐고 묻고 싶을 정도로 눈을 까뒤집고 있었다.

5리를 걸어가자 토지신의 말대로 길옆에 북적거리는 사당이 보였다. 규모는 작지만 구색을 갖춘 사당은 오가는 사람들로 한창 떠들썩했다. 세 사람은 형태를 감추고 사당으로 들어섰다. 제단에는 갑주를 걸치고 활을 든 남양 무신 진흙 신상이 모셔져 있었다.

신상을 본 사련은 속으로 '으음……' 하고 신음했다.

시골의 소규모 사당에 모신 신상은 만듦새도 채색도 조악한 편이다. 그래서인지 이 신상은 사련이 생각하는 풍신의 인상과는 전반적으로 차이가 컸다.

하지만 다른 신관들의 신상 역시 흔하게 변형되곤 했다. 신관의 어머니가 몰라보는 것은 물론이요, 신관 본인이 자신을 몰라보는 경우도 가끔 있었다. 실제로 신관을 만나 본 공예가가 적은 탓에 신상이 미화되거나 못나지기 십상이었다. 그러니 특정한 자세나 법기, 복식으로 신관의 정체를 파악해야 했다.

보통은 풍요로운 지역일수록 신관의 마음에 드는 신상을 세운다. 반대로 가난한 지역일수록 공예가의 감각이 뒤떨어지고, 신상의 만듦새도 덩달아 끔찍해진다. 그런데 오늘날에도 현진장군의 신상만큼은 만듦새가 좋은 편이다. 왜 그럴까? 이유는 이렇다. 다른 신관들은 신상이 못나면 못난 대로 내버려 두지

만, 현진은 그런 신상을 발견하면 남몰래 망가뜨려 새로 조각하게 하거나 꿈에 나타나 자신의 불만을 넌지시 암시했다. 그렇게 시간이 쌓이자 큰 신도들은 깨달았다. 기필코 신상을 아름답게 조각할 공예가를 찾아야겠구나!

현진전 소속 신관들은 제 장군과 똑 닮아, 따지고 재는 것을 좋아했다. 남양묘에 들어온 부요는 한 시진 내내 조형이 비틀렸네, 색채가 저속하네, 만듦새가 조악하네, 취향이 독특하네, 하며 남양 장군의 신상을 비평했다. 남풍의 이마 위로 서서히 핏대가 불거졌다. 이를 발견한 사련은 서둘러 화제를 돌려야겠다고 생각했다. 그때, 마침 한 소녀가 참배하러 들어와 경건하게 무릎을 꿇었다. 사련이 상냥한 목소리로 운을 뗐다.

"그러고 보니 남양진군의 근거지는 동남인데, 북방에도 이렇게 향불이 왕성할 줄은 몰랐네."

사람들이 짓는 사당은 사실 천계의 선궁(仙宮)을 본뜬 것이며, 신상은 신관 본존(本尊)의 그림자나 마찬가지다. 사당은 신도를 모으고 향불을 빨아들여 신관의 법력에 중요한 원천을 제공한다. 또한 지리, 역사, 풍속 등의 다양한 이유로 보통 지역마다 다른 신을 모신다. 신관들은 자신의 근거지, 즉 지반에서 가장 강한 법력을 발휘할 수 있다. 이것이 바로 지반의 강점이었다. 만백성이 곧 신도이며, 만천하에 사당을 지닌 신무대제 군오만이 지반에 영향을 받지 않았다. 모시는 장군의 사당 향불이 지반 바깥에서도 왕성한 건 아주 좋은 일이다. 자랑스러

울 법도 하건만 무슨 영문인지 남풍의 안색이 어두웠다. 한쪽에서 부요가 슬쩍 웃으며 말했다.

"좋아, 나쁘지 않네. 아주 사랑받고 있잖아."

"그나저나 궁금한 점이 하나 있는데, 너희가……."

사련의 말에 남풍이 대꾸했다.

"너희가 불쾌할지도 모르겠다, 그런 말씀이라면 그냥 묻지 마십시오."

사련은 속으로 생각했다.

'아니, 너희가 대답할 수 있을지 모르겠다고 말하고 싶었는데.'

물론 이 말을 뱉어서 좋을 건 없겠지. 그리 예감한 사련은 화제를 바꾸기로 했다. 하지만 웬일인지 부요가 유유히 입을 열었다.

"뭐가 궁금하신지 압니다. 왜 여성 신자가 이렇게 많냐고 묻고 싶으셨지요?"

정확히 사련이 하고 싶었던 질문이었다.

예로부터 무신을 모시는 여성 신도는 남성 신도보다 수가 적었다. 다만 팔백 년 전의 사련은 예외였다. 그 이유는 아주 단순했다. '보기 좋아서'.

덕망이 높거나 신력이 비범해서가 아니라, 그저 신상과 사당이 아름다웠기 때문임을 그도 잘 알고 있었다. 그의 사당은 대부분 황실에서 지어 주었다. 신상은 전국 각지에서 모인 솜씨 좋은 일류 장인들이 그의 얼굴을 본떠 조각했다. 게다가 '몸은

무간에 있으나 마음은 도원에 있기를'이라는 말 때문에 공예가들은 종종 그의 신상에 꽃을 더하거나 온 사당을 꽃나무 밭으로 만들었다. 때문에 당시 그는 '화관무신(花冠武神)'이라는 별호로 불리기도 했다. 여성 신도들은 사련의 아름다운 신상만큼이나 꽃송이가 나부끼는 사당을 좋아했고, 그 이유만으로 방문해 겸사겸사 향불을 드렸다.

하지만 보통 무신은 살기가 강하다는 이유로 엄숙하거나 흉악하고 냉혹하게 조각됐다. 여성 신도들이 차라리 관세음보살을 찾아가 향불을 드리게 만드는 얼굴이었다. 물론 남양 장군의 신상은 살기와 거리가 멀었지만 '보기 좋은' 것과도 거리가 멀었다. 그런데도 참배하러 온 여성 신자가 남성 신자보다 많다니. 남풍은 이 질문에 대답하고 싶지 않은 기색이었다. 사련은 내심 의아해졌다. 이때, 절을 마친 소녀가 자리에서 일어나 향을 들고 뒤로 돌았다.

소녀가 뒤로 돌자, 사련은 두 사람을 밀쳐 자리를 내주었다. 안 그래도 짜증이 돋친 두 사람은 사련의 손길에 밀려나며 시선을 옮기나 싶더니, 삽시간에 안색을 뒤집었다.

"너무 못생겼잖아!"

그 말에 사레가 들린 사련이 겨우 대답했다.

"부요, 여자아이에게 그런 말을 하면 못써."

냉정하게 말하면 부요의 말이 맞았다. 소녀의 얼굴은 뺨을 맞아 짜부라진 것처럼 아주 납작했다. 밋밋한 이목구비는 다소

억울해 보이기도 했다. 구태여 설명하자면 '비뚤어진 코에 사시 눈' 정도가 될 터였다.

하지만 사련은 소녀의 용모를 볼 틈이 없었다. 그보다는 몸을 돌린 소녀의 치마 뒤에 큼직하게 뚫린 구멍이 더 중요했다. 도저히 못 본 체할 수가 없는 광경이었다.

놀란 부요가 움찔했지만 금세 평온을 되찾았다. 남풍의 이마에 불거진 핏대는 순식간에 자취를 감추었다.

남풍의 표정이 심상치 않게 변하자 사련이 다급히 말했다.

"긴장, 긴장하지 말고."

향에 불을 붙인 소녀가 다시 무릎을 꿇고 절을 올리며 읊조렸다.

"남양 장군의 보우 아래 신도 소형이 비나이다. 귀신 신랑이 조속히 잡힐 수 있게 해 주시고, 더는 무고한 사람이 해를 입지 않게 도와주소서……."

소녀의 절은 아주 경건했다. 제 뒷모습에 생긴 문제는 물론, 방금 절을 올린 신상 발치에 웅크려 앉은 세 사람의 존재도 전혀 눈치채지 못한 모양이었다. 사련은 머리가 다 지끈거렸다.

"어떡하지. 저대로 내보내면 안 되지 않을까? 돌아가는 길에 사람들이 보게 될 텐데."

게다가 치마 뒤의 구멍은 누군가 일부러 날카로운 물건으로 찢어 놓은 게 분명했다. 구경거리가 되는 것도 모자라 과장된 소문이 퍼져 비웃음을 살지도 몰랐다. 소녀에게는 엄청난 치욕

이 될 터였다.

부요가 냉담하게 말했다.

"우리 현진 장군께 향불을 올린 자도 아닌데 왜 제게 물으십니까. 예법에 어긋나면 안 보면 그만입니다. 전 아무것도 못 봤습니다."

남풍은 수려한 얼굴을 창백하게 물들이고 손사래만 칠 뿐 말을 꺼내지 못했다. 당당하고 오만불손한 소년은 말 그대로 벙어리가 되어 버렸다. 이런 그에게 무슨 부탁을 할 수 있을까. 사련은 할 수 없이 직접 겉옷을 벗어 아래로 던졌다. 펄럭거리며 소녀에게로 나부낀 옷가지가 치마에 뚫린 볼썽사나운 구멍을 가려 주었다. 세 사람은 그제야 안도의 한숨을 내쉬었다.

소녀는 갑자기 불어온 수상한 바람에 화들짝 놀랐다. 사방을 둘러본 소녀는 도포[#11]를 집어 들고, 잠시 망설인 끝에 신단에 올려놓았다. 소녀는 치마에 난 구멍을 알아차리기는커녕 향을 하나 더 피우고는 사당을 나서려 했다. 이대로 나가게 둔다면 이 꼬마 소녀는 앞으로 얼굴을 들고 다닐 수 없을 터였다. 뻣뻣하게 굳은 채 옆에 서 있는 두 사람은 어느 모로 보나 쓸모가 없었다. 사련이 숨을 훅 들이켜나 싶더니 남풍과 부요의 곁이 금세 텅 비었다. 현신한 사련이 아래로 뛰어내린 것이다.

사당은 등불이 어스름해 앞이 잘 보이지 않았다. 사련이 뛰어내리며 일어난 바람에 불빛이 흔들렸다. 소형이라는 이름의

#11 도포 도가 제자들이 입는 장포

이 소녀는 어쩐지 눈앞이 가물거리는 것 같았다. 뒤이어 윗옷을 벗은 사내가 어둠 속에서 튀어나와 손을 내밀었다. 소형은 그 자리에서 혼비백산했다.

예상대로 새된 비명이 이어졌다. 사련이 입을 달싹인 순간, 소녀가 바람처럼 손바닥을 날리며 목청을 높였다.

"이 파렴치한!"

짝, 소리와 함께 사련은 따귀를 얻어맞았다.

또렷한 마찰음이 울려 퍼지자, 신단에 쪼그려 앉은 남풍과 부요는 약속이나 한 듯이 얼굴을 일그러뜨렸다.

사련은 뺨을 맞고도 화를 내지 않았다. 윗옷을 소녀의 품에 안겨 주고 재빨리 한마디를 속삭여 주었을 뿐이다. 소녀는 화들짝 놀라 뒤를 더듬어 보고는 얼굴이 새빨개졌다. 눈가에도 눈물이 가득 차올랐다. 화가 치민 것인지 수치스러운 것인지, 소녀는 사련이 준 도포를 단단히 틀어쥐고 얼굴을 가린 채 사당을 뛰쳐나갔다. 맨몸을 드러낸 사련은 자리에 덩그러니 남겨졌다. 사람들이 떠난 사당에 찬 바람이 일었다. 얼마 지나지 않아 온 공기가 서늘해졌다.

사련은 얼굴을 문지르며 돌아섰다. 뺨에 붉은 손자국을 얹은 그가 두 사람에게 말했다.

"좋아. 잘 해결됐어."

말이 끝나기 무섭게 남풍이 그를 가리키며 물었다.

"저…… 상처가 벌어진 거 아닙니까?"

아래를 내려다본 사련이 엇, 하고 외마디 소리를 냈다.

벗은 옷가지 아래로 드러난 것은 양지옥(羊脂玉)처럼 고운 살갗이었다. 다만 겹겹이 두른 흰 천이 가슴께를 빈틈없이 조이고 있었다. 목과 두 손목에도 붕대를 잔뜩 감아 놓았다. 붕대 가장자리로는 작은 상처들이 빼곡하게 고개를 내밀었다. 어쩐지 등골이 서늘해지는 광경이었다.

삐었던 목도 얼추 괜찮아졌겠다, 사련은 붕대를 한 겹씩 풀었다. 부요는 사련의 눈을 바라보며 물었다.

"누굽니까?"

"응?"

"누구와 겨루셨습니까?"

"겨루다니? 그런 적 없는데."

남풍이 말을 꺼냈다.

"그럼 그 상처는……."

사련이 고요한 얼굴로 말했다.

"혼자 넘어져서 생겼어."

"……."

바로 사흘 전, 사련이 속세에 강림할 때 굴러떨어지면서 생긴 상처였다. 다른 사람과 겨뤘다면 이렇게까지 상처를 입지는 않았을 것이다.

부요가 몇 마디 중얼거렸다. 제대로 들리지는 않았지만 튼튼하다는 칭찬 따위는 아닐 터였다. 사련도 달리 묻지 않고 목에

두툼하게 감겨 있던 붕대를 전부 풀었다. 곧이어 남풍과 부요가 굳어진 눈빛으로 그의 목을 응시했다.

새카만 테가 그의 흰 목을 둘러싸고 있었다.

두 사람의 시선을 알아차린 사련은 빙긋 웃으며 등을 돌렸다.

“주가(呪枷)를 실제로 본 건 처음이야?”

주가. 이름 그대로 저주의 족쇄이다.

폄적된 천계의 신관은 낙인이 찍히는 천벌을 받는다. 이 낙인은 몸을 속박해 신력을 봉쇄한다. 평생토록 벗어날 방법도 없었다. 얼굴에 글씨를 새기거나 쇠사슬로 손발을 묶는 방식처럼, 공포와 치욕을 느끼게 하는 일종의 형벌이자 경고였다.

두 번이나 굴러떨어진 삼계의 웃음거리, 사련의 몸에도 이런 족쇄가 채워졌다. 분명 이 소무관들도 소문은 들었을 터다. 하지만 귀로 듣는 것과 눈으로 보는 것은 차이가 크기 마련이다. 사련도 두 사람의 표정이 어느 정도 이해가 갔다.

소무관들에게는 이 주가가 꺼림칙하고 불편하게 느껴질지도 몰랐다. 아무래도 썩 좋은 물건은 아니니까.

사련은 옷을 구해야 한다는 핑계로 바깥을 둘러볼 생각이었다. 그러나 부요가 눈을 희게 뒤집으며 한마디 던지는 바람에 말을 삼켜야 했다.

“그런 꼴로 거리에 나가면 아주 추잡스럽겠네요.”

남풍이 신단 뒤에서 사당지기의 옷을 집어다 던져 준 덕분에 사련은 추잡스러운 꼴을 면할 수 있었다. 세 사람은 다시 자리에

앉았다. 방금 있었던 일 때문인지 분위기가 조금 어색해진 것 같았다. 그리하여 사련은 영문전에서 준 두루마리를 꺼내 들었다.

"더 읽어 볼 사람?"

남풍이 두루마리를 흘긋 쳐다보았다.

"전 읽었습니다. 저 녀석이나 잘 읽어 봐야 할 것 같은데요."

부요가 대꾸했다.

"잘 읽어 보기는 무슨. 구체적인 내용도 없는 반 푼어치 두루마리인데 더 읽을 가치가 있나?"

반 푼어치 두루마리라는 평가라니. 사련은 얼굴이 누레지도록 두루마리를 썼을 영문전 문관들이 조금 안타까워졌다. 부요가 다시 입을 열었다.

"아, 방금 어디까지 얘기했었지? 남양묘…… 왜 남양묘에 여신도들이 많은가, 맞죠?"

그래, 됐다. 두루마리를 갈무리한 사련은 꿈틀거리는 미간을 문지르며 확신했다. 오늘 밤에 이 두루마리를 끝까지 읽는 사람은 없겠구나.

할 일도 미뤄졌으니 남양묘에 대해 알아보기로 하자. 사실, 백여 년 넘도록 속세에서 고물을 줍던 태자 전하를 제외하면 제천의 온 신들은 다 알고 있는 일이다. 남양진군 풍신은 한때 '거양[#12]진군'으로 불린 전례가 있다. 남양 본인은 이 호칭을 극도로 싫어했다. 다른 이들 역시 이 호칭에 대해 짧은 감상을 남

#12 거양 巨陽, 큰 성기를 은유하는 말

졌다.

"억울하다!"

본래 정확한 표기법이 '구양(俱陽)'이었기 때문이다. 이름이 와전된 계기는 따로 있었다.

수년 전, 궁관[#13]을 건설하던 한 나라의 군주가 성의를 표시하겠다며 모든 궁관과 대전의 현판을 직접 썼다. 그런데 무슨 영문인지 '구양전(俱陽殿)'의 현판을 '거양전(巨陽殿)'이라고 써 놓은 것이 아닌가.

궁관 건축 업무를 맡은 관리는 근심에 빠졌다. 폐하께선 일부러 이렇게 고치신 걸까, 아니면 실수로 잘못 쓰신 걸까? 전자라면, 왜 공식적으로 선포하지 않으셨을까? 만약 후자라면, 어떻게 이런 저속한 실수를 범하실 수가 있담? 관리들은 갈피를 잡지 못하고 허둥댔다. 그렇다고 '폐하, 틀리셨습니다' 하고 말할 수도 없는 노릇이었다. 자칫 폐하의 실수를 비꼬는 것처럼 보인다면? 지식이 얕다거나, 성의가 부족하다고 지적하는 것처럼 보인다면? 하물며 폐하의 친필 현판이 어디 함부로 폐기할 수 있는 물건이던가?

세상에서 가장 헤아리기 어려운 것이 바로 상전의 뜻이다. 고통에 몸부림치던 관리들은 고심 끝에 생각했다. 폐하를 욕보이느니 차라리 구양진군을 욕보이자.

더할 나위 없이 합리적인 선택이었다. 군주는 '거양전'으로

#13 **궁관** 宮觀. 신들을 모시며 수련하는 도교 사찰

변한 '구양전'을 발견하고 별 내색 없이 학자들을 불러모았다. 그러고는 고서를 뒤져 기존의 표기는 '거양'이 맞고 '구양'이 잘못된 표기임을 뒷받침할 자질구레한 근거를 긁어모았다. 학자들도 글을 한 무더기로 써 가며 최선을 다해 증명했다. 결국 하룻밤이 지나자 전국의 구양전이 거양전으로 송두리째 탈바꿈했다.

영문도 모르고 호가 뒤바뀐 풍신은 십 년이 지나고서야 이 일을 알게 되었다. 평소 그는 자신의 사당에 달린 현판을 세심히 보는 편이 아니었다. 그러던 어느 날, 문득 기분이 언짢아졌다. 사당에 참배를 오는 여성 신도가 왜 이리 많은 것 같지? 게다가 향을 올리면서 뭘 기원하길래 하나같이 쭈뼛거리면서 얼굴을 붉히고 있지?

자초지종을 알게 된 그는 구천 꼭대기까지 돌진해서는, 태양이 작열하는 하늘 한복판에 대고 험한 말을 퍼부었다.

그 바람에 온 신관들이 크게 질겁했다.

욕을 쏟아부었지만 뾰족한 수는 없었다. 실컷 절하도록 둘 수밖에. 간절하게 기도하는 여인들을 언제까지고 외면할 수도 없는 노릇이었다. 그리하여 풍신은 눈 딱 감고 수년간 그 기도를 들어주었다. 이후 거양이라는 호가 채신머리없다고 생각한 점잖은 군주가 호를 남양으로 바꾸었으나, 사람들은 풍신이 무신의 본분 말고도 무엇을 보우해 주었는지 잊지 않았다. 그러면서도 '풍신을 절대 그 두 글자로 부르지 않기'라는 암묵적인

약속을 지켰다. 그렇게 풍신은 확고한 인상을 지니게 되었다. 남양진군은 '좋다!'라는 한 마디로 평가할 수 있는 신이라고.

입만 험하게 쓰지 않으면 아무래도 좋다!

남풍의 얼굴이 해묵은 솥 밑바닥처럼 새카매졌다. 시상이 떠오른 부요는 고상하게 시 한 수를 읊기 시작했다.

"부녀자의 벗, 최고로 영험한 삼신. 양기를 돕는 비방, 아이를 점지하는 남양 장군. 아하하, 으핫, 으하하하……."

사련은 선심 쓰듯 웃음을 꾹 참고 남양진군 신상의 체면을 세워 주었다. 남풍이 벌컥 핏대를 세웠다.

"음흉한 수작 부리지 마라. 한가해서 못 견디겠거든 바닥이나 청소하든지!"

그 말을 들은 부요의 얼굴도 삽시간에 솥 밑바닥처럼 새카매졌다. 남양전 사람들이 '그 두 글자'를 견디지 못한다면, 현진전 사람들은 '청소하라'는 말을 견디지 못했다. 황극관 잡역부 시절, 모정이 하루 종일 태자 사련에게 차를 올리고, 바닥을 청소하고, 이부자리를 정돈한 이력 때문이었다. 그러던 어느 날, 사련은 바닥을 쓸면서 수행 비법서를 외우는 모정을 발견했다. 사련은 역경 속에서도 학구열을 저버리지 않는 그 모습에 감동했고, 그길로 국사를 찾아가 모정을 제자로 받아 달라 청했다. 이 일을 어떻게 평가하면 좋을까? 큰 사건일까, 사소한 일일까. 굴욕담일까, 미담일까. 전부 당사자가 생각하기 나름일 것이다. 그리고 당사자는 이 일을 평생의 수치라고 생각하는 모

양이었다. 모정과 휘하 무관들은 그 말만 나오면 눈을 부라렸으므로. 아니나 다를까, 부요는 침묵에 빠져들었다. 그는 옆에서 억울한 얼굴로 손사래 치는 사련을 흘긋 바라보고는 비웃음을 터트렸다.

"말하는 꼴이 어째, 남들이 들으면 남양전이 태자 전하 편을 들어준 줄 알겠군."

남풍도 픽 냉소하며 대꾸했다.

"배은망덕한 쪽은 너희 장군이잖아. 그런데 뭐가 그렇게 당당하지?"

"그……."

사련이 한마디 끼어들려는 찰나였다. 아하하, 하고 웃은 부요가 운을 뗐다.

"너희 장군도 오십보백보 수준인데 이렇게 떠들어 댈 자격이 있나?"

"……."

자신을 망치 삼아 상대방이 모시는 신관을 내리찍는 뒷공론이라니. 사련이 듣다못해 입을 열었다.

"잠깐, 기다려. 그만, 그만해."

물론 아무도 그를 상대해 주지 않았다. 두 사람은 한술 더 떠서 주먹을 휘두르기 시작했다. 누가 선공을 날렸는지는 몰라도, 제사상이 반으로 쪼개지면서 쟁반이며 과일이 사방으로 나동그라졌다. 싸움은 걷잡을 수 없이 번졌다.

"다 내 업보로구나."

구석에 앉아 한숨지은 사련은 발치로 굴러온 찐빵을 주워 껍질을 대강 벗기고 입에 넣으려 했다. 언뜻 시선을 던진 남풍이 다짜고짜 손바닥을 날려 찐빵을 떨어뜨렸다.

"먹지 마십시오!"

부요도 싸움을 멈추고 경악과 혐오를 담아 말했다.

"먼지가 묻은 걸 왜 먹습니까!"

사련은 이 기회를 틈타 진정하라는 듯 손짓하며 입을 열었다.

"그만, 그만. 할 말이 있어."

두 사람을 떼어 놓은 그가 상냥한 얼굴로 말했다.

"첫째, 너희가 말하는 그 태자 전하가 바로 나야. 본인도 가만히 있는데 나를 무기 삼아 서로를 공격하지 마."

짧게 침묵한 사련이 덧붙였다.

"너희가 모시는 장군들은 절대 이러지 않을 거야. 너희가 이렇게 체통을 저버리면 그분들의 체면이 뭐가 되겠어?"

묵직한 한마디에 두 사람의 표정이 동요했다. 사련이 말을 이었다.

"둘째, 너희는 날 도우러 왔어. 그렇지? 그럼 너희가 내 말을 들어야 할까, 내가 너희의 말을 들어야 할까?"

두 사람이 침묵을 깨고 겨우 대답했다.

"저희가 말을 들어야 합니다."

물론 두 사람의 얼굴에는 '네 말을 듣다니, 꿈도 야무지지'라

고 쓰여 있었지만, 사련은 만족스러운 마음으로 짝 소리를 내며 손바닥을 마주쳤다.

"좋아. 마지막으로 셋째, 가장 중요한 부분이야. 꼭 뭔가를 버려야 한다면, 나를 버리는 한이 있어도 음식은 버리지 마."

남풍은 사련이 기회를 봐서 먹으려고 도로 주워 움켜쥐고 있던 찐빵을 낚아챘다. 인내심이 바닥난 그가 외쳤다.

"땅에 떨어진 건 먹지 마십시오!"

이튿날, 다시 상봉소점.

문 앞에 다리를 쭉 뻗고 앉아 여유를 부리던 차박사는 멀리서 걸어오는 세 사람을 발견했다. 단출한 흰옷 차림에 등 뒤로 삿갓을 멘 사내가 앞장서서 걷고 있었다. 검은 옷차림의 훤칠한 두 소년이 그 뒤를 따랐다.

어제의 그 도인이 팔짱을 끼고 느긋하게 다가와 입을 열었다. 그는 하다못해 차박사보다도 할 일이 없어 보였다.

"주인장, 차 석 잔 부탁합니다."

"금방 대령합지요!"

웃는 낯으로 대답한 차박사가 속으로 생각했다.

'이 세 얼간이 형님들이 또 왔구먼. 애석도 하지, 얼굴은 참 준수한데 하나같이 제정신이 아니란 말이야. 무슨 신관이니 신선이니, 귀신이니 천계니 하면서 떠들어 대잖아. 미쳤는데 반반한 얼굴이 다 무슨 소용이야?'

고민하던 사련은 창가 자리를 골랐다. 다 같이 자리에 앉자

남풍이 물어 왔다.

"왜 이런 곳에서 대화를 나눕니까? 남들이 들으면 어쩌시려고요?"

사련이 온화한 목소리로 대답했다.

"괜찮아, 들어도 신경 안 쓸 거야. 우리가 미쳤다고 생각하면 몰라도."

사련이 말을 이었다.

"우리도 계속 허송세월할 수는 없으니까 본론으로 들어가자. 하룻밤 차분하게 보내면서, 어떤 방법이 좋을지 생각해 봤어?"

부요가 스산한 눈빛으로 매정하게 말했다.

"죽입시다!"

남풍이 끼어들었다.

"헛소리하지 마!"

"남풍, 그렇게 흥분할 것 없어. 부요 말이 맞아. 문제를 해결하는 근본적인 방법은 살생이지. 문제는 어디에서, 누구를, 어떻게 죽일 것인가. 우선 내 의견은……."

이때 대로변에서 징과 북을 울리는 떠들썩한 소리가 들려왔다. 세 사람은 창밖을 내다보았다.

또 그 음침한 '신행 가마' 행렬이었다. 남들이 못 들으면 어쩌나 싶었는지, 사람들은 요란하게 악기를 두드리고 연신 소리를 질러 댔다. 남풍이 미간을 찌푸리며 말했다.

"여군산 부근의 현지인들은 성대한 결혼식을 삼간다고 하지

않았습니까?"

행렬에 참여한 청년들은 모두 우락부락하고 몸집이 건장했다. 다들 표정과 근육을 팽팽하게 굳히고 이마에 식은땀을 매달고 있었다. 기쁨이 넘치는 꽃가마가 아니라 목숨을 앗아 가는 단두대를 떠받친 모양새였다. 가마 안에 대체 어떤 사람이 앉아 있는 걸까?

잠시 침묵한 사련이 밖으로 나가려던 순간, 음산한 바람이 불어왔다. 가마 한쪽 휘장이 바람을 따라 위로 나부꼈다.

휘장 뒤에는 한 여인이 기괴한 자세로 비딱하게 앉아 있었다. 고개를 옆으로 기울인 여인은 면사포 아래로 붉게 칠한 입술을 드러냈다. 입꼬리에 담긴 것은 지나치게 과장된 미소였다. 가마가 들썩이자 얼굴을 가린 면사포가 흘러내렸다. 부릅뜬 두 눈이 이쪽을 노려보고 있었다.

분명, 목이 부러진 여인이 세 사람을 향해 조용히 미소 짓고 있는 듯한 광경이었다.

가마꾼이 손을 너무 심하게 떤 탓일까, 꽃가마는 그리 안정적이지 못했다. 여인의 머리도 가마를 따라 흔들렸다. 한참 덜렁거리던 머리는 쿵, 하고 아래로 떨어져 큰길 위를 데굴데굴 굴러갔다.

가마에 앉아 있던 머리 없는 몸뚱이도 덩달아 앞으로 고꾸라졌다. 여인의 온몸이 굉음을 내며 가마 입구를 덮쳤다.

4장 귀신은 색시를 들이고 태자는 꽃가마에 오르니

무심코 여인의 팔을 밟은 가마꾼 한 명이 대뜸 비명을 질렀다. 삽시간에 가마 행렬이 요란하게 뒤집혔다. 청년 무리가 서슬 푸른 칼을 뽑아 들며 외쳤다.

"무슨 일이야! 놈이 왔나?"

칼은 또 어디에 숨겨 온 것인지 모를 일이었다. 거리가 온통 소란스러워졌다. 사련은 가마에서 떨어진 여인을 다시 응시했다. 분리된 머리와 몸은 살아 있는 사람이 아니라, 목제 인형이었다.

부요가 어제처럼 외쳤다.

"너무 못생겼잖아!"

마침 차박사가 구리 주전자를 들고 다가왔다. 사련은 어제 그가 지었던 표정을 문득 떠올렸다.

"주인장. 저자들은 어제도 거리에서 소란을 피우던 것 같던데, 오늘 또 보네요. 저게 뭘 하는 건가요?"

"죽음을 자초하는 게지요."

"아하하……."

그다지 놀라운 대답은 아니었다. 사련이 다시 물었다.

"귀신 신랑을 유인하려는 건가요?"

"그게 아니면 뭐겠습니까? 실종된 신부의 아비가 딸을 되찾고 귀신 신랑을 잡는 데 두둑한 현상금을 내걸었습니다. 그래서 날이면 날마다 저렇게 난장판을 벌이는 것입죠."

현상금을 걸었다는 신부의 아버지는 틀림없이 그 관리 어르신이리라. 사련은 바닥에 떨어진 엉성한 머리통을 다시 곁눈질로 보았다. 저들은 가짜 인형을 새 신부로 위장하려던 모양이었다.

부요가 거북한 얼굴로 말했다.

"저런 못생긴 물건을 신부로 보내다니. 제가 귀신 신랑이었다면 이 마을을 전부 멸했을 겁니다."

"부요, 아무리 그래도 신관이 그런 말을 하면 안 되지. 그리고 그 눈 까뒤집는 습관 고칠 수는 없겠니? 먼저 소소한 목표 하나를 정하는 게 좋겠다. 하루에 다섯 번 정도만 뒤집는다든지."

남풍이 끼어들었다.

"저놈은 하루 오십 번으로 정해 줘도 못 지킬 겁니다!"

이때 한 청년이 난데없이 행렬을 뚫고 나왔다. 의기충천한

모습을 보아 하니 우두머리인 듯했다. 청년이 팔을 휘두르며 고함쳤다.

"다들 내 말 좀 들어 보시오! 계속 이러는 건 아무 의미가 없소! 요 며칠 우리가 얼마나 돌아다녔소? 한데 그 귀신 신랑이 끌려 나온 적 있소?"

행렬에 참여한 청년들이 동조하며 불평을 늘어놓았다. 그 청년이 말을 이었다.

"기왕 일을 벌였으니 끝을 봐야지. 이대로 여군산으로 쳐들어가 온 산을 뒤져 그 추한 괴물을 잡아 죽이는 거요! 내가 앞장설 터이니 정의로운 자들은 모두 나를 따라오시오. 그 추한 괴물을 죽이고 현상금을 나눕시다!"

머뭇거리며 몇 마디 화답하던 청년들은 점점 목청을 높이더니 마지막에는 모두가 호응하기 시작했다. 목소리만으로도 퍽 기세가 등등했다. 사련이 차박사에게 물었다.

"괴물? 주인장, 저들이 말하는 추한 괴물이 뭡니까?"

"귀신 신랑의 정체가 여군산에 사는 못생긴 괴물이라는 소문이 있습니다. 몰골이 추해 자기를 좋아해 주는 여인 하나 없었지요. 그래서 원한을 품고 남들이 경사를 치르지 못하도록 신부를 납치했다는 겁니다."

영문전의 두루마리에는 기록되지 않은 내용이었다. 사련이 다시 물었다.

"그런 이야기가 있었습니까? 추측은 아니고요?"

"누가 알겠습니까마는, 본 사람이 제법 있더랍니다. 붕대로 온 얼굴을 둘렀고 눈빛은 흉악한 데다, 말을 할 줄 몰라서 들짐승처럼 으르렁댄다나요. 그런 소문이 은근히 돌고 있지요."

부요가 대꾸했다.

"얼굴에 붕대를 감았다고 해서 꼭 추하란 법이 있습니까. 너무 아름다워서 남들에게 보여 주기 싫었을지도요."

잠시 말문이 막힌 차박사가 입을 열었다.

"누가 안답니까. 전 본 적도 없구먼."

이때 거리에서 한 소녀의 목소리가 들려왔다.

"다들…… 다들 이 사람 말 듣지 마세요. 가면 안 돼요. 여군산은 너무 위험해요……."

길모퉁이에 숨어서 말을 꺼낸 소녀는, 다름 아닌 어젯밤 남양묘에서 기도를 올리던 소형이었다.

소형을 보자 얼굴이 욱신거리는 기분이었다. 사련은 무심코 손을 들어 뺨을 더듬었다.

시선을 돌린 그 청년은 안색을 굳히더니 소형을 덜컥 밀쳤다.

"사내들끼리 대화하는데 어디서 어린 계집이 끼어들어?"

그 손길에 움츠러든 소형은 다시 용기를 내어 작은 목소리로 말했다.

"이 사람 말 듣지 마세요. 거짓 가마 행렬도, 산을 뒤지는 일도 너무 위험해요. 죽음을 자초하는 거라니까요?"

"말은 그럴듯하군. 우리는 백성을 위해 해악을 근절하려고

모인 자들이다. 그러는 너는? 네 목숨 하나 챙기겠다고 신부로 변장해서 가마에 오르는 일도 거절했지. 우리 백성들을 위해서 그만한 용기도 못 낸 주제에, 무슨 꿍꿍이속으로 방해를 해?"

그는 한마디를 꺼낼 때마다 소형을 밀쳤다. 가게에서 지켜보고 있던 모두가 눈살을 찌푸렸다. 사련은 가만히 고개를 숙이고 손목에 감긴 붕대를 풀면서 차박사의 말을 들었다.

"소팽두 녀석, 저 낭자를 신부로 변장시키겠다고 입에 꿀 바른 것처럼 어르고 달래더니만. 거절 한번 당했다고 저런 태도라니."

거리에 있는 청년들이 덩달아 소형에게 외쳤다.

"여기서 길 막지 말고 저리 가!"

소형이 새빨개진 얼굴로 눈시울을 붉히며 말했다.

"무…… 무슨 말을 그렇게 해요?"

"내 말이 틀렸나? 신부로 변장하라고 해도 죽어도 안 할 거면서?"

"무서워서 못 하는 거예요. 그렇다고 제 치마를 찌, 찢을 필요는 없었잖아요……."

그 말에 청년은 발이라도 찔린 사람처럼 길길이 날뛰기 시작했다. 청년이 소형에게 삿대질하며 고함쳤다.

"못생긴 게 어디서 사람을 모함해? 내가 네 치마를 찢어? 누구를 장님으로 아나! 남들한테 은근히 보여 주고 싶어서 혼자 찢은 건 아니고? 너 같은 못난이의 치마가 찢어져 봤자 누가

보고나 싶겠어? 애먼 사람 잡지 말라고!"

남풍은 더는 들어 줄 수가 없었다. 손에 쥔 찻잔이 쩍, 소리를 내며 부서졌다. 남풍이 자리에서 일어서려던 순간, 흰 그림자가 옆을 스치고 지나갔다. 동시에 그 청년, 소팽두가 펄쩍 뛰어오르며 소리를 질렀다. 그는 얼굴을 감싸 쥐고 바닥에 엉덩방아를 찧었다. 손가락 사이로는 피가 뚝뚝 흘러내렸다.

소팽두는 사람들이 상황을 파악할 틈도 없이 땅에 주저앉았다. 다들 소형이 그를 때린 줄 알고 시선을 옮겼으나 소형은 보이지 않았다. 흰옷을 입은 도인이 그녀의 앞을 가로막았기 때문이다.

공수하듯이 손을 들고 양 소매를 포갠 자세였다. 사련은 뒤 한번 돌아보지 않고 눈을 접어 웃으며 소형을 바라보았다. 허리를 가볍게 숙인 사련이 그녀와 눈높이를 맞추고 물었다.

"낭자, 제가 차 한잔 대접해도 될까요?"

바닥에 주저앉은 소팽두는 코와 입이 얼얼했다. 온 얼굴이 무쇠 채찍으로 얻어맞은 것처럼 욱신거렸다. 그러나 이 도인은 분명 무기를 지니고 있지 않았다. 그가 자신을 어떻게, 무엇으로 때렸는지도 보지 못했다. 비척거리며 일어난 소팽두가 칼을 쳐들고 소리쳤다.

"저자가 요사한 술법을 썼다!"

뒤에 있던 청년들은 '요사한 술법'이라는 말을 듣자마자 제각기 칼을 들고 덤볐다. 그때 남풍이 손을 내리쳤다. 요란한 굉음

과 동시에 기둥 하나가 부러졌다.

그 괴력에 청년들의 표정이 일제히 뒤집혔다. 소팽두는 지레 겁먹은 주제에 목을 빳빳하게 세우고 도망치면서 허풍을 쳐 댔다.

"오늘은 내가 졌다. 네놈들은 어느 문파 출신이냐? 이름을 남겨 두면 다음에 우리가 상대해 주마."

남풍은 대답할 가치도 느끼지 못했다. 옆에 있던 부요가 대신 대답했다.

"이름이야 간단하지. 이분은 바로 거양……."

남풍이 장력을 날리면서 자연스레 둘의 싸움이 시작됐다. 사련은 소녀를 찻집으로 데려가 과일과 차를 시켜 줄 생각이었지만, 소형은 눈물을 닦으며 자기 갈 길을 서둘렀다. 사련은 멀어지는 뒷모습만 바라보며 한숨을 푹 내쉬고는 혼자 되돌아왔다. 찻집에 들어서자 차박사가 말했다.

"기둥값 잊지 말고 변상하십쇼."

사련이 자리에 앉으며 남풍에게 말했다.

"기둥값 잊지 말고 변상해."

"……."

남풍은 말이 없었다.

사련이 말을 이었다.

"그 전에 할 일부터 처리하자. 누가 법력 좀 빌려줄래? 통령진에서 확인해야 할 정보가 있어."

남풍이 손을 들었다. 사련과 남풍은 서로 손바닥을 맞대고

아주 간단한 계약을 맺었다. 이렇게 사련은 다시 통령진에 접속할 수 있었다.

들어서자마자 영문의 목소리가 들려왔다.

“전하, 드디어 법력을 빌리셨나 봅니다? 북방 쪽은 순조롭게 진행되고 있습니까? 전하를 돕겠다고 자원한 두 소무관들은 도움이 좀 되고요?”

사련은 고개를 들었다. 남풍이 장력으로 부러뜨린 기둥, 냉담하게 눈을 감고 명상 중인 부요. 차례차례 시선을 옮긴 그가 대답했다.

“소무관 두 분은 각자 특색이 남달라요. 다들 훌륭한 재목이네요.”

영문이 웃으며 말했다.

“남양 장군과 현진 장군에게는 정말 축하할 일이군요. 전하의 말씀대로라면, 앞길 창창한 두 소무관이 머지않아 등선하게 될 테니까요.”

이윽고 모정의 목소리가 서늘하게 떠올랐다.

“부요는 내게 알리지 않고 이번 출행을 나섰습니다. 녀석이 멋대로 떠난 것이니, 무슨 짓을 저지르든 전 모르는 일입니다.”

사련이 속으로 중얼거렸다.

‘넌 정말 하루 종일 통령진을 지키는구나…….’

다시 영문의 목소리가 들려왔다.

“전하, 지금 강림하신 곳은 어디입니까? 북방은 배 장군이

관장하는 지역이라 향불이 왕성합니다. 필요하시다면 배 장군의 명광전(明光殿)에 머무시지요."

"민폐를 끼칠 수는 없죠. 게다가 이 근처에는 명광전이 보이질 않아서요. 대신 남양전을 발견해서 잠시 묵었어요. 하나만 물을게요, 영문. 혹시 이 귀신 신랑에 대한 정보가 더 있나요?"

"있습니다. 방금 저희 영문전에서 등급을 책정했습니다. 귀신 신랑은 '흉'입니다."

"'흉'이라고요?"

영문전은 인간 세상에 재앙을 일으키는 요괴와 귀신을 그 능력에 따라 '악(惡)', '려(厲)', '흉(兇)', '절(絕)'이라는 네 가지 등급으로 구분한다.

'악'은 한 사람을 죽일 수 있고, '려'는 한 집안을 멸할 수 있으며, '흉'은 도시 하나를 도륙할 수 있다. 가장 끔찍한 '절'은 세상에 나오기만 해도 나라와 백성이 화를 입고 천하가 대혼란을 겪는다.

여군산에 숨어든 귀신 신랑이 '절'에 버금가는 '흉'이라니. 그렇다면 그를 마주치고도 무사히 도망칠 수 있는 사람은 거의 없었을 터다.

통령진을 빠져나온 사련은 두 사람에게도 이 사실을 알렸다. 남풍이 입을 열었다.

"그렇다면 추한 사내가 붕대를 감았느니 뭐니 하는 소리는 유언비어겠네요. 아니면 귀신 신랑이 아닌 다른 것을 보았거나."

사련이 의견을 냈다.

“다른 가능성도 있어. 예컨대 특정 상황에서는 사람을 해치지 않거나, 해칠 만한 능력을 잃는다든지 말이야.”

부요가 불평을 늘어놓았다.

“영문전도 참 비효율적입니다. 이제 와서 등급을 책정하면 무슨 소용입니까!”

“그래도 적의 실력은 대충 알게 됐잖아. 하지만 이 귀신 신랑은 ‘흉’ 등급인 만큼 법력이 강력하겠지. 가짜 신부로는 절대 속일 수 없을 거야. 귀신 신랑을 끌어내려면, 가마 행렬에 가담한 사람들이 꼭두각시로 눈속임을 하거나 무기를 지녀선 안 돼. 무엇보다도 새 신부는 반드시 살아 있는 사람이어야 하고.”

사련의 말이 끝나자 부요가 대답했다.

“거리로 나가 여자를 찾고 미끼로 삼으면 되겠네요.”

남풍이 곧바로 기각했다.

“안 돼.”

“왜? 거절할까 봐? 돈을 주면 되잖아.”

부요의 대답에 사련이 입을 열었다.

“부요, 미끼를 하겠다는 여인이 있어도 그 방법은 제쳐 두는 편이 좋아. 이 귀신 신랑은 ‘흉’이잖아. 만약 실수라도 하면 어쩌려고? 우리는 괜찮겠지만 그러다 신부가 납치된다고 생각해 봐. 연약한 여인 혼자서는 도망칠 길도 없고 반항도 못 하니, 결국엔 목숨을 잃게 되겠지.”

그 말에 부요가 대꾸했다.

"여자가 안 된다면 남자를 찾을 수밖에요."

"신부로 변장하겠다는 남자를 어디 가서 찾……."

남풍의 말이 끝나기도 전에 두 사람이 한곳으로 시선을 옮겼다.

사련은 어리둥절한 얼굴로 여전히 웃기만 했다.

저녁, 남양묘.

머리를 풀어 헤친 사련이 사당 뒤에서 돌아 나왔다.

사당 문을 지키던 두 사람이 그를 발견했다. 남풍은 그 자리에서 '제기랄!' 욕을 내뱉고는 밖으로 뛰쳐나갔다.

잠시 할 말을 잃은 사련이 중얼거렸다.

"그 정도야?"

이 사람이 부드러운 용모의 준수한 청년이라는 사실은 누구를 데려와도 한눈에 알아볼 수 있을 터였다.

하지만 바로 그게 문제였다. 준수한 사내대장부가 여인의 혼례복을 걸친 모습을 눈 똑바로 뜨고 볼 수 있는 사람은 그리 많지 않다. 남풍을 예로 들 수 있겠다. 그는 이런 모습을 받아들이지 못하는 사람인지라 반응이 이토록 격렬했던 것이다.

부요는 제자리에 서서 복잡한 눈빛으로 사련을 훑어보고 있었다. 사련이 그를 쳐다보며 물었다.

"뭔가 할 말이라도 있어?"

부요가 고개를 끄덕였다.

"만약 제가 귀신 신랑인데 이런 여자를 받는다면……."

"이 마을을 멸할 거야?"

부요가 매정하게 말을 이었다.

"아뇨, 그 여자를 멸할 겁니다."

사련이 빙긋 웃었다.

"내가 여자가 아니라서 다행인 셈이네."

"지금이라도 통령진에 들어가서 변신 법문을 가르쳐 줄 신관을 찾는 게 더 현실적이겠군요."

확실히 천계에는 특수한 조건 때문에 변신술에 능한 신관들이 몇몇 있었다. 하지만 당장 배우기에는 시간이 부족했다. 그 무렵 어두운 안색을 한 남풍이 되돌아왔다. 욕을 쏟아 낸 그는 한층 침착해져 있었다. 정말이지, 본인이 모시는 장군을 빼다 박은 모습이었다. 사련은 어두워진 하늘을 보고 입을 열었다.

"괜찮아. 얼굴만 가리면 다 똑같은걸."

사련이 면사포를 뒤집어쓰려는데 부요가 손을 들어 저지했다.

"기다리세요. 아직 그 귀신 신랑이 어떻게 사람을 해치는지 모르잖습니까. 혹여나 면사포를 걷고 속임수를 알아차리면 격노해서 돌발 상황을 일으킬 수도 있습니다. 더 큰 파란이 일어나면 어쩌시려고요?"

부요의 말도 제법 일리가 있었다. 그리 생각한 사련이 한 걸음을 내디딘 순간, 무언가 찢어지는 소리가 들렸다.

부요가 찾아온 붉은 혼례복은 사련의 몸에 전혀 맞지 않았다.

혼례복의 주인은 몸집이 작고 가녀린 모양이었다. 의외로 허

리둘레는 들어맞았지만, 팔다리를 올리기에는 옷이 너무 옥죄는 바람에 큰 동작을 취하자 바로 찢어져 버렸다. 사련이 찢어진 곳을 찾아 헤매는 와중에 사당 문어귀에서 말소리가 들려왔다.

"저기……."

세 사람은 소리가 난 곳을 돌아보았다. 잘 개어진 흰옷을 들고 사당 문어귀에 선 소형이 쭈뼛대며 이쪽을 바라보고 있었다.

"어젯밤에 여기서 당신을 봤던 게 기억나서요. 혹시 만날 수 있을까 해서 왔는데…… 옷은 제가 빨았어요. 여기 둘게요. 어제와 오늘은 정말 감사했습니다."

웃음으로 화답하려던 사련은 문득 자신이 어떤 꼴을 하고 있는지를 떠올렸다. 그는 소녀가 겁먹지 않도록 말을 삼가기로 했다.

하지만 소형은 그 모습에 놀라기는커녕 한 걸음 다가오며 말했다.

"이 옷은……. 좋으시다면 제가 좀 도와드릴까요?"

잠시 침묵에 빠진 사련이 대답했다.

"아닙니다, 낭자. 오해하지 마세요. 전 이런 취미 없어요."

소형이 다급하게 말했다.

"알아요, 알아요. 제 말은, 싫지 않으시다면 도와드리겠단 거였어요. 여러분…… 여러분은 귀신 신랑을 잡으러 가시려는 거죠?"

그녀의 목소리와 표정이 바짝 격양됐다.

"저, 저는 옷을 수선할 줄 알아요. 항상 반짇고리를 가지고

다니거든요. 망가진 곳이 있으면 제가 고쳐 드릴게요. 몸치장도 해 드릴 수 있어요. 제가 도와드릴게요!"

"……."

이 주향 뒤, 사련은 다시 고개를 숙이고 사당 뒤에서 걸어 나왔다.

이번에는 신부용 면사포가 얼굴을 가렸다. 남풍과 부요는 슬쩍 구경하고 싶은 눈치였으나 결국에는 본인들의 눈을 소중히 하기로 했다. 두 사람이 구해 온 가마는 사당 앞에 세워져 있었다. 고심해서 고른 가마꾼들도 오래 기다린 참이었다. 어스름한 달빛에 매서운 바람이 몰아치는 밤. 태자 전하는 새 신부의 혼례복을 입고 붉은 꽃가마에 올랐다.

꽃가마와 안쪽 사면에 두른 천은 전부 붉은 비단이었다. 만개한 꽃과 보름달, 상서로운 용과 봉황이 색실로 수놓아져 있었다. 남풍과 부요는 각자 가마의 왼쪽과 오른쪽을 맡아 호송했다. 가마에 반듯하게 앉은 사련의 몸이 가마꾼의 걸음에 따라 유유히 흔들렸다.

팔인교[#14]를 나르는 가마꾼 여덟은 무예가 출중한 무관들이었다. 남풍과 부요는 신부의 가마꾼으로 위장할 무술 고수들을 찾기 위해 그 관리 어르신의 저택에 찾아갔다. 여군산으로 밤 정찰을 나가겠다는 설명을 덧붙이자 관리는 군말 없이 덩치 큰 무관들을 내주었다. 다만 세 사람은 도움을 기대하고 무예가

#14 팔인교 八人轎. 가마꾼 8명이 나르도록 만들어진 대형 가마

출중한 자들을 모은 건 아니었다. 흉귀가 덮쳐 오면 제 목숨만큼은 건사할 수 있는 자들이 필요했을 뿐이다.

하지만 이 무관들은 썩 달갑지 않은 눈치였다. 관청에서 제일가는 고수들이라면 어디서든 우두머리 노릇을 하지 않았겠는가? 그런데 기생오라비 두 사람이 자신들의 머리 꼭대기에 올라앉아 가마꾼 노릇을 시키니 몹시 불쾌한 심정이었다. 그들은 주인의 명령을 어길 수는 없는 노릇이라 경멸감을 꾹 억누르면서도, 화를 삭이지 못하고 일부러 발을 헛디디거나 손을 흔들어 가마를 위아래로 들썩였다. 밖에서는 알아채지 못하겠지만, 가마에 앉은 사람이 조금만 연약했더라도 벌써 눈앞이 새카매지도록 구토를 했을 것이다.

그리 한참을 들썩이자, 가마 안에 앉은 사련이 낮게 한숨을 내쉬었다. 이 소리를 들은 무관 몇몇은 내심 우쭐해졌다.

바깥에 있던 부요가 차가운 목소리로 물었다.

"아가씨, 왜 그러십니까? 늦깎이로 혼인하시니 기뻐서 눈물이 다 흐르시나 봅니다."

사실 많은 신부들이 출가할 때 꽃가마 안에서 울음을 터트린다. 물론 사련은 울지도 웃지도 못하는 신세였지만. 그럼에도 내뱉은 목소리가 부드럽고 태연했다. 흔들리는 가마에 시달린 기색은 전혀 느껴지지 않았다.

"아니야. 갑자기 깨달은 게 있어서 그래. 이 가마 행렬에 아주 중요한 게 빠졌거든."

남풍이 물었다.

"뭘 빠트렸습니까? 필요한 건 다 준비했을 텐데요."

사련이 웃음기를 담아 대답했다.

"혼수로 데려갈 시녀 둘."

"……."

바깥의 두 사람은 약속이나 한 듯이 서로를 쳐다보았다. 어떤 장면을 떠올렸는지는 몰라도 오한이 물씬 끼쳐 왔다. 부요가 겨우 대답했다.

"대충 집안이 가난해서 시녀를 살 돈이 없는 셈 치시죠."

사련이 대답했다.

"그러지 뭐."

이 우스운 만담을 들은 가마꾼 무관들은 참지 못하고 웃음을 터트렸다. 그러자 마음속 불만은 한결 사라지고 친근감이 들어앉았다. 흔들대던 가마도 조금씩 안정감을 되찾았다. 다시 가마에 기대어 단정하게 자세를 고친 사련은 눈을 감고 정신을 집중했다.

그런데 예상치 못한 일이 일어났다. 얼마 지나지 않아 어린 아이들의 웃음소리가 귓가에 울려 퍼진 것이다.

꺄르르, 하고 시시덕거리는 웃음소리.

신비롭고도 괴이한 웃음소리는 잔물결처럼 산과 들로 퍼져 나갔다. 반면 꽃가마는 멈출 줄 모르고 침착하게 앞으로 나아갔다. 심지어 남풍과 부요도 이상을 눈치채지 못했는지 아무

말이 없었다.

눈꺼풀을 들어 올린 사련이 나지막이 말했다.

"남풍, 부요."

꽃가마 왼편에서 남풍이 물어 왔다.

"뭡니까?"

"뭔가 왔어."

이때 '신행 가마 행렬'은 여군산 깊숙이 발을 들인 뒤였다.

사방이 한층 고요해졌다. 나무 가마가 삐걱대는 소리, 마른 가지와 나뭇잎을 밟는 소리, 가마꾼들의 숨소리도 이 적막함 속에서는 다소 시끄럽게 느껴졌다.

어린아이의 웃음소리는 여전히 사라지지 않았다. 때로는 저 멀리 깊은 숲속에서 들려왔고, 때로는 가마 옆에 엎드려 있는 듯 가까이서 들려왔다.

남풍이 표정을 굳혔다.

"전 아무 소리도 못 들었습니다."

부요도 서늘한 목소리로 말했다.

"저도 못 들었습니다."

나머지 가마꾼들도 들었을 리가 만무했다.

"그렇다면 일부러 나에게만 들려주는 거겠네."

이 무관 여덟 명은 무예에 자신깨나 있는 사람들이었다. 하물며 귀신 신랑은 불규칙적으로 신부를 맞이하러 오지 않았던가. 분명 오늘 밤은 성과 없이 돌아가게 될 터이니 크게 두렵지

않았다. 하지만 무슨 영문이었을까, 신행 가마 행렬에 참여한 무관 마흔 명이 실종된 사건이 문득 떠올랐다. 몇 사람의 관자놀이에서 식은땀이 배어 나왔다. 사련은 머뭇거리는 발걸음을 알아차리고 말을 꺼냈다.

"멈추지 마세요. 아무 일도 없는 것처럼 행동해요."

남풍은 가마꾼들에게 손을 흔들어 계속 걸어가라는 신호를 보냈다. 사련이 다시 입을 열었다.

"노래를 부르고 있어."

부요가 물었다.

"무슨 노래를요?"

사련은 그 어린아이의 목소리에 귀를 기울이면서 또박또박 읊조렸다.

"새색시, 새색시, 빨간 꽃가마에 오른 새색시……."

적막한 밤, 사련의 목소리가 느릿하고 또렷하게 울려 퍼졌다. 노랫말을 읊고 있는 사람은 사련이었지만, 무관들은 아이의 앳된 목소리가 이 기괴한 노래를 따라 부르는 기분이 들어 모골이 송연해졌다.

사련이 계속해서 읊조렸다.

"눈물이 글썽글썽, 고개를 넘어, 면사포 아래에서…… 웃지 마라…… 귀신 신…… 귀신 신랑? 다음은 뭐지?"

잠시 침묵한 사련이 말했다.

"안 되겠어. 계속 웃고 있어서 제대로 들리지 않아."

남풍이 미간을 찌푸렸다.

"의도가 뭡니까?"

사련이 대답했다.

"노랫말 그대로야. 가마에 앉은 새 신부는 웃지 말고 울기만 하라고."

"제 말은, 놈이 전하에게 이런 경고를 하는 의도가 뭐냐는 겁니다."

늘 다른 의견을 내놓는 부요가 변함없이 입을 열었다.

"꼭 경고란 법은 없잖아. 일부러 반대로 행동하게 만들려는 속셈일지도. 사실 신부가 웃어야 무탈할 수 있는데, 신부를 속여서 울리려는 목적인 거지. 이전의 신부들도 이런 식으로 속았을지도 모르겠군."

사련이 끼어들었다.

"부요. 평범한 새 신부가 길에서 이런 소리를 들으면 무서워서 까무러쳤지, 어떻게 계속 웃을 수 있겠어. 그리고 울고 웃고를 떠나서 최악의 결과는 뭘까?"

"납치당하는 겁니다."

"우리가 오늘 밤에 나온 목적이 바로 그거잖아?"

부요는 코웃음을 치면서도 달리 반박하지는 않았다. 사련이 한마디 덧붙였다.

"그리고 이것만큼은 너희에게 꼭 알려 주고 싶은데."

남풍이 물었다.

"뭡니까?"

"난 꽃가마에 탔을 때부터 계속 웃고 있었어."

그 말이 끝나기가 무섭게 가마가 세차게 내려앉았다.

바깥에 있던 무관들이 혼란에 빠지자 꽃가마가 완전히 멈췄다. 남풍이 목청을 높였다.

"다들 진정하시오!"

사련이 고개를 살짝 들며 물었다.

"무슨 일이야?"

부요가 담담하게 대답했다.

"별일 아닙니다. 짐승 무리를 마주쳐서요."

그 말이 끝나기 무섭게, 처절한 짐승의 울음소리가 밤하늘을 갈랐다.

이리 떼가 길을 가로막은 것이다.

아무리 생각해도 정상적인 상황은 아닌 것 같았다. 사련이 바깥을 향해 물었다.

"실례지만, 여군산은 평소에도 이리 떼가 자주 출몰합니까?"

바깥에서 한 무관이 대답했다.

"여태껏 한 번도 없었소! 여군산에서 이런 일이 일어나다니!"

사련이 눈썹을 까딱 추켜세웠다.

"그렇군요. 그렇다면 제대로 찾아왔네요."

황량한 산속의 이리 떼 따위가 남풍과 부요를 건드리지는 못할 것이다. 칼날 사이에서 뒹구는 것이 일상인 무관들도 어찌

하지 못할 터다. 다들 방금 그 스산한 노래에 정신이 팔려 방심한 참이라 놀랐을 뿐이었다. 어스름한 야산 속에서 푸르스름한 안광이 번뜩였다. 굶주린 이리 떼는 숲에서 줄지어 느릿하게 걸어 나와 가마를 에워쌌다. 물론, 들리지도 보이지도 않는 존재보다는 이렇게 눈앞에서 때려잡을 수 있는 짐승이 훨씬 나았다. 사람들은 나란히 옷소매를 걷어붙이고 몸을 풀며 전투를 준비했다. 그러나 진정한 무대는 이제 시작이었다. 바스락대는 이리 떼의 발소리와 함께 짐승인 듯 인간인 듯 괴이한 소리가 울려 퍼졌다.

놀란 무관 하나가 외쳤다.

"이…… 이건 뭐야! 대체 뭐냐고!"

남풍도 짧게 욕을 뇌까렸다. 이변을 눈치챈 사련이 몸을 들썩이며 물었다.

"무슨 일이야?"

남풍이 재빠르게 외쳤다.

"나오지 마십시오!"

사련이 손을 든 순간, 가마가 거세게 요동쳤다. 무언가가 가마 문에 달라붙은 것 같았다. 그는 고개를 숙이는 대신 시선만 살짝 내리깔았다. 면사포 아래로 새카만 뒤통수가 보였다.

그 무언가가 가마 안으로 들어온 것이다.

머리로 가마 문을 들이받은 물체는 금세 바깥으로 끌려 나갔다. 남풍이 가마 앞에서 욕을 뱉었다.

"제길, 비노(鄙奴)잖아!"

일이 번거롭게 됐구나. 사련은 '비노'라는 이름을 듣자마자 알 수 있었다.

비노는 영문전이 선정한 등급 중에서 '악'에도 비견할 수 없는 존재였다.

초기의 비노는 인간이었다고 한다. 하지만 지금의 모습은 기형적인 인간에 가까웠다. 머리와 얼굴이 있지만 이목구비가 모호하고, 손과 발이 있지만 제대로 걷지 못한다. 입과 이빨도 달렸으나 반나절을 물어뜯어도 사람 하나 죽이지 못한다. 그렇지만 사람들에게 선택지를 준다면, 더욱 두려운 존재인 '악'이나 '려'를 만날지언정 비노를 만나고 싶지는 않을 터였다.

이유는 따로 있다. 보통 비노는 다른 요마와 함께 나타나기 때문이었다. 사냥감이 적들과 싸우고 있으면 난데없이 등장해서는, 악착스러운 손발과 끈적한 체액에 앞뒤로 쏟아져 나오는 동료들까지 총동원해 엿가락처럼 달라붙는다. 비노는 전투력은 낮지만 생명력이 몹시 강한 데다 무리를 지어 다니기 일쑤였다. 무슨 수를 써도 뿌리칠 수 없고 신속하게 제거하기도 어렵다. 비노의 공격에 기력이 쇠해 쓰러진 사냥감은 방심한 순간 기회를 엿보던 적에게 당하고 마는 것이다.

다른 요마가 사냥감을 죽이면, 비노는 상대방이 먹다 남긴 팔다리를 주워 맛있게 음미하며 갉아먹는다.

참으로 역겨운 존재가 아닐 수 없었다. 상천정의 신관이라면

영광(靈光)을 발하거나 무기를 꺼내는 것만으로도 비노를 겁주고 쫓아낼 수 있었다. 하지만 중천정의 소신관들이 상대하기에는 무척 까다로운 존재였다. 부요가 멀리서 혐오감을 담아 소리쳤다.

"난, 저놈들이, 제일 싫어! 영문전에서 비노 얘기를 했던가요?"

사련이 대답했다.

"안 했어."

"하여간 도움이 안 된다니까!"

"전부 몇 마리지?"

사련의 질문에 남풍이 입을 열었다.

"백여 마리, 어쩌면 더 많을 수도 있습니다! 밖으로 나오지 마십시오!"

비노는 머릿수가 많을수록 강해지므로 열 마리를 넘으면 다루기 힘들어진다. 백여 마리라면? 이곳에 있는 자들을 너끈히 죽이고도 남는 숫자였다. 비노는 보통 사람들의 왕래가 잦은 곳에 즐겨 살지만, 여군산 한 곳에 이렇게 많은 수가 몰려 있으리라고는 전혀 예상치 못했다. 사련은 잠시 생각에 잠겼다. 가볍게 팔을 들어 올리자 붕대를 절반쯤 감은 손목이 드러났다.

"가거라."

사련의 말과 동시에 흰 비단이 스스로 손목에서 흘러내렸다. 비단은 살아 있는 생물처럼 꽃가마 휘장을 들추고 날아올랐다.

가마에 단정하게 앉은 사련이 온화한 목소리로 명했다.

"죽여."

새카만 밤 속, 흰 그림자가 독사처럼 유유히 헤엄쳤다.

붕대로 위장해 사련의 손목에 감겨 있을 때만 해도, 그 흰 비단은 고작 몇 척 길이에 불과해 보였다. 그러나 격전을 벌이는 사람들 사이에서 도깨비불처럼 나부끼자 한없이 늘어나는 것처럼 길게 느껴졌다. 우드득, 소리가 꼬리를 물고 울려 퍼졌다. 수십 마리 이리 떼와 비노의 목이 삽시간에 흰 비단에 감겨 부러졌다.

남풍에게 달라붙어 있던 비노 여섯 마리가 찰나에 목숨을 잃고 나동그라졌다. 주먹으로 이리 한 마리를 내리친 남풍은 위기에서 벗어났으면서도 안심하는 얼굴이 아니었다. 그가 믿을 수 없다는 듯이 가마로 뛰어들었다.

"저게 뭡니까? 법력이 없어서 법보를 다룰 수 없다면서요?"

사련이 말끝을 흐렸다.

"무슨 일이든 예외가 있기 마련이니까……."

화가 치밀어 오른 남풍이 가마를 사납게 내리쳤다.

"사련! 똑바로 말해요. 저게 대체 뭡니까? 설마……."

남풍의 손길에 가마가 폭삭 무너져 내리기 직전이었다. 할 수 없이 가마 문짝을 받쳐 든 사련은 조금 얼떨떨해졌다. 방금 남풍의 말투가 과거에 풍신이 화를 내던 모습을 연상시킨 탓이다. 남풍이 몇 마디 덧붙이려는 순간, 먼발치에서 무관들의 처참한 비명이 들려왔다. 부요가 냉담하게 말했다.

"할 말 있으면 저것들부터 해치우고 해!"

남풍은 어쩔 수 없이 상황을 수습하러 움직였다. 황급히 정신을 차린 사련이 말했다.

"남풍, 부요, 너희들은 먼저 가."

남풍이 홱 고개를 돌렸다.

"뭐라고요?"

"너희들이 가마를 지키면 놈들이 계속 몰려올 테고, 싸움도 끝나지 않을 거야. 그러니 사람들을 데리고 먼저 가. 난 남아서 귀신 신랑을 만날게."

남풍은 또 험한 말이 목까지 치밀었다.

"전하 혼자……."

부요가 냉정하게 끼어들었다.

"어차피 저 천을 부릴 수 있으니 잠깐 정도야 별일 없겠지. 그렇게 꾸물거릴 시간에 무관들을 적당히 떨어뜨려 놓고 다시 와서 돕지 그래? 난 먼저 간다."

부요는 망설이는 법도 없이 시원스레 자리를 떴다. 남풍은 이를 악물었다. 부요의 말이 옳다고 판단한 그가 나머지 무관들에게 외쳤다.

"일단 따라오시오!"

예상대로였다. 꽃가마 곁을 떠나자, 이리 떼와 비노들이 끈질기게 달라붙기는 해도 새로운 무리가 나타나 공격해 오지는 않았다. 남풍과 부요는 각자 무관 네 사람을 맡아 보호했다. 부

요는 길 위에서 교전을 이어 가며 분한 목소리로 말했다.

"뭐 하자는 거야? 만약 내가 아니었으면……."

말을 채 끝맺기도 전에 두 사람이 미묘한 눈빛으로 서로를 응시했다. 부요는 말을 삼키고 고개를 돌렸다. 둘은 잠시 입을 다물고 발걸음을 재촉했다.

꽃가마의 사방은 온통 사체투성이였다.

달려든 이리 떼와 비노들을 모조리 교살한 비단 '약야'는 다시 제자리로 날아들어 순순히 사련의 손목을 휘감았다. 사련은 가마에 조용히 앉아 있었다. 아득한 어둠과 바스락거리는 숲의 바다가 그를 에워쌌다.

한순간, 만물이 고요에 잠겼다.

바람 소리, 숲의 소리, 마물의 포효까지, 찰나에 모든 것이 정적에 빠져들었다. 마치 무언가를 두려워하듯이.

이윽고 아주 가벼운 웃음소리가 두어 번 들려왔다.

청년 같기도 했고, 한편으로는 소년 같기도 했다.

사련은 정좌하고 앉아 아무 말도 하지 않았다.

만반의 태세를 갖춘 비단 약야는 그의 손목을 조용히 휘감고 있었다. 상대가 조금이라도 살기를 띠면 득달같이 광기를 드러내며 열 곱절로 반격해 줄 터였다.

하지만 사련을 찾아온 것은 기습이나 살의가 아닌 다른 무언가였다.

꽃가마의 휘장이 슬며시 치켜 올라갔다. 사련은 새빨간 면사

포 아래로 시선을 던졌다. 그 사람이 이쪽으로 손을 내밀고 있었다.

손가락 마디가 또렷했다. 셋째 손가락에는 붉은 실이 매여 있었다. 늘씬하고 창백한 손에 매인 그 실은 흡사 눈부신 인연의 매듭 같았다.

손을 줄까, 말까?

사련은 담담하게 침묵을 지켰다. 제대로 판단이 서지 않았다. 계속 이렇게 바위처럼 꿈쩍하지 않고 자리를 지켜야 할까. 아니면 겁에 질린 새 신부처럼 소스라치며 뒤로 도망가야 할까. 반면 이 손의 주인은 인내심이 깊고 품위도 자못 고상했다. 사련이 움직이지 않자 덩달아 움직임을 멈추고 가만히 대답을 기다렸다.

뒤이어, 사련은 무언가에 홀리기라도 한 것처럼 손을 내밀었다.

자리에서 일어난 사련은 휘장을 들추고 가마에서 내리려 했다. 그러나 상대방이 한발 앞서 붉은 휘장을 올려 주었다. 그는 사련의 손을 잡고도 그다지 힘을 주지 않았다. 자신을 아프게 할까 걱정하는 것 같다는 조심스러운 착각마저 들었다.

사련은 고개를 숙이고 그 손길에 이끌려 천천히 가마에서 내렸다. 언뜻 발밑으로 시선을 내리자, 약야에게 교살되어 널브러진 이리 사체가 보였다. 잠깐 한눈을 판 사이에 사련의 발이 이리 사체에 툭 걸렸다. 놀라서 들이켠 숨소리와 함께 그의 몸이 앞으로 쏠렸다.

그 사람은 곧바로 손을 뻗어 사련을 부축했다.

부축받은 사련도 덩달아 그의 손을 붙잡았다. 손에 닿아 온 것은 차가운 물건이었다. 이 사람은 양쪽 손목에 은제 호완[#15]을 차고 있었다.

호완은 화려하고 정교하며 문양이 고풍스러웠다. 단풍과 나비, 험악한 맹수가 조각된 모습이 꽤 신비롭기도 했다. 중원 지역의 물건이라기보다는 이민족의 옛 유물 같았다. 손목을 단단히 조인 모양새가 유달리 세련되고 깔끔해 보였다.

생기라곤 찾아볼 수 없는 서늘한 은빛과 창백한 손. 대신 약간의 살기와 사특한 기운만이 그 위로 배어나고 있었다.

방금 사련이 넘어질 뻔했던 것은 그를 떠보기 위한 행동이었다. 약야는 혼례복의 널따란 소매 안에서 느릿하게 꿈틀대면서 공격의 순간을 기다렸다. 하지만 이 사람은 사련의 손을 잡고 앞으로 걸어갈 뿐이었다.

어차피 면사포가 앞을 가려 길을 알아볼 수도 없으니, 사련은 시간을 끌 심산으로 걸음을 최대한 늦추었다. 그러자 상대방도 사련을 따라 느릿하게 발을 내디뎠다. 때로는 또 넘어질까 봐 걱정하는 것처럼 다른 한 손으로 사련을 잡아끌었다. 사련은 경계심을 늦추지 않으면서도 이런 대접을 받으니 내심 그런 생각이 들었다.

'이 사람이 정말 신랑이었다면, 참 다정하고 세심하다고 할

#15 호완 護腕, 손목이나 팔을 보호하기 위해 차는 물건

만하겠어.'

그때 잘그락, 하는 아주 가벼운 울림이 들려왔다. 이 맑고 잔잔한 소리는 두 사람이 내디디는 걸음마다 울려 퍼졌다. 무슨 소리일까, 한참 고민하고 있는데 문득 사방에서 짐승의 억눌린 울음소리가 들끓기 시작했다.

이리!

사련의 몸이 움찔거렸다. 비단 약야가 불현듯 팔목을 조여왔다.

미처 동작을 취하기도 전이었다. 사련을 이끌던 그 사람이 사련의 손등을 가만히 토닥였다. 걱정하지 말라며 안심시키는 것만 같았다. 상냥하다고 해도 좋을 가벼운 손길에 사련은 조금 얼떨떨해졌다. 간간이 들려오던 짐승의 낮은 포효는 벌써 가라앉았다. 다시 귀를 기울인 사련은 깨달았다. 이리들은 낮게 포효하는 게 아니라, 흐느끼고 있었다.

분명 공포에 질려 오금이 굳은 짐승이 단말마의 몸부림을 치면서 내는 흐느낌이었다.

이 사람에 대한 궁금증이 한층 강렬하게 일었다. 면사포를 들추고 직접 보고 싶었으나 적절한 행동이 아니라는 건 잘 알았다. 사련은 할 수 없이 붉은 면사포 아래의 틈으로 일부분만 살펴보았다. 시야에 들어찬 것은 붉은 옷자락이었다. 그 붉은 옷자락 아래로 검은 가죽 신발 한 켤레가 유유자적 걷고 있었다.

목이 긴 검은 가죽 신발은 가늘고 곧은 종아리를 단단히 조

이고 있었다. 덕분에 걸음을 떼는 모습이 무척 보기 좋았다. 옆면에는 가느다란 은사슬 두 줄이 매달려 있었다. 잘그락, 걸음을 따라 흔들리는 은사슬의 낭랑한 소리에 귀가 즐거웠다.

무심하고 경쾌한 발걸음은 소년 같은 느낌을 풍겼다. 하지만 한편으로는 아무도 자신을 가로막을 수 없다는 듯 자신만만하기도 했다. 감히 앞길을 막아서는 자는 누구든 산산이 부서뜨릴 것처럼. 그래서일까, 사련은 오히려 이 사람의 정체를 확신할 수가 없었다.

한창 생각에 골몰하고 있던 그때였다. 바닥의 새하얀 물체가 사련의 시야를 갑작스레 파고들었다.

사람의 두개골.

사련의 걸음이 잠시 얼어붙었다.

한눈에 봐도 두개골이 놓인 방식에 문제가 있었다. 이는 분명 어떤 진법의 일부분이었다. 자칫 건드렸다간 진법의 공격이 이쪽으로 발동될지도 몰랐다. 하지만 소년의 걸음을 보아 하니 바닥에 무언가가 있다는 사실 자체를 모르는 것 같았다. 귀띔이라도 해 줘야 하나, 그리 생각한 순간 '콰직' 하는 처참한 소리가 들렸다. 소년이 한쪽 발로 두개골을 밟아 산산조각을 낸 것이다.

그러고는 무슨 일이 있었냐는 듯 무심하게 그 가루 더미를 밟고 지나갔다.

"……."

이리 간단하게 진법 전체를 쓸모없는 먼지로 부스러뜨리다니…….

이때 소년의 걸음이 멈칫했다. 사련의 마음도 덜컥 내려앉았다. 이제 행동해야 할 때가 온 걸까, 싶었다. 하지만 소년은 잠시 멈춰 서나 싶더니 계속해서 사련을 앞으로 이끌었다. 그렇게 두어 걸음을 내디뎠을 무렵이었다. 별안간 위에서 후드득, 소리가 울려 퍼졌다. 우산에 빗방울이 부딪는 소리 같았다. 방금 소년은 우산을 펼쳐 두 사람의 머리를 가린 것이다.

참 난데없는 행동이었지만 사련은 그 자상함에 내심 감탄했다. 그래도 의아한 기분은 좀체 지워지지 않았다.

'비가 오나?'

칠흑 같은 산, 아득한 숲. 멀리 늘어진 깊은 산등성이에서 이리가 달을 향해 길게 울부짖었다. 방금 산중에서 한바탕 살육이 벌어진 탓일까, 차가운 공기 속에서 옅은 피비린내가 맡아졌다.

한없이 괴이하고도 매혹적인 광경이었다. 사련을 이끄는 소년은 다른 한 손으로 우산을 들고 느릿하게 앞으로 나아갔다. 이 소년에게서 까닭 모를 농염한 정취와 애틋한 여운이 느껴졌다.

기묘하게 흩날린 빗방울은 그칠 때마저 기묘했다. 이윽고 우산에 부딪던 빗방울 소리가 사라졌다. 우산을 접으려는 것인지, 소년은 제자리에 멈춰 선 동시에 드디어 손을 치우고 사련에게 한 걸음 다가붙었다.

내내 사련을 이끌었던 손이 면사포 가장자리를 쥐고 느릿하게 들어 올렸다.

사련도 여태껏 이 순간만을 기다렸다. 그는 시야를 흐릿하게 가로막은 붉은 면사포가 걷히는 장면을 가만히 바라보았다.

약야가 꿈틀거렸다.

이 소년이 살기를 드러낸 건 아니지만, 우선 제압해 놓고 대화하는 편이 좋을 터다.

약야가 거센 바람을 일으키며 날아올랐다. 소년의 손끝에서 나부낀 면사포가 아래로 떨어졌다. 사련은 붉은 옷을 입은 소년의 잔영만 겨우 볼 수 있었다. 약야는 그 잔영을 가로지른 참이었다.

뜻밖에도 소년은 천 마리의 은나비로 부서졌다. 흩어진 나비들은 은빛 찬란한 별의 바람이 되었다.

역시나 참 난데없는 일이었다. 하지만 두어 걸음 물러선 사련은 이번에도 감탄을 금치 못했다. 정말 몽환경처럼 아름다운 광경이었다. 이때 은나비 한 마리가 눈앞으로 유유히 날아들었다. 더 자세히 들여다보려 했으나 나비는 사련의 주변을 몇 번 맴돌고 무리로 되돌아갔다. 그렇게 하늘을 물들인 은빛 물결이 되어 밤하늘을 향해 날갯짓했다.

사련은 한참 뒤에야 정신을 차릴 수 있었다.

'이 소년이 귀신 신랑이 맞긴 한 건가?'

아무리 생각해도 귀신 신랑 같지가 않았다. 소년이 귀신 신

랑이라면 여군산의 이리 떼도 그와 같은 편인 수하일 터. 그렇게나 소년을 두려워할 이유가 없지 않은가? 하물며 길에 쳐 놓은 진법도 귀신 신랑의 짓이 분명한데, 소년은 오히려 그 진법을 가볍게…… 뭉개 버렸다.

하지만 귀신 신랑이 아니라면 왜 꽃가마를 빼앗으러 왔을까?

생각할수록 의아한 노릇이었다.

'됐어. 그냥 지나가던 길이었을 수도 있지. 이 일은 나중으로 돌리자. 당장은 공무가 더 중요해.'

약야를 어깨 위에 걸치며 생각한 사련은 사방을 둘러보다가 엇, 하고 신음했다. 멀지 않은 곳에 건물 한 채가 묵직하게 서 있었다.

어차피 소년에게 이끌려 여기까지 온 참이 아니던가. 게다가 진법으로 치밀하게 감추어 놓은 건물이니 반드시 살펴봐야만 했다.

몇 걸음 옮기다 말고 갑자기 멈추어 선 사련은 고민 끝에 되돌아가 땅에 떨어진 면사포를 주워 툭툭 털었다. 그는 면사포를 손에 쥐고 건물 쪽으로 다가갔다.

붉은 벽돌로 쌓은 높다란 담장. 벽돌과 나무 기와가 조금 얼룩덜룩했다. 제법 해묵은 사당인 듯했다. 사련의 경험을 토대로 보건대 이런 형식으로 건축된 전당은 대체로 무신을 모셨다. 아니나 다를까, 고개를 들자 대문 꼭대기에 쇠로 주조한 세 글자가 큼직하게 박혀 있었다.

"명광전!"

북방의 무신 명광 장군. 바로 지난번에 영문이 통령진에서 말한, 북방에서 향불이 왕성하다는 그 배 장군이었다. 세 사람이 이 부근에서 명광묘 대신 남양묘를 찾은 이유가 여기에 있었다. 여군산에 세워진 이 지역의 명광묘는 이미 진법으로 봉쇄된 뒤였으니까. 설마 이 귀신 신랑이 명광 장군과 무슨 연관이라도 있나?

그러나 이 명광 장군은 순풍에 돛 단 듯이 권세를 누리고 있는 대신관이다. 북방에서의 지위도 아주 안정적이었다. 이런 신관이 귀신 신랑 같은 흉물과 엮일 필요는 없지 않나, 사련은 그리 생각했다. 게다가 모르는 사이에 운 나쁘게 흉물이 들어앉아 사당을 점거하는 일은 비일비재했다. 더 살펴봐야 자세한 내막을 알 수 있을 터였다.

사련은 앞으로 다가갔다. 닫힌 사당 문은 자물쇠가 걸려 있지 않아 가벼운 손길에도 금세 열렸다. 문틈이 벌어지자 이상한 냄새가 물씬 끼쳐 왔다.

오랫동안 인적이 뜸해서 생긴 먼지 냄새가 아니라, 희미한 썩은 내였다.

사련은 아무도 들어오지 않은 것처럼 보이게끔 등 뒤로 문을 닫고 사당으로 들어섰다. 대전 가운데에는 무신상이 모셔져 있었다. 당연하게도 북방의 무신 명광 장군이었다. 사람의 모습을 한 물건들, 예를 들면 조각상이나 인형, 초상화 같은 것들은

사특한 기운에 물들기 쉽다. 그래서 사련은 이 무신상을 가장 먼저 샅샅이 살펴보았다.

한참을 들여다보았으나 이 신상이 아주 훌륭하게 만들어졌다는 결론만 남았다. 신상은 손에 보검을 쥐고 허리에 옥대를 두르고 있었다. 생김새도 준수하고 늠름했다. 신상에는 문제가 없었다. 썩은 냄새의 원인도 아니었다. 사련은 신상을 내버려두고 대전 뒤편으로 돌아섰다.

뒤로 돈 순간, 사련은 제자리에 붙박인 채로 동공을 좁혔다.

붉은 혼례복을 입고 면사포를 쓴 여인들이 눈앞에 꼿꼿이 서 있었다.

희미하게 맡아지던 썩은 내는 혼례복을 입은 여인들 몸에서 풍긴 것이었다.

사련은 빠르게 마음을 가다듬고 숫자를 세기 시작했다. 하나, 둘, 셋, 넷…… 숫자는 열일곱까지 이어졌다.

이들은 여군산 일대에서 실종된 열일곱 명의 신부였다.

어떤 신부의 혼례복은 진즉 붉은빛이 바래고 너절하게 찢어졌다. 비교적 일찍 실종된 신부일 터였다. 또 다른 신부의 혼례복은 여전히 새것 같았다. 요 근래에 유행하는 복장에 시체의 썩은 내도 옅으니 최근에 실종된 사람이 분명했다. 잠시 고민한 사련은 한 신부의 면사포를 걷어 올렸다.

붉은 면사포 아래로 창백한 얼굴이 보였다. 희다 못해 조금 푸르스름한 얼굴은 희미한 달빛을 받아 더없이 섬뜩했다. 그보

다 섬뜩한 부분은 따로 있었다. 일찍이 죽어 근육이 뒤틀린 여인의 얼굴에 뻣뻣한 미소가 걸려 있었다.

사련은 다시 다른 여인의 면사포를 들추었다. 마찬가지로 휘어진 입꼬리가 보였다.

이 방을 가득 채운 망자들은 하나같이 혼례복을 걸친 채로 미소 짓고 있었다.

어린아이가 흥얼거리던 기이한 노래가 다시금 사련의 귓가에 맴도는 것 같았다.

'새색시, 새색시, 빨간 꽃가마에 오른 새색시…… 눈물이 글썽글썽, 고개를 넘어, 면사포 아래에서 웃지 마라…….'

문득, 사당 밖에서 괴이한 소리가 들려왔다.

참으로 기이한 소리였다. 말로는 설명할 수 없을 정도로 기이했다. 두툼한 천으로 감싼 막대 두 개로 땅을 세차게 두드리는 것 같기도 했고, 무거운 짐을 한쪽 어깨에 걸쳐 메고 간신히 끌고 오는 소리 같기도 했다. 멀리서 빠르게 가까워진 이 소리는 눈 깜짝할 사이에 명광묘 문어귀까지 다다랐다. 끼익, 늘어진 소리와 함께 명광묘의 문이 열렸다.

인간이든 그 외의 것이든, 지금 나타난 존재가 귀신 신랑일 가능성이 컸다. 그리고 그 존재는 이미 명광묘로 돌아온 참이다.

사당 뒤에는 마땅한 탈출구도, 숨을 곳도 없었다. 머리를 굴리던 사련의 시야에 일렬로 늘어선 신부들이 들어왔다. 그는 면사포를 다시 덮어쓰고 신부들 틈에 끼어들어 꼼짝도 하지 않

았다.

시체가 서너 구나 대여섯 구였다면 달라진 머릿수가 한눈에 들어왔겠지만, 지금 여기에 서 있는 신부의 시체는 전부 열일곱이나 된다. 방금 사련처럼 일일이 세지 않는 이상, 당장은 누군가 숨어들었다는 사실을 알아채기 어려웠다.

자리를 잡고 서자마자 쿵쿵, 하는 괴이한 소리가 들렸다. 그 존재는 '걸어서' 안으로 들어왔다.

사련은 꼼짝없이 선 채로 생각에 잠겼다.

'이건 대체 무슨 소리지? 잠깐씩 멈추는 걸 보면 발소리 같기도 한데. 하지만 무슨 발소리가 이렇지? 아까 나를 데리고 왔던 그 소년은 절대 아니야. 그 소년의 걸음은 아주 여유로웠잖아. 걸을 때마다 잘그락대는 소리도 울렸고.'

그러다 문득 한 가지를 깨닫고 가슴이 서늘해졌다.

'잠깐, 키가 안 맞을 텐데!'

시체들은 모두 여인이지만 그는 타고난 몸이 사내인지라 키가 웃돌 수밖에 없었다. 늘어난 머릿수는 눈치채지 못할지언정, 시체 가운데 유난히 훤칠한 자가 있다면 곧바로 눈에 띌 터였다.

하지만 다시 머리를 굴린 사련은 금세 침착해졌다. 사련의 키가 큰 건 사실이다. 하지만 소형은 그의 머리를 장식 없이 간단하게만 묶어 주었다. 반면 이 신부들은 하나같이 화려하게 단장하고 머리를 하늘 높이 틀어 올렸다. 어떤 신부는 머리 위

로 큼직한 혼례용 봉관(鳳冠)까지 얹어 놓았으니, 어쩌면 사련보다 클지도 몰랐다. 그렇다면 제 키가 크다 해도 특별히 돋보이지는 않을 것이다.

그리 생각하는 와중에 두 장 남짓 떨어진 곳에서 사락거리는 소리가 들렸다.

곧이어 소리가 다시 이어졌다. 이번에는 사련과 좀 더 가까운 곳이었다.

사련은 이 귀신 신랑이 무엇을 하고 있는지 깨달았다.

신부들의 면사포를 일일이 들추고 시체의 얼굴을 확인하는 것이었다.

지금 싸우지 않으면 또 언제까지 기다리겠는가? 맹렬하게 날아간 약야는 귀신 신랑을 명중시켰다.

굉음과 함께 검은 안개가 얼굴을 덮쳤다. 사련은 이 요사한 안개에 독이 있는지 가늠할 수 없었다. 몸을 보호할 만한 영광이 없었던 그는 입과 코를 틀어막는 동시에 약야를 조종했다. 약야는 바람을 일으켜 검은 안개를 몰아냈다. 쿵쿵대는 소리가 뒤를 이었다. 가만히 눈가를 좁히자 사당 문어귀를 스쳐 지나가는 왜소한 그림자가 보였다. 사당 문이 활짝 열리나 싶더니, 검은 연기 덩어리가 숲속을 향해 사납게 물결쳤다.

사련은 서슴없이 자리를 박차고 뒤쫓았다. 하지만 몇 걸음 따라붙기도 전에 숲속에서 불빛이 솟구쳤다. 멀리서 살기등등한 고함이 들려왔다.

"돌격—!"

한 사내가 유난히 우렁찬 목소리로 외쳤다.

"추한 괴물을 붙잡고 백성을 위해 해악을 제거합시다! 포상금은 공평하게 나눌 것이오!"

그 청년은 소팽두였다. 사련은 속으로 한숨지었다. 산에 오르겠다고 떠들어 대더니 정말로 올 줄이야. 원래라면 진법 때문에 찾아오지 못했겠지만, 진법은 아까 소년의 발에 엉망으로 짓밟혔다. 그야말로 소 뒷걸음치다 쥐 잡은 격으로 이곳을 발견한 것이다. 그런데 다시 보니 그들은 마침 귀신 신랑이 도망친 방향에서 걸어오는 중이었다.

사련은 약야를 들고 내달리며 외쳤다.

"다들 그 자리에 멈춰요!"

사람들은 한순간 얼이 빠졌다. 사련이 말을 이으려는데 소팽두가 열렬하게 질문을 쏟아 냈다.

"낭자! 그 귀신 신랑한테 납치당해 산속으로 끌려온 거지요? 이름이 뭡니까? 우린 낭자를 구하러 온 사람들이니 안심해도 됩니다!"

얼떨떨해진 사련은 속으로 실소했다. 그제야 자신이 여장을 하고 있다는 사실이 떠올랐다. 남양묘에 거울이 없었던지라 지금 제 모습이 어떤지는 알 수 없었다. 하지만 반응을 보니 소형 낭자가 제대로 솜씨를 발휘한 모양이었다. 사람들은 놀란 와중에도 그를 새 신부로 믿었다. 포상금을 노린 소팽두도 사련이

열일곱 번째 신부이길 바랐을 것이다. 좌우간 이 상황에서 저들이 함부로 날뛰게 둘 수는 없었다. 하지만 귀신 신랑이 앞만 향해 도망쳤으리라는 보장도 없지 않은가. 때마침 검은 옷을 걸친 소년 두 명이 달려왔다. 사련이 재빨리 목소리를 높였다.

"남풍, 부요! 빨리 와서 도와줘!"

누가 알았으랴. 소리를 따라 이쪽을 바라본 두 사람은 나란히 움찔대며 뒷걸음질 쳤다. 그러다 사련이 한참 질문한 끝에야 정신을 차릴 수 있었다.

"두 사람 다 저쪽에서 왔지? 도중에 뭔가 마주친 적 없어?"

남풍이 대답했다.

"없습니다!"

"좋아. 부요, 너는 지금 바로 이 길을 따라가면서 수색해 줘. 귀신 신랑이 도망치지는 않았는지 사방을 꼼꼼하게 확인해야 해."

부요는 망설임 없이 뒤돌아 자리를 떴다. 사련이 말을 이었다.

"남풍, 넌 아무도 이곳을 벗어나지 못하도록 지켜 줘. 부요가 산에서 귀신 신랑을 찾지 못한다면, 틀림없이 이 사람들 사이에 숨어 있을 테니까!"

그 말에 사내들이 소란스레 끓어올랐다. 사련이 여인이 아니라는 것을 알아차린 소팽두가 가장 먼저 펄쩍 뛰었다.

"아무도 못 벗어나? 네놈이 뭔데! 어디서 막무가내야! 다들 이 사람 말은 듣지도……."

뛰어오른 소팽두의 발이 땅에 닿기도 전에 남풍이 손바닥을

날렸다. 사람이 끌어안고도 남을 묵직한 나무가 소리를 내며 쓰러졌다. 사람들은 곧장 기억해 냈다. 이 소년은 걸핏하면 무언가를 쪼개 버렸다. 만약 자신이 찻집 기둥처럼 쪼개진다면 배상금을 받아 봐야 무슨 소용이겠는가. 그리 생각한 사람들은 입을 다물었다. 반면 소팽두는 아랑곳하지 않고 다시 입을 열었다.

"우리 중에 귀신 신랑이 있다고 했지? 우리는 다들 이름깨나 날린 자들이라고! 못 믿겠으면 횃불로 하나씩 얼굴을 비춰 보든지!"

"남풍."

사련의 말에 남풍이 소팽두가 들고 있던 횃불을 받아 들고 한 명씩 얼굴을 비추어 나갔다. 땀투성이인 얼굴, 긴장했거나 망연한 얼굴, 흥분한 얼굴까지 다들 생동감이 넘쳤다. 이상을 발견하지 못한 사련이 사람들 앞으로 다가섰다.

"여러분, 방금은 무례를 범했습니다. 다만 제가 귀신 신랑에게 상처를 입혔으니 멀리 도망가지는 못했을 겁니다. 이 친구들이 오는 길에 귀신 신랑을 보지 못했다 하니, 여러분 안에 섞여 들었을 가능성이 큽니다. 수고스럽겠지만 서로를 자세히 살펴보세요. 모르는 사람이 섞여 있지는 않은지, 각자 얼굴을 확인하는 겁니다."

사람들은 귀신 신랑이 섞여 들었을지도 모른다는 말에 등골이 다 서늘해졌다. 그들은 사련의 말을 무시하지 못하고 서로

를 멀거니 바라보다가, 이리 오라느니 나 좀 보라느니 하며 얼굴을 살펴보기 시작했다. 한참 서로를 확인하던 도중에 누군가가 괴성을 질렀다.

"네가 왜 여기 있어?"

눈썹을 바짝 추켜세운 사련이 사람들을 헤치고 나왔다.

"누굽니까?"

소팽두가 다른 사람의 횃불을 빼앗아 한구석을 비추었다.

"이 못난이요!"

그가 가리킨 사람은 다름 아닌 소형이었다. 불빛을 받은 소형의 못난 얼굴이 조금 비뚤어져 보였다. 얼굴이 훤히 드러나는 것을 차마 견딜 수 없었는지, 소형이 손을 들어 얼굴을 가리며 말했다.

"마…… 마음이 놓이지 않아서, 잠깐 보려고……."

소형이 두려움에 허둥거렸다. 그 모습을 본 사련은 소팽두가 들고 있던 횃불을 빼앗고 사람들에게 물었다.

"여러분, 어떻습니까?"

사람들이 너도나도 고개를 내저었다.

"모르는 사람은 없습니다."

"다 확인했소."

남풍이 물어왔다.

"누군가의 몸에 빙의한 거 아닙니까?"

잠시 침묵한 사련이 입을 열었다.

"아닐 거야. 육신이 있었어."

"하지만 놈은 '흉'입니다. 형태를 바꿀 수 있을지도 모르잖습니까."

두 사람이 머뭇거리자 또 소팽두가 선두로 소리쳤다.

"귀신 신랑은 우리 안에 없어. 당신들도 똑똑히 봤잖아? 확인 끝났으면 당장 보내 달라고!"

몇몇 사람들이 꾸물대며 동조했다. 사련은 그들을 짧게 훑어보았다.

"일단은 명광묘 앞에 머물러 주세요. 반 발자국도 멀어지면 안 됩니다."

불평을 늘어놓으려던 사람들은 살벌한 남풍의 표정을 보고 다시 입을 다물었다. 이때 부요가 돌아왔다.

"근처에는 없습니다."

명광묘 앞에 모인 새카만 머리들을 바라보며, 사련이 느릿하게 운을 뗐다.

"그렇다면, 지금 귀신 신랑은 틀림없이 이 안에 있겠네."

5장 산에 봉인된 옛 사당과 거꾸로 매달린 시체의 숲

부요는 사람들 사이에서 움츠리고 있는 소형을 알아차리고 미간을 찌푸렸다.

"여자가 왜 여기에 있지?"

역정을 내지는 않았지만 아주 호의적이지도 않은 말투였다. 부요의 말에 소형이 고개를 숙였다. 사련이 대신 대답했다.

"사고가 날까 걱정돼서 와 본 거야."

부요가 다른 사람들에게 물었다.

"저 여자와 같이 올라왔나?"

머뭇거리던 사람들이 하나둘 입을 열었다.

"기억이 안 나는데."

"그런 것 같기도 하고."

"아니야, 우리가 올라올 때만 해도 없었잖아!"

"아무튼 난 못 봤네."

"나도 못 봤어."

소형이 허둥대며 말했다.

"그거야 제가 몰래 따라왔으니까……."

소팽두가 다짜고짜 받아쳤다.

"왜 몰래 따라왔는데? 켕기는 거라도 있어? 설마 귀신 신랑이 변장한 거 아니야?"

그 말이 나오자 사람들이 소형의 주변에서 펄쩍 물러섰다. 그녀가 황급히 손사래를 치며 말했다.

"아니…… 아니에요, 저 소형 맞아요. 정말이에요!"

그녀가 사련을 돌아보았다.

"공자, 우리 아까 만났죠! 제가 연지를 발라 주고 몸치장을 도와드렸잖아요……."

"……."

온 시선이 사련의 얼굴에 꽂혀 들었다. 누군가 귓속말을 속닥이기 시작했다.

"취향인가 봐."

"평범한 사람과는 다르군."

"믿을 수가 없네."

그런 말 따위가 드문드문 들려왔다. 두어 번 헛기침한 사련이 말했다.

"이건, 임무 때문입니다. 임무에 필요해서요. 남풍, 부요, 너

희들…….”

고개를 돌린 사련은 그제야 깨달았다. 남풍과 부요도 줄곧 이상한 눈빛으로 그를 응시하고 있었다. 게다가 일부러 발걸음을 억누르면서 은근히 거리를 두었다.

두 사람이 저런 눈빛으로 자신을 보자 사련은 온몸에 소름이 돋았다.

“……너희들, 뭔가 하고 싶은 말 있지.”

입신의 경지에 도달한 이 낭자의 화장 솜씨를 사련이 알 턱이 없었다. 소형은 그의 눈썹을 곱게 다듬고, 옥가루를 바른 것처럼 분칠하고, 입술을 붉은 연지로 물들였다. 입만 열지 않으면 부드럽고 아리따운 미모를 지닌 아가씨와 다를 게 없었다. 남풍과 부요는 그 모습에 요동치는 심장을 부정하면서, 그간 살아온 인생을 의심하기 시작했다. 온몸이 께름칙했다. 분명 저 얼굴은 사련이 맞는데도 자신이 누구와 대화하고 있는 건지 알 수가 없었다. 부요가 남풍에게 물었다.

“너, 하고 싶은 말 있냐?”

남풍이 재빨리 고개를 휘저었다.

“그런 거 없어.”

잠시 침묵한 사련이 말했다.

“……무슨 말이라도 좀 해 봐.”

이때, 사람들 속에서 누군가 말을 꺼냈다.

“어? 이건 명광묘인가?”

"이 산에 명광묘가 있었어? 희한하군. 그동안 한 번도 못 봤는데."

사람들이 잇따라 신기하다는 눈길을 보냈다. 사련이 문득 입을 열었다.

"그래, 명광묘."

사련의 말투가 심상치 않자 남풍이 물어 왔다.

"왜 그러십니까?"

"북쪽은 명백하게 명광 장군의 지반이야. 향불이 적은 것도 아니고 법력도 강하단 말이지. 한데 왜 여군산 산자락에는 남양묘만 있었을까?"

그 관리 어르신이 딸아이를 찾고자 신무대제에게 기도를 올린 것은 이해가 갔다. 신무대제는 천년의 제일 무신이고, 명광 장군보다 지위가 높았으므로. 지위가 높은 신일수록 소원을 이루어 줄 가능성도 크기 마련이다. 하지만 명광 장군과 남양 장군은 지위가 같고 수준도 비등했다. 확실하게 비교하자면 명광 장군이 남양 장군보다 천 개가 더 많은 9천 사당을 지녔다는 점이 다를 뿐이다. 그렇다면 구태여 먼 타 지역에 주둔하는 남양 장군을 찾을 이유가 없지 않은가. 사련이 말을 이었다.

"상식적으로 생각해 봐. 귀신 신랑이 들어선 바람에 이 명광묘를 찾을 수 없었다고 해도, 다시 하나 더 지으면 그만인데 왜 다른 무신의 사당을 세웠지?"

부요도 깨달은 기색으로 대답했다.

"분명 다른 이유가 있겠군요."

"그래. 여군산 일대 사람들이 명광묘를 세우지 않게 된 이유가 따로 있을 거야. 둘 중 아무나 법력 좀 빌려줄래? 아무래도 물어보러 가야……."

문득 누군가 요란하게 목청을 높였다.

"신부가 엄청 많잖아!"

사당 안에서 들려온 목소리에 사련이 황급히 몸을 돌렸다. 사람들은 사당 앞 공터에 얌전히 있으라는 그의 당부는 들은 체도 않고 사당 안으로 뛰어들었다.

남풍이 소리쳤다.

"위험하니 함부로 돌아다니지 마시오!"

소팽두가 냅다 외쳤다.

"다들 저 작자 말은 듣지 맙시다! 우리를 건드릴 용기도 없는 자들이오! 이 선량한 백성들을 저들이 감히 죽일 수 있겠소? 어서들 일어나시오, 일어나시오!"

소팽두는 세 사람이 자신들을 막지 못할 것이라 확신하고 제멋대로 날뛰기 시작했다. 남풍이 손가락 관절을 우두둑, 꺾었다. 욕을 참고 있는 모양이었다. 그는 남양전 소속 무관이라 마음대로 인간의 손발을 부러뜨릴 수 없었다. 감찰을 나온 신관에게 발각되어 고발되기라도 한다면 아주 재미없어질 것이다. 소팽두가 다시 히죽히죽 비웃었다.

"누가 당신들 속셈을 모를 줄 아나. 거짓말로 우리를 묶어 놓

고 공을 독차지해서 혼자 포상금을 타려는 거잖아?"

절반 남짓한 사람들이 그 부추김에 술렁거리나 싶더니, 소팽두를 뒤따라 사당 안으로 뛰어들었다. 부요는 소매를 홱 떨치며 심드렁하게 말했다.

"알아서 하라지. 간사한 족속들."

상종하고 싶지 않다는 듯 혐오감이 느껴지는 말투였다. 이윽고 명광묘 안에서 거듭 비명이 울려 퍼졌다.

"이 사람들, 전부 죽었어!"

기겁한 소팽두가 물었다.

"다 죽었다고?"

"글쎄, 다 죽었다니까!"

"귀신이 곡할 노릇이군. 이 사람은 한참 전에 죽은 것 같은데 어찌 아직도 안 썩었대?"

의아해하던 그는 금세 긍정적인 태도를 보였다.

"죽었으면 뭐 어때. 시신을 산 아래로 옮기면 가족들이 값을 치르고 데려가겠지!"

사련의 눈빛이 서서히 가라앉았다. 잠시 고민한 사람들은 소팽두의 말에도 일리가 있다고 생각했다. 다들 각자 한숨을 내쉬거나 수군거렸다. 한껏 기뻐하는 사람도 보였다. 사련은 사당 문어귀에 서서 말했다.

"여러분, 일단 밖으로 나오세요. 사당 안에는 오랫동안 바람이 통하지 않아 시기(尸氣)가 쌓여 있습니다. 평범한 사람이 들

이마시면 몸에 문제가 생길 겁니다."

제법 그럴싸하게 들리는 말이었다. 사람들이 사련의 말을 들어야 하나 망설이는 와중에 소형이 작게 말을 보탰다.

"다들 이러지 마세요, 네? 여긴 위험한 곳이잖아요. 이 공자 말씀대로 우선 나가는 게 좋을 것 같아요……."

세 사람의 말도 듣지 않는 사람들이 어디 그녀의 말을 귀담아듣겠는가? 다들 그녀를 무시했다. 하지만 소형은 기죽지 않고 몇 번이나 설득했다. 그러거나 말거나, 소팽두가 사람들에게 지시했다.

"다들 서둘러서 신선한 시신을 고르시오. 너무 오래된 시신은 식솔들이 살아 있을지 알 수가 없잖소. 괜히 사서 고생하지 말자고."

심지어 몇몇 사람은 소팽두가 유능하고 야무지다고 칭찬했다. 어이가 없어진 사련은 누군가가 시체를 건드리자 재빨리 외쳤다.

"면사포를 벗기지 마세요! 그 면사포는 시기와 양기를 차단합니다. 여러분은 인원이 많아서 양기가 너무 강해요. 이 시신들이 양기를 흡수하면 무슨 일이 일어날지 모릅니다."

그러나 다들 신선한 시체를 고르겠다고 면사포를 마구잡이로 들춘 참이었다. 사련은 문어귀로 다가온 남풍을 마주 보며 고개를 가로저었다. 사람들을 만류할 방법이 없었다. 그렇다고 피를 토하면서 쓰러질 때까지 때릴 수도 없는 노릇이었다. 이

러다 무슨 일이 일어난다면 대피시킬 틈도 없지 않을까? 정말 이지 속수무책이었다. 이때 신부의 면사포를 걷어 올린 한 청년이 목청을 높였다.

"세상에, 이 낭자는 승천할 만큼 아름답네!"

사람들이 잇달아 주변으로 몰려들었다.

"시집도 못 가고 이렇게 죽다니, 참 아깝게 됐군."

"옷이 조금 찢어졌는데. 그래도 여기서 이 신부가 제일 곱다!"

이 신부는 죽은 지 오래되지 않았는지 살결에서 제법 탄력이 느껴졌다.

"잠깐 만져 봐도 되려나?"

누군가 그리 말했다. 소팽두가 거들먹거렸다.

"안 될 게 뭐가 있어?"

그러고는 시체의 뺨을 가볍게 꼬집었다. 매끈한 감촉에 마음이 근질거린 그가 다시 손을 뻗었다. 보다 못한 사련이 저지하려는 순간, 소형이 달려들며 외쳤다.

"그러지 마요!"

소팽두가 뒤로 손을 휘둘러 소형을 밀쳤다.

"어디서 어르신의 일을 방해해!"

소형은 아랑곳없이 몸을 일으켰다.

"이러다 정말 천벌을 받을 거라고요!"

소팽두는 화가 치밀었다.

"염병, 망할 못난이가 육갑하고 앉았네!"

그가 욕설을 퍼부으며 발을 쳐들자, 사련이 소형의 옷깃을 잡고 그녀를 가볍게 들어 올렸다. 그때 별안간 쾅, 하는 소리가 울려 퍼졌다. 소팽두가 고통에 신음하더니 핏대를 세웠다.

"어떤 놈이야!"

사련이 뒤를 돌아보았다. 소팽두의 머리에서 피가 흐르고 있었다. 무언가에 찍혔는지 커다란 구멍이 보였다. 땅에는 피 묻은 돌이 떨어져 있었다. 잠시 얼이 빠진 소형이 다급히 말했다.

"죄송해요, 죄송해요. 제가…… 제가 무서워서, 모르고 떨어뜨린 것 같아요……."

하지만 그녀의 자백을 믿는 사람은 없었다. 애초에 방향이 달랐기 때문이다. 이 돌은 소팽두의 뒤쪽 창문에서 날아들었다. 소팽두의 비명에 그 방향을 쳐다본 사람들은 때마침 창밖을 스치는 그림자를 발견했다.

소팽두가 괴성을 질렀다.

"저놈이야! 얼굴에 붕대를 감은 그 추한 놈!"

사련은 소형을 남풍에게 넘기고 재빨리 걸음을 옮겼다. 오른손으로 창틀을 가볍게 짚고 창을 뛰어넘은 그는 숲속 방향으로 뒤쫓아 갔다. 포상금을 탐내는 대담한 청년 몇 사람이 사련을 따라 창밖으로 뛰쳐나갔다. 숲 변두리까지 쫓아간 사련은 갑자기 말아진 피비린내에 위험을 감지했다. 그는 경계를 곤두세우며 급히 걸음을 멈추었다.

"들어가지 마세요!"

사련이 경고했지만, 청년들은 오히려 자신들이 나설 차례라고 생각했는지 걸음을 재촉해 숲으로 뛰어들었다. 사당 안에 모여 있던 나머지 사람들도 바깥으로 쏟아져 나왔다. 담이 크지 않았던 그들은 숲 변두리에 서 있는 사련을 발견하고는 덩달아 멈춰 서서 주변을 둘러보았다. 머지않아 산발적으로 비명이 울려 퍼졌다. 숲속에서 검은 그림자들이 휘청대며 걸어 나왔다. 방금 선두로 뛰어든 청년들이었다. 비틀거리며 숲을 빠져나온 검은 그림자들은 달빛 아래까지 걸어왔다. 다들 그들을 보자마자 혼비백산했다.

들어갈 때만 해도 산 사람이었는데, 어찌 피투성이가 되어 나왔단 말인가?

이 사람들은 얼굴부터 옷까지 온통 피로 얼룩져 있었다. 피가 샘물처럼 솟아나는 것만 같았다. 평범한 사람이 이렇게 피를 많이 흘렸다면 십중팔구 죽고 말 터였다. 그러나 그들은 한 걸음씩 이쪽으로 다가오고 있었다. 지레 겁을 먹은 사람들이 일제히 사련의 뒤쪽으로 물러섰다. 사련이 손을 들며 말했다.

"진정하세요. 저건 저 사람들의 피가 아닙니다."

예상대로 그 청년들이 덧붙여 말했다.

"맞소! 우리가 흘린 피가 아니라, 그…… 그……."

얼굴에 뒤집어쓴 핏물도 공포에 질린 그들의 표정을 가리지는 못했다. 다들 그 청년들의 시선을 따라 숲속을 응시했다. 칠흑같이 어두운 곳이라 안쪽에 뭐가 있는지 잘 보이지 않았다.

사련은 횃불을 받아 들고 앞쪽으로 다가가 불빛을 비추었다. 어둠 속에서 무언가가 횃불 위로 떨어져 내려 치익, 소리가 났다. 사련은 횃불을 곁눈질하곤 시선을 위로 옮겼다. 잠시 마음을 가다듬은 그는 손을 뻗어 횃불을 던져 올렸다.

횃불이 하늘을 비춘 것은 고작 한순간이었지만, 사람들은 숲 위편에 무엇이 있는지 똑똑히 알아볼 수 있었다.

기다란 흑발, 창백한 얼굴, 남루한 무관복. 그리고 허공에 매달려 흔들리는 팔.

마흔 구에 달하는 사내의 시체가 제각기 다른 높이에서 흔들거리며 나무에 거꾸로 매달려 있었다. 피를 얼마나 오래 흘렸는지도 모를 노릇이었다. 거꾸로 매달린 시체의 숲, 쏟아지는 피의 비. 여태껏 마르지 않고 떨어진 핏방울이 이 섬뜩한 광경을 빚어냈다.

바깥에 몰려든 사람들이 아무리 신체 건장한 청년들이라지만, 이런 광경을 어디서 본 적이나 있었겠는가? 다들 두려움에 넋이 나가 쥐 죽은 듯이 조용해졌다. 가까이 다가와 이 광경을 본 남풍과 부요도 표정이 굳어졌다.

이윽고 남풍이 입을 열었다.

"청귀(靑鬼)."

"확실히, 놈이 가장 좋아하는 수작이군."

두 사람의 대화에 사련이 고개를 돌렸다.

"그게 누군데?"

남풍이 대답했다.

"어떤 '근절(近絕)'입니다."

사련이 의아한 얼굴로 물었다.

"'근절'이라니? '절'에 가깝다는 뜻이야?"

이번에는 부요가 대답했다.

"맞습니다. '근절' 청귀. 영문전이 절의 경지에 가깝다고 판단한 흉물입니다. 놈은 이렇게 시체를 거꾸로 매달아 놓는 놀이를 즐깁니다. 명성이 제법 자자한 편이죠."

사련은 속으로 생각했다.

'이럴 필요는 없지 않나. 절이면 절이고 아니면 아닌 거지. '등선함'과 '등선하지 않음'만 있는 것처럼. '등선에 가깝다'나 '곧 등선한다' 같은 건 없잖아. '근'을 붙이니까 오히려 조금 민망하게 들리는데.'

그러다 문득 자신을 데리고 걷던 소년이 떠올랐다. 그때 들었던 우산에 부딪친 빗방울 소리. 설마 소년은 시체 숲의 피를 막아 주려고 우산을 펼쳤나? 사련은 아, 하고 나지막이 목을 울렸다. 두 사람이 동시에 물어 왔다.

"무슨 일입니까?"

사련은 꽃가마에서 소년을 마주친 일과, 그 소년이 어떻게 이곳으로 자신을 데려왔는지를 간략하게 설명했다. 부요가 반신반의하며 말했다.

"산속에 있던 진법은 저도 올라오면서 느꼈습니다. 제법 위

험한 진법이었는데, 그걸 함부로 부쉈다고요?"

'함부로 부순 게 아니야. 그냥 되는대로 짓밟아 버렸어. 진법 따위는 안중에도 없었다니까.'

속으로 중얼거린 사련이 입을 열었다.

"맞아. 그 소년이 너희들이 말한 '근절' 청귀 아닐까?"

잠깐 생각에 잠긴 남풍이 운을 뗐다.

"저는 청귀를 본 적이 없어서 말씀드리기 어렵네요. 그 소년의 특징이 뭐였습니까?"

"은나비."

방금 거꾸로 매달린 시체의 숲을 봤을 때만 해도 두 사람의 표정은 더없이 침착했다. 하지만 사련은 제 말에 급격하게 변한 두 낯빛을 똑똑히 볼 수 있었다.

부요가 믿을 수 없다는 듯이 캐물었다.

"뭐라고요? 은나비? 어떤 은나비였습니까?"

아무래도 자신이 예사롭지 않은 말을 꺼낸 모양이었다. 사련은 그리 생각하며 대답했다.

"은 같기도 하고 수정 같기도 했어. 살아 있는 생물 같지는 않던데. 그래도 보기엔 아주 예뻤어."

남풍과 부요는 사련의 눈앞에서 시선을 주고받았다. 일그러진 안색들이 하나같이 창백하게 물들기 직전이었다.

한참 뒤에야 부요가 가라앉은 목소리로 말했다.

"갑시다, 당장 가요."

"귀신 신랑 사건도 해결되지 않았는데 어디를 가?"

"해결이요?"

빙글 돌아선 부요가 냉소했다.

"전하도 참, 인간 세상에 너무 오래 머무신 모양입니다. 이 귀신 신랑은 기껏해야 '흉'입니다. 이 시체 숲을 만든 청귀도 골치 아픈 놈이지만 결국 '근절'에 불과하고요."

다시 침묵한 부요가 돌연히 목청을 높였다.

"하지만 그 은나비의 주인이 어떤 자인지 아십니까?"

사련이 솔직하게 대답했다.

"몰라."

"……."

할 말을 잃은 부요가 퉁명스레 말했다.

"모르셔도 지금은 말씀드릴 여유가 없습니다. 어쨌든 전하가 당해 낼 만한 상대가 아닙니다. 전하는 먼저 천계로 돌아가 지원군을 불러오세요."

"그럼 네가 먼저 돌아가."

"전하는……."

"그 은나비의 주인은 악의를 드러낸 적이 없어. 하지만 어쩌면 악의를 숨기고 있었을지도 몰라. 게다가 네 말처럼 그렇게 두려운 존재라면, 여군산 일대에서는 그자의 손아귀를 벗어나기 힘들겠지. 이럴 때일수록 이곳을 지킬 사람이 필요해. 그러니 네가 먼저 돌아가서 지원군을 부를 수 있을지 알아봐 줘."

부요는 여기에 남아서 번거로운 뒷일을 처리하고 싶지 않은 눈치였다. 그렇다면 사련은 그에게 강요하고 싶지 않았다. 시원스러운 성정을 지닌 부요는 옷소매를 홱 떨치더니 정말로 먼저 떠나 버렸다. 남풍을 돌아본 사련은 다시 그 소년에 대해 캐물을 생각이었다. 하지만 입을 열기도 전에 사람들이 재차 술렁거렸다. 누군가가 외쳤다.

"잡았다! 잡았어!"

사련은 더 캐물을 틈도 없이 사람들을 향해 물었다.

"뭘 잡았습니까?"

이번에도 숲속에서 피에 젖은 두 사람이 걸어 나왔다. 하나는 아까 앞장서서 숲에 뛰어든 청년이었다. 시체 숲에서 쏟아지는 피를 보고도 겁먹지 않았으니 확실히 담력이 대단했다. 다른 하나는 청년에게 끌려온 소년이었다. 손아귀에 단단히 붙잡힌 소년은 머리와 얼굴에 붕대를 엉망진창으로 감고 있었다.

사련은 앞서 상봉소점에서 들었던 차박사의 말을 떠올렸다.

– 귀신 신랑의 정체가 여군산에 사는 못생긴 괴물이라는 소문이 있습니다. 몰골이 추해 자기를 좋아해 주는 여인 하나 없었지요. 그래서 원한을 품고 남들이 경사를 치르지 못하도록 신부를 납치했다는 겁니다.

당시에는 헛소문일 가능성이 크다고 생각했는데, 정말로 이

런 인물이 있을 줄이야.

하지만 이 소문과 귀신 신랑의 정체는 별개의 문제였다. 사련이 그 소년을 자세히 살펴보려는 찰나, 소형이 달려들며 외쳤다.

"당신들이 착각한 거예요! 이 애는 귀신 신랑이 아니에요! 아니라고요!"

"현장에서 붙잡혔는데도 아니라고 우겨? 내가……."

말을 삼킨 소팽두가 문득 깨달았다는 듯이 말했다.

"그래, 왜 항상 시종일관 아니다, 아니다 하면서 수상하게 구나, 했다. 알고 보니 이 귀신 신랑과 서로 내통하고 있었던 거야!"

소형은 사색이 되어 연신 손을 휘저었다.

"아니에요, 전 그런 적 없어요. 이 애도 아니에요. 정말 아무것도 안 했어요. 이 애는 그냥 평범한…… 평범한……."

"평범한 뭐? 평범한 괴물이라고?"

사납게 몰아붙인 소팽두가 붕대를 감은 소년의 머리채를 낚아챘다.

"이 평범하신 귀신 신랑이 대체 어떻게 생겼길래 남의 여자를 뺏어 갔는지, 어디 다 같이 구경이나 하자고!"

마구잡이로 움켜쥔 손길에 붕대가 흐트러졌다. 동시에 소년이 머리를 감싸고 비명을 내질렀다. 두려움에 휩싸인 목소리가 참으로 처량하고 가여웠다. 사련이 소팽두의 팔을 붙잡았다.

"그만해요."

소년의 비명에 소형이 눈물을 떨어뜨렸다. 사련이 소팽두를 저지하자, 그녀는 희망을 발견한 사람처럼 재빨리 그의 소매에 매달렸다.

"공…… 공자, 저 좀 도와주세요. 이 애를 도와주세요."

사련의 시선이 옮겨 오자 소형은 겸연쩍어하며 붙잡았던 소매를 놓았다. 자신의 손길이 불쾌해 더는 도와주지 않으면 어쩌나 전전긍긍하는 모습이었다. 사련이 소형에게 말했다.

"괜찮아."

사련은 다시 피투성이 소년에게로 시선을 옮겼다. 붕대 틈새로 드러난 핏발 선 눈동자가 머리를 감싼 팔 아래에서 사련을 훔쳐보고 있었다. 하지만 소년은 곧장 눈을 내리깔고 황급히 붕대를 감았다. 얼굴이 드러나지는 않았지만, 심한 화상을 입었는지 살짝 보인 살갗조차도 심히 공포스러웠다. 붕대에 숨겨진 얼굴이 얼마나 끔찍할지도 짐작이 갔다. 그 모습에 놀란 사람들이 숨을 헉, 들이켜자 소년도 한층 움츠러들었다.

사련은 문득 깨달았다. 이 두 사람은 움츠러드는 모습이 판에 박은 듯 비슷했다. 마치 오랜 기간 집 안에 틀어박혀 햇빛도 사람도 마주치지 못한 것처럼. 그는 속으로 한숨지었다. 옆에 있던 소팽두는 여전히 경계심을 늦추지 않았다.

"뭘 어쩔 작정이지? 귀신 신랑은 우리가 잡았다고."

사련이 그를 놓아주며 말했다.

"이렇게 간단하게 잡힐 리 없습니다. 방금 제 친구가 부근을

한 바퀴 수색했지만 귀신 신랑은 나오지 않았어요. 이 소년은 그 뒤에 올라왔고요. 진짜 귀신 신랑은 아직 이곳에 있을 겁니다."

소형도 용기를 내어 말했다.

"아무리 포상금을 받고 싶어도…… 억지로 머릿수만 채우면 안 되죠……."

그 말에 소팽두가 또 몸을 들썩이며 위협적으로 굴었다. 아까부터 이어진 소란에 사련의 인내심이 바닥났다. 그가 손을 내흔들자 약야가 튀어나왔다. 짝, 소리와 함께 얻어맞은 소팽두가 허공을 붕 날아 거꾸러졌다. 남풍도 인내심이 한계에 다다랐는지 냅다 발길질을 보탰다. 소팽두는 그제야 꼼짝없이 바닥에 엎어졌다. 선동꾼이 꿈쩍하지 않자 그를 따르던 무리도 아주 얌전해졌다. 몇몇 사람은 목소리를 높이면서도 소란을 피우지는 못했다.

'드디어 일을 처리할 수 있겠네.'

속으로 생각한 사련이 소년을 가만히 살펴보다 물었다.

"아까 창가에서 돌을 던진 사람이 너니?"

그의 목소리가 온화했다. 사시나무 떨듯 후들거리던 소년이 또 그를 흘끔 훔쳐보고는 고개를 끄덕였다. 소형이 대신 대답했다.

"누굴 해치려던 게 아니에요. 소팽두가 저를 때릴 것 같아서 도와주려고……."

사련은 소년에게 거듭 물었다.

"혹시 어쩌다 저 숲에 시체가 걸리게 됐는지 알아?"

이번 대답도 소형의 몫이었다.

"저는 잘 모르겠지만, 이 애가 걸어 놓은 건 절대 아니에요……."

소년은 벌벌 떨면서 연신 고개만 가로저었다. 곁에서 지켜보고 있던 남풍이 난데없이 소년에게 물었다.

"'청귀척용'과 무슨 관계지?"

그 이름을 들은 사련은 조금 멍해졌다. 붕대를 감은 소년도 얼떨떨해서 멍한 기색이었다. 소년은 남풍이 말한 이름에 반응하기는커녕 주눅이 들어 대답도 하지 못했다. 소형이 끼어들었다.

"거…… 겁을 먹어서 말을 못 하는 거예요……."

소형은 계속해서 있는 힘껏 이 수상한 소년을 감쌌다. 사련이 따뜻한 목소리로 물었다.

"소형 낭자, 이 아이에게 대체 무슨 사정이 있나요? 아는 게 있으면 전부 말해 줘요."

사련을 보자 소형은 어쩐지 용기가 솟는 것 같았다. 번뜩이는 불빛이 얼굴을 비추었지만, 그녀는 피하지 않고 두 손을 맞비비면서 운을 뗐다.

"이 애는 정말 나쁜 짓을 저지르지 않았어요. 그냥 여군산에 사는 아이예요. 어쩌다 배고픔을 못 견디면 산에서 내려와 음식을 훔치는데, 그러다 한번은 우리 집을 털었어요……. 보니까 말도 잘 못 하고 얼굴에 상처까지 있더라고요. 그래서 제가 천을 가져와 감아 줬어요. 가끔은 음식을 주기도 했고요……."

사련은 두 사람이 정인 사이가 아닐까 생각했다. 하지만 지금 보니 소년을 감싸는 소형의 모습은 오히려 누나에 가까웠다. 살뜰하게 돌보는 모습이 집안 어른 같기도 했다. 그녀가 말을 이었다.

"그 뒤로 많은 사람들이 이 애를 귀신 신랑으로 여겼어요. 저도 설명할 길이 없으니 하루빨리 진짜 흉귀가 잡히기만을 고대했죠……. 실력 좋은 공자님들이 신부로 변장해서 귀신 신랑을 잡으신다니 적어도 애먼 사람이 붙잡히지는 않겠구나 싶었어요. 이 애가 꽃가마를 공격하러 갈 리는 없으니까요. 그런데 밖에 나가자마자 소팽두와 사람들이 오늘도 산을 수색한다는 얘기가 들리더라고요. 너무 불안해서 몰래 뒤를 따라왔어요."

누가 또 덤벼 오면 어쩌나 싶었는지, 소형이 소년의 앞을 가로막으며 해명을 이어 갔다.

"이 애는 정말로 귀신 신랑이 아니에요. 애를 보세요. 몇 사람이 때렸다고 이 모양이 되었는데, 신부 가마를 호송한 그 많은 무관을 무슨 수로 상대했겠어요……."

눈빛을 주고받은 사련과 남풍은 머리가 지끈거렸다.

소형의 말이 사실이라면, 소년은 이 사건과 아무 관계도 없는 셈이 아닌가?

붕대를 두른 소년, '흉' 귀신 신랑, '근절' 청귀. 그리고 천계 신관의 안색을 뒤집어 놓을 정도로 심상치 않은 은나비의 주인까지. 이 작은 여군산에 줄줄이 찾아든 손님들을 어떻게 처리

해야 좋을지 감이 오지 않았다. 누가 누구지? 이 사이에 또 어떤 연관이 있는 건가? 사련은 머리가 터질 것 같았다.

그는 미간을 문질렀다. 소형이 말한 이야기의 진위는 나중에 생각하고 싶었다. 그는 문득 줄곧 품고 있었던 의문을 떠올렸다.

"소형 낭자. 낭자는 계속 여군산 부근에 살았나요?"

소형이 대답했다.

"맞아요. 계속 여기에 살았어요. 이 애가 여기서 나쁜 짓을 저지른 적 없다고 증명해 드릴게요."

"아뇨, 이번에는 다른 질문이에요. 이 명광묘 말입니다만, 지금 이곳을 제외하면 여군산 일대에 한 번도 지어진 적이 없나요?"

소형이 살짝 멈칫했다.

"그게……."

잠시 생각한 그녀가 대답했다.

"지었던 것도 같아요."

그 말을 들은 사련은 무언가 중요한 단서를 찾았다는 예감이 들었다. 그가 다시 물었다.

"한데 어째서 산 아래에 명광묘는 없고 남양묘만 보입니까?"

소형이 머리를 긁적이며 말했다.

"지은 적은 있어요. 하지만 명광전을 세우려 할 때마다 도중에 이유도 없이 불이 났대요. 명광 장군이 어떤 사연 때문에 이곳을 누르지 못한다는 말도 있었어요. 그래서 대신 남양 장군을……."

남풍은 굳어진 사련의 표정을 눈치채고 물었다.

"왜 그러십니까?"

간단하잖아. 사련은 불현듯이 깨달았다.

웃을 수 없는 신부, 이유 없이 화재를 겪은 사당, 진법으로 산속에 봉인된 명광묘, 기품이 넘치는 배 장군의 무신상, 약야의 공격에 터무니없이 자취를 감춘 귀신 신랑—.

너무 간단한 문제잖아!

다른 쪽에 시선을 빼앗기는 바람에 이 간단한 사실을 깨닫지 못한 것이다.

사련이 남풍을 덥석 붙잡으며 말했다.

"법력 좀 빌려줘!"

그 손길에 남풍은 잠시 당황했지만, 황급히 허공에서 사련과 손바닥을 마주쳤다.

"뭔데 그러십니까?"

사련은 그를 끌고 달리며 외쳤다.

"설명은 나중에 하고, 신부 시신 열여덟 구를 제압할 방법부터 생각하자!"

"헷갈리신 거 아닙니까? 시신은 열일곱 구가 전부입니다. 전하가 열여덟 번째고요!"

"아니, 이전에는 열일곱이었지만 지금은 열여덟이야. 열여덟 중에 하나는 가짜고. 귀신 신랑이 그 안에 섞여 들었어!"

사련과 남풍은 속히 명광묘로 내달렸다. 그러나 사당 뒤편은 이미 텅 비어 있었다. 방금까지 신부들이 서 있던 곳에는 붉은

면사포만 너저분하게 흐트러진 채였다.

'큰일이다. 제대로 일 났네.'

속으로 중얼거린 사련은 서둘러 면사포를 줍기 시작했다. 다 주워 갈 무렵, 사당 바깥에서 난데없는 비명이 들려왔다. 두 사람은 창밖을 내다보았다. 붉은 혼례복을 입은 여인 열댓 명이 마을 사람들을 둘러싼 채로 서서히 포위망을 좁히고 있었다.

여인들은 창백한 얼굴에 미소를 띠고 양손을 나란히 든 채 앞으로 나아갔다. 사당에 서 있던 그 신부들이었다.

신부들은 속수무책으로 가까워졌다. 침착함을 잃은 사람들은 소년을 붙잡아 둘 정신도 없이 꽁무니를 뺐다. 그러자 소형이 황급히 달려가 소년을 부축했다. 사련은 갑갑한 심정으로 외쳤다.

"뛰지 마세요!"

오늘 밤 이 말을 몇 번이나 했을까. 사건이 터질 때마다 삼사십 번은 외친 것 같건만, 다들 끝까지 들은 체를 않으니 참 기가 막힐 노릇이었다. 사련의 손짓을 따라 약야가 하늘로 날아올랐다. 그가 구결을 외우며 손동작을 하자 약야가 허공에서 선회하기 시작했다. 천녀의 춤사위를 방불케 하는 장면이 사람들의 시선을 압도했다. 신부들도 경쾌하게 움직이는 약야를 발견했다. 몇몇 신부가 간간이 스쳐 오는 약야의 꼬리에 이끌려 이쪽으로 다가왔다. 나머지 일곱 명은 깊은 숲속에서 풍기는 피비린내에 이끌려 시체 숲 방향으로 느릿하게 튀어 올랐다.

"남풍, 뒤쫓아! 산 밑으로 내려보내면 안 돼!"

긴말할 필요도 없었다. 남풍은 이미 신부들을 뒤쫓아 떠난 참이었다. 이때 두 신부가 사련을 공격해 왔다. 손가락이 온통 붉었고 손톱은 칼날 같았다. 사련은 아까 바닥에서 주운 붉은 면사포를 꺼내 양손으로 내던졌다. 빙글빙글 돌며 날아간 면사포 두 장이 신부들의 머리 위에 정확하게 내려앉았다. 두 신부의 움직임이 삽시간에 둔해졌다.

예상이 적중했다. 두툼하고 붉은 면사포가 눈과 코를 가리자 신부들은 사람의 모습도 볼 수 없었고 냄새도 맡을 수 없었다. 게다가 뻣뻣하게 굳어진 몸이라 혼자 팔을 굽혀 면사포를 벗을 수도 없었다. 신부들은 술래잡기라도 하듯 사방을 더듬고 할퀴기 시작했다. 퍽 음산하면서도 우스꽝스러운 장면이었다. 앞으로 다가선 사련이 두 신부의 눈앞에 대고 손을 휘적거렸다. 신부들은 다른 방향만 멍하니 더듬거릴 뿐이었다. 잠시 생각에 잠긴 그가 끝내 한마디를 꺼냈다.

"미안합니다."

그는 두 시체의 양팔을 잡고 손톱을 서로의 목에 가져다 댔다.

갑자기 만져진 물체에 흠칫한 두 신부는 영문도 모르고 서로를 매섭게 조르기 시작했다. 재빨리 도망친 사련이 다시 손을 쳐들었다. 새하얀 무지개처럼 날아간 약야는 거대한 고리가 되어 조용히 땅에 내려앉았다. 사련이 사방으로 줄행랑치는 사람들을 향해 외쳤다.

"다들 고리 안으로 들어가세요!"

도망치던 사람들이 머뭇거렸다. 반면 소형은 서둘러 소년을 부축해 고리 안으로 들어섰다. 잠시 고민한 그녀는 다시 뛰어나가 정신을 잃고 엎어져 있던 소팽두도 끌고 들어왔다. 이때 한 신부가 고리의 가장자리로 뛰어들었다. 신부가 손톱을 휘둘렀으나 보이지 않는 담장에 가로막힌 듯 눈앞에서 멈춰 섰다. 도통 뛰어들지 못하는 신부를 보고 소형이 다급히 소리쳤다.

"다들 빨리 들어오세요! 신부들은 이 안에 못 들어와요!"

그 모습에 사람들이 벌 떼처럼 몰려들었다. 미리 약야를 몇 곱절로 길게 늘려서 고리를 충분히 넓혀 놓아 다행이었다. 그렇지 않았다면 사련은 누군가 바깥으로 밀려 나오지 않을까 걱정해야 했을 것이다. 신부들은 고리 안을 공격할 수 없다는 것을 깨달았다. 일제히 돌아선 신부들이 날카롭게 절규하며 사련에게 돌진했다.

한편, 사련은 이미 오래 기다린 참이었다. 그가 소매 안에서 면사포를 잡아당겼다. 붉은 천 네댓 장이 손 위에서 앞뒤로 오르내리기 시작했다. 그는 손발을 멈추지 않고 한 사람씩 정확하게 면사포로 덮어 나갔다. 면사포를 뒤집어쓴 신부는 장님이 코끼리 만지듯 느릿느릿 허공을 더듬었다. 날아다니는 면사포에 사람들은 눈이 어지러울 지경이었다. 면사포가 사련의 여유로운 손길을 따라 붉은 그림자처럼 조각조각 나부꼈다. 고리 안에 선 사람들이 저마다 박수갈채를 보내기 시작했다.

"멋지다!"

"대단하군, 정말 대단해."

"본격적으로 연마한 재주 같은데!"

사련은 그 말을 듣고 습관적으로 툭 내뱉었다.

"별말씀을 다. 돈이 있으신 분은 엽전을, 돈이 없으신 분은 박수를…… 으응?"

과거 기예단에서 행인을 호객할 때나 하던 말이 헛나왔다. 사련은 그제야 정신을 차리고 재빨리 입을 다물었다. 그러는 사이에 7척 높이로 뛰어오른 신부들이 석 장 멀리서 썩은 냄새를 풍기며 눈앞에 다가붙었다. 공중으로 도약한 사련은 신부들을 스치고 지나가는 동시에, 속으로 영문의 통령진 구령을 세 번 외웠다.

"'영문 영문 만물박사'! 혹시 북방 무신 명광 장군에게 친하게 지내던 여인이 있었는지 알 수 있을까요?"

영문의 목소리가 귓가에 울려 퍼졌다.

"전하, 그건 왜 물어보십니까?"

"그럴 만한 사정이 있어서요. 조금 위급해요. 솔직히 말씀드리면, 지금 죽은 사람 열댓 명에게 쫓기고 있어요."

"예? 그렇게 심각하다고요?"

"아주 나쁘진 않아요. 그래서, 있나요? 대답하기 곤란한 사적인 문제라 통령진에 물을 수가 없겠더라고요. 임무에 필요한 사항입니다. 절대 누설하지 않을게요."

"전하, 오해하셨군요. 대답하기 곤란한 질문은 아닙니다. 다

만 배 장군에게는 그런 여인이 너무 많습니다. 너무 뜬금없는 질문이라 그중에 누구를 찾으시는지 알 수가 없군요."

그 말에 사련의 발이 미끄러질 뻔했다.

"좋아요. 그럼 배 장군의 지인 중에 소유욕과 질투심이 강하고, 몸 어딘가에 장애를 입은 여인이 있나요?"

"그리 말씀하시니 한 사람이 떠오르네요."

사련이 다시 면사포 두 장을 날리자 박수갈채가 쏟아졌다. 그는 빙글 뒤돌아 사람들을 향해 공수하고 영문에게 말했다.

"말해 주세요!"

"배 장군은 등선하기 전에 한 나라의 장군이었습니다. 그는 전장에서 적국의 여장군과 연을 맺었습니다. 매우 아름답고 용맹스러운 여인이었죠. 이름은 선희라고 합니다."

"음, 선희라고요."

영문이 말을 이었다.

"배 장군은 말이죠, 아름다운 여인을 발견하면 목에 칼이 들어와도 치근덕거리는 인간입니다. 그리고 이 여인은 군대를 이끌고 교전한 끝에 그에게 패배했지요."

포로가 되어 적진으로 압송된 선희는 방비가 허술한 틈을 노려 자결을 시도했다. 그러나 작전은 실패로 돌아갔다. 한 장군이 단칼에 그녀의 검을 부러뜨려 목숨을 구해 준 것이다. 이 품위 넘치는 적국의 배 장군이 바로 훗날 선경에 오른 명광 장군이었다.

첫째, 배 장군은 원체 여색을 밝히는 사람이었다. 그리고 둘째, 대세는 이미 기울어졌다. 공방전이 이어져도 적군이 전세를 뒤집을 가능성은 없었기에 그는 선희를 풀어 주었다. 만남을 주고받기 시작한 두 사람이 어떤 사이로 발전했을지 불 보듯 뻔했다. 이때 한 신부가 사련의 오른쪽 다리를 붙잡았다. 쥐어든 다섯 손가락이 살을 파고들기 직전이었다. 사련은 발길질을 하려다 문득 깨닫고는 멈추었다. 이 각도에서는 신부의 얼굴을 걷어차야만 했다. 아무리 그래도 여인의 얼굴을 때릴 수는 없잖아. 속으로 중얼거린 그가 자세를 바꿔 어깨를 걷어찼다. 그는 다시 면사포 한 장을 날려 보내며 말했다.

"한 편의 미담 같은 이야기네요."

"처음에는 미담이었죠. 하지만 선희가 배 장군에게 평생을 약조하자고 매달린 게 화근이었습니다."

지붕 위로 가볍게 뛰어오른 사련은 이쪽으로 몰려오는 신부 대여섯 명을 내려다보며 땀을 훔쳤다.

"평생을 약조하고 싶은 마음이 잘못은 아닌걸요."

"물론 잘못은 아니죠. 하지만 양국은 교전 중이지 않았습니까. 원래 전쟁터는 잔혹한 법입니다. 그래서 두 사람은 미리 약조했습니다. 서로 합의해서 하룻밤의 인연으로 남자, 미래는 약조하지 말자, 침상 위에서 전쟁 얘기는 꺼내지 말자, 뭐 이런 얘기였습니다. 솔직히 말씀드리죠. 이 배 장군은, 전하까지 끌어들여 셋이 즐기지 않은 것만으로도 다행일 정도의 인간입니다."

"……."

"선희는 장군 가문의 귀한 여식으로 성정이 아주 격렬했습니다. 원하는 것은 반드시 붙잡고 죽어도 놓지 않는……."

"잠깐만요!"

사련이 말허리를 잘랐다.

"이것부터 말해 줘요. 선희에게 장애가 있었나요? 있다면 어느 부분이죠?"

"그건……."

막 운을 뗀 영문의 목소리가 끊겼다.

참 기가 막힐 노릇이었다. 결정적인 대목에 다다를 때마다 빌려 온 법력이 떨어지다니. 다음부터는 단도직입으로 핵심부터 물어야겠다는 생각이 들었다. 사련은 정신없이 도약하면서 빠르게 생각을 가다듬었다. 붕대 소년이 귀신 신랑이 아니라면, 마을 사람들이 확인한 대로 이 안에도 귀신 신랑이 없다면, 몸을 숨길 수 있는 유일한 장소는 열일곱 신부들의 틈새뿐이다.

사련이 신부들 틈에 숨어들었을 당시, 귀신 신랑은 달라진 머릿수를 알아채지 못했다. 거꾸로 말하면, 사련 역시 숨어든 귀신 신랑을 단번에 알아차리지 못했을 터다. 돌이켜 보면 약야가 귀신 신랑을 공격한 뒤에 목격한 것도 숲으로 몰아친 검은 안개에 불과했다. 그 안개 속에 꼭 사람이 있었으리라는 보장은 없었다. 사실상 사련이 뛰어나갔을 때, 귀신 신랑은 안개를 휘감고 사당에 남아 있었을지도 모른다. 사련은 그렇게 귀

신 신랑을 스쳐 지나갔고, 귀신 신랑은 사당 뒤편으로 돌아가 시체 틈새로 감쪽같이 섞여 든 것이다.

그렇다면 '귀신 신랑'은 '신랑'이 아니라 '신부', 즉 신부의 혼례복을 입은 여인이다.

귀신 신랑의 정체가 여인이라면 제법 많은 일이 설명된다. 예컨대 여군산 일대에 명광묘가 없는 이유라든지. 현지 사람들이 짓고 싶지 않았던 게 아니라, 지을 수가 없었던 것이다. 소형은 '명광전을 지으려 할 때마다 도중에 이유도 없이 불이 났다'고 했다. 우연의 일치처럼 들리지 않는 이야기다. 누군가 고의로 불을 질렀을 가능성이 가장 컸다. 그렇다면 왜 사당에 불을 질렀을까? 보통은 원한이 주된 요인이다. 하지만 여군산에는 진법으로 봉쇄된 명광묘가 있었다. 찾아오는 이 하나 없건만, 사당의 신상은 만듦새부터 보존 상태까지 더할 나위 없이 훌륭했다. 이유가 뭘까? 귀신 신부는 자신도 혼례복을 걸쳤으면서, 혼례복 차림의 여인이 웃으며 여군산을 지나가는 꼴을 두고 보지 못했다. 이건 또 어째서일까?

모든 이유는 하나로 수렴됐다. 질투와 독점욕. 그것 말고는 다른 답이 떠오르지 않았다. 그리고 나무 막대를 두툼한 천으로 감싼 듯, 무거운 짐을 끄는 것 같던 괴이한 소리. 그게 정말 발소리라면, 이번에도 떠오르는 가능성은 하나뿐이다.

쫓아오던 신부들이 사련의 손길에 빠짐없이 면사포를 뒤집어썼다. 겨우 땅으로 내려온 그는 한숨을 돌리고 마음을 가라앉

힌 뒤, 신부들의 머릿수를 세어 보았다.

하나, 둘, 셋, 넷…… 열.

숲으로 들어간 신부 일곱 명은 남풍이 쫓고 있다. 사련이 다시 면사포를 씌운 나머지 열 명은 전부 여기에 있다. 그렇다면 마지막 한 명은 아직 나타나지 않았다.

이때 뒤에서 쿵, 쿵, 하는 익숙한 소리가 들려왔다.

느릿하게 돌아선 사련의 눈동자에 아주 왜소한 그림자 하나가 엇비쳤다.

그는 얕은 숨을 들이쉬고 속으로 생각했다.

'역시 그랬구나.'

눈앞의 왜소한 여인은 붉은 혼례복을 걸치고 있었다. 낯빛은 희색 없이 처량하기만 했다.

신장 자체는 왜소하지 않았다. 그녀가 왜소한 이유는 바닥에 꿇어앉았기 때문이었다.

두 다리뼈는 이미 부러졌다. 그럼에도 종아리를 잘라 내는 대신 무릎을 꿇고 양 무릎뼈로 걷고 있었다.

사련이 들었던 괴이한 소리는, 그녀가 부러진 두 다리를 이끌고 뜀박질하며 걷는 소리였다.

얼굴이 갸름하고 눈썹꼬리가 매끈하게 뻗은 여귀(女鬼)는 들은 대로 미색이 출중했다. 그러나 지금, 한때 기개가 묻어났을 그 아름다움은 원한을 내뿜고 있었다. 흡사 사시사철 좁은 곳에 갇혀 청명한 하늘 한번 보지 못한 사람처럼. 꿇어앉은 무릎

아래의 혼례복은 너덜너덜하게 찢겨 나갔다. 이런 모습이니 온갖 소문이 퍼질 만도 했다.

사련은 그녀를 한참이나 마주 본 끝에 말문을 열었다.

"선희?"

오랜 세월 동안 이 이름으로 불린 적이 없는 모양이었다. 한참이 지나서야 여귀의 얼굴에 사무친 원망이 희미하게 걷혔다. 그녀의 눈이 희끄무레하게 빛났다.

"……그 사람이 날 데려오라 하였느냐?"

'그 사람'은 당연히 배 장군일 터였다. 선희가 다시 캐물었다.

"그는? 왜 날 만나러 오지 않았지?"

간절한 표정, 기대에 부푼 목소리. 사련은 자신이 배 장군이 보낸 사람이 아니라고 털어놓으면 안 될 것 같은 기분이 들었다. 그가 한참이나 말이 없자 선희는 땅에 털썩 주저앉았다.

그녀는 우뚝 서 있는 준수한 무신상에 등을 기댔다. 바닥에 펼쳐진 붉은 혼례복은 거대하게 피어난 핏빛 꽃 같았다. 혹독한 시련에 부딪힌 사람처럼, 그녀는 머리카락을 헝클어뜨린 채 고통스럽게 얼굴을 구겼다.

"……왜 날 만나러 오지 않지?"

대답할 수 없는 질문이니 사련은 침묵만 지켰다. 그녀는 고개를 들고 신상을 바라보며 처량한 목소리로 말했다.

"배 낭군, 배 낭군이여. 나는 당신을 위해 조국을 배반하고 내 전부를 내버려 이런 꼴이 되었는데, 왜 날 만나러 오지 않는

것이냐?"

그녀는 두 손으로 머리카락을 쥐어뜯으며 뇌까렸다.

"그 마음은 정녕 무쇠로 만들어졌단 말이냐?"

미동 없이 담담했던 사련은 그 말을 듣고 생각에 잠겼다. 선희는 자신이 배 장군을 위해 조국을 배반했다고 말했다. 혹시 배 장군이 정을 통하면서 그녀를 꾀어내 정보를 빼냈고, 그래서 선희의 조국이 패전하게 된 걸까? 게다가 그녀는 배 장군 때문에 이런 꼴이 되었다고 말했다. '이런 꼴'이란, 당연하게도 다리가 부러진 이 처참한 모습이다. 일국의 장군이 장애를 짊어지고 전장에 나서지는 못했을 테니, 다리는 이후에 부러졌을 가능성이 크다. 이 역시 배 장군과 연관이 있을까? 그녀의 원한이 이토록 깊어진 이유는 배 장군에게 이용당하고 버려진 탓인가?

사련은 자신의 생각이 무척 저속하다고 생각했다. 하지만 선희의 원념은 깊다 못해 무고한 생명까지 앗아 갈 정도였으니, 민망스럽더라도 그런 추측을 할 수밖에 없었다. 이때 사당 바깥에서 여자아이의 비명이 울려 퍼졌다.

"사람 살려! 도와주세요!"

사련과 선희는 동시에 창밖을 바라보았다. 누군가가 붕대 소년을 약야가 만든 흰 고리 바깥으로 끌어내고 있었다. 소형은 필사적으로 그 사내의 다리에 매달렸다. 욕을 퍼붓기 시작한 사내는 바로 소팽두였다.

"꺼져! 멍청한 것, 너 때문에 그 여귀가 쫓아오면 어쩌려고!"

소형이 버럭 외쳤다.

"쫓아오면 뭐 어때요? 당신이 귀신보다 더 무섭다고요! 차…… 차라리 여귀가 낫겠어요!"

약야에 맞아 기절한 소팽두가 깨어난 모양이었다. 그는 사방을 더듬대며 돌아다니는 신부들을 보고 질겁했지만, 그녀들이 앞을 볼 수 없다는 사실을 깨닫자 간덩이가 부어서는 허튼 생각을 했다. 남들이 꼼짝하지 못하는 이 기회에 붕대 소년을 산 아래로 끌고 가 포상금을 독차지할 속셈이었다. 소년이 귀신 신랑인지 아닌지는 중요하지 않았다. 어차피 산 아래에 붕대 소년이 귀신 신랑이라는 소문이 파다하니, 이 소년이 귀신 신랑이나 마찬가지였다. 그러나 소형이 달려들어 마구 고함칠 줄 누가 예상이나 했을까. 심지어 주위를 떠돌던 신부들과 명광묘에 있는 선희까지 그 목소리에 자극받았다.

'아까 더 심하게 후려칠 걸 그랬네. 사흘 밤낮은 눕혀 놨어야 했는데.'

소팽두를 보고 속으로 중얼거린 사련이 외쳤다.

"고리 안으로 돌아가요!"

소팽두는 검은 안개가 자신을 향해 몰려오자 황급히 뒤로 물러섰다. 하지만 손으로는 붕대 소년을 질질 끌고, 다리는 소형에게 붙잡힌 탓에 한발 늦고 말았다. 순식간에 검은 안개에 휘감긴 소팽두는 선희의 손아귀로 빨려 들어갔다. 그는 뒤를 돌

아보았다. 긴 머리칼을 어지러이 휘날리는 음산한 여인. 아까 시체 속에서 건드려 본 그 아리따운 신부가 아니던가?

그제야 두려워진 소팽두가 마구 비명을 질렀다. 선희는 다섯 손가락을 굽혀 그의 뒤통수에 들이꽂았다. 순식간에 벗겨진 머리 가죽 아래로 두개골이 드러났다.

두개골에서 뜨거운 김이 솟았으나 벌어진 입은 계속해서 비명을 쏟아 냈다.

"아악―!"

고리 안에 있던 사람들도 혼비백산이 되어 소리쳤다.

"으아악―!"

덩달아 소형도 질겁해서는 비명을 지르며 소년을 고리 안으로 끌고 들어갔다. 이번에는 선희의 손가락이 두 사람을 향했다. 사련이 몸을 날려 앞을 가로막았다.

"장군, 또 살업을 저지르실 셈입니까?"

사련은 그녀를 장군이라고 불렀다. 전장에서 적진을 함락하고 백성과 나라를 지킨 영웅이었던 과거를 일깨워 주기 위해서였다. 하지만 선희는 처참하게 울부짖는 두개골을 손아귀로 움켜쥐고 부스러뜨렸다. 아리땁던 얼굴도 거의 일그러졌다. 그녀가 서늘하게 웃으며 입을 열었다.

"날 만나러 올 용기가 없는 게지?"

사련도 속수무책이었다. 일단 배 장군이 보낸 사람인 체라도 해야겠다, 그리 생각했으나 사실 선희는 그의 대답 따위 필요

치 않았다. 웃음을 터트린 그녀가 홱 돌아서서 신상에 손가락질했다.

"네 사당을 불사르고 네 지반에서 농간을 부렸다! 한 번이라도 찾아오길 바라면서, 몇 년이고 기다렸어!"

한참 넋을 놓고 무신상을 바라보던 그녀가 불현듯 뛰어올라 신상의 목을 움켜쥐고 마구잡이로 흔들었다.

"한데 끝까지 만나러 오지 않다니, 너도 나를 볼 낯이 없는 거지? 내 다리를 봐라! 지금 내 꼴을 보라고! 전부 널 위해서, 널 위해서였는데! 그 마음은 정녕 무쇠로 만들어졌단 말이냐!"

제삼자인 사련은 누가 옳고 누가 그른지 왈가왈부하고 싶지 않았다. 다만 개인적으로는 이런 감상이 들었다.

'정말 그 사람을 만나고 싶다면 좀 정상적인 방식을 취할 순 없을까? 만약 누가 이런 방식으로 만나려 든다면, 난 조금도 찾아오고 싶지 않을 거야.'

소년을 이끌고 겨우 고리 안으로 되돌아간 소형이 이쪽을 바라보며 걱정스레 중얼거렸다.

"공자……."

목소리를 들은 사련은 걱정하지 말라는 뜻을 담아 웃어 보였다. 사련이 웃은 순간, 선희의 얼굴이 삽시간에 일그러졌다. 신상에 매달려 있던 그녀가 사련을 향해 뛰어들었다.

"내게는 눈길 한번 주지 않고 그 시시덕대는 여자들만 바라봤지. 정 그렇다면 마음껏 보게 해 주겠다!"

그녀가 목을 조른 사람은 사련이었으나 그 말만큼은 배 장군을 향해 있었다. 선희는 은애하는 사람과 혼인하지 못했다. 그래서 꽃가마에서 행복하게 미소 짓는 새 신부를 시기한 게 아닐까, 사련은 그리 짐작했었다. 그런데 실상은 배 장군이 잘 웃는 여자를 좋아하기 때문이었다니. 이성을 잃은 선희는 그 신부들이 자신의 정인에게 시집가는 듯한 착각에 빠져들었다. 여군산 밑에 있는 명광묘를 몽땅 불태운 이유도 알 만했다. 날마다 배 장군의 사당에 드나드는 여인들과 같은 신상을 나눠 가지는 상황을 견딜 수 없었던 것이다. '흉'으로 불리기에 손색없는 여귀였다. 두 다리가 부러졌으나 움직임은 더없이 민첩했다. 게다가 약야에게 정통으로 맞고도 엄청난 악력으로 사련의 목을 졸랐다. 한계에 다다른 그가 약야를 부르려는 그때, 우렁찬 고함이 울려 퍼졌다.

"으아아아아—!"

사련이 여귀와 힘겹게 대치하자 소형이 나뭇가지를 주워 들고 덤벼든 것이다. 그녀는 스스로에게 용기를 북돋는 것처럼 고함을 내지르며 달려왔다. 하지만 선희는 손 하나 까딱하지 않고 서늘하게 뒤를 돌아보았다. 소형은 가까이 다가오기도 전에 몇 장 밖으로 나가떨어졌다. 거꾸러진 몸뚱이가 머리부터 땅에 부딪쳤다.

그러자 붕대 소년이 '아아!' 하고 쉰 목소리로 소리치며 달려왔다. 놀란 사련이 몸을 일으킨 순간, 뒤통수가 서늘해졌다. 선

희의 손가락이 머리를 붙잡은 것이다. 아까처럼 머리 가죽을 뜯고 두개골을 꺼내려는 것 같았다. 다급해진 사련은 오른손으로 그녀의 손목을 낚아채고 목청을 높였다.

"묶어!"

사락, 매끄러운 소리가 허공을 갈랐다. 약야는 명령대로 선희의 몸을 유연하게 감싸고 단단히 옭아맸다. 두 다리가 부러진 선희는 미처 피하지 못하고 쿵, 하는 굉음과 함께 꿇어앉았다. 벗어나려고 바닥을 구르고 몸부림칠수록 약야의 포박은 한층 조여들었다. 위기에서 벗어난 사련은 한숨 돌릴 새도 없이 자리를 박차고 일어나 소형을 향해 내달렸다.

사람들은 약야의 고리가 사라지자 선불리 움직이지 못했다. 개중에 대담한 마을 사람 몇몇은 비척거리며 돌아다니는 신부들이 익숙해졌는지 소형이 있는 곳으로 모여들었다. 붕대 소년은 엎어진 소형 옆에 꿇어앉아 뜨거운 솥에 오른 벌레처럼 허둥거렸다. 소형을 건드리는 사람은 아무도 없었다. 중요한 곳이라도 부러졌으면 어쩌나 싶은 조심스러운 마음에서였다. 자칫 잘못 건드렸다가는 부상이 악화될지도 몰랐다. 재빨리 소형을 살펴본 사련은 아무리 조심해도 소용없다는 것을 깨달았다. 이 상태라면 분명 오래 살지 못할 것이다.

만난 지 얼마 되지 않았고 대화를 많이 나눈 사이도 아니었지만, 이 소녀가 용모는 못나도 선의를 품은 사람이라는 것은 사련도 잘 알았다. 그런데 이런 결말을 맞이하다니. 가슴이 무

겁게 가라앉았다.

'아무리 소용없어도 이런 모습으로 죽게 둘 수는 없어.'

사련은 속으로 생각했다. 선희는 약야로 묶어 놓았으니 한동안 빠져나오지 못할 것이다. 그는 조심스럽게 소형의 몸을 뒤집었다.

소형의 얼굴은 온통 피범벅이었다. 이를 본 사람들이 혀를 차며 한숨지었다. 그녀는 남은 숨결을 끌어모아 나지막이 입을 열었다.

"……공자, 제가 되레 방해가 된 것 같네요……."

방해가 된 건 아니지만, 별다른 도움을 준 것도 아니었다. 사련은 처음부터 약야를 불러들일 계획이었기에 타인의 도움은 필요가 없었다. 하물며 그 나뭇가지는 선희를 맞히더라도 별 타격을 주지 못했을 터다. 하다못해 그녀의 근처에 다가갈 수조차 없지 않았는가. 그러니, 사실 소형의 죽음은 아무런 가치도 없는 셈이었다.

사련이 입을 열었다.

"아니에요. 정말 큰 도움이 됐습니다. 봐요, 낭자가 주의를 끌어 준 덕분에 여귀를 제압할 틈이 생겼잖아요. 정말 고마워요. 하지만 다음부터는 이러지 마세요. 돕고 싶다면 꼭 먼저 말해 주고요. 제가 확실히 뒤처리하지 못하면 큰일이잖아요."

소형이 힘겹게 빙긋 웃어 보였다.

"공자…… 달래 주시지 않아도 돼요. 제가 도움이 안 됐다는

것도, 다음이…… 없다는 것도 다 알아요."

띄엄띄엄 말을 이어 가던 소형이 피를 토했다. 핏속에 부러진 앞니 몇 개가 섞여 나왔다. 소년은 안절부절못하고 우우, 하면서 의미 모를 울음소리만 냈다. 소형이 소년에게 말했다.

"앞으로는 산 아래에서 음식 훔쳐 먹지 마. 들키면…… 맞아 죽을 거야."

"배가 고파지면 나를 찾아와도 돼요."

사련의 말에 소형이 눈을 반짝 빛냈다.

"……정말요? 그, 그럼 정말 감사하죠……."

한참을 미소 짓던 자그마한 눈에서 눈물이 흘러내렸다. 소형은 조용히 말을 이었다.

"전 살면서 즐거웠던 날이 며칠 없었던 것 같아요……."

무슨 말을 해야 좋을지 몰라, 사련은 그저 소형의 손을 가만히 다독였다. 그녀가 한숨을 푹 내쉬었다.

"에이, 됐어요. 그냥…… 운수 나쁜 팔자였나 보죠."

어쩐지 우습게 들리는 말이었다. 게다가 이목구비가 비뚤어진, 익살스러울 정도로 못난 얼굴이 피와 눈물을 뒤집어쓰니 솔직히 아주 우스꽝스러웠다.

소형이 가느다란 눈물을 떨어뜨렸다.

"그렇지만, 그런 팔자였어도, 난 아직…… 아직……."

그녀는 말을 끝맺지 못하고 숨을 거두었다. 소년은 숨이 멎은 시신을 끌어안고 작게 흐느끼면서 그녀의 배 위로 머리를

파묻었다. 기댈 곳을 잃어버린 사람처럼, 소년은 끝까지 고개를 들지 못했다.

사련은 손을 뻗어 그녀의 두 눈을 감겨 주고 속으로 읊조렸다.

'네가 나보다 강하구나.'

그 순간, 괴상한 종소리가 울려 퍼졌다.

댕—!

굉음이 세 번 이어졌다. 사련은 한순간 머리가 깨질 것 같았다.

"이게 뭐지?"

다시 주위를 둘러보니 신부들이 바닥에 널브러져 있었다. 나란히 뻗은 두 팔로 하늘을 가리킨 채였다. 마을 사람들도 쓰러져 일어나지 못했다. 귀청이 떨어져 나가도록 진동하는 종소리에 다들 기절한 것 같았다. 사련도 눈앞이 조금 아찔해졌다. 한 손으로 이마를 짚고 일어서려 노력했으나 다리가 풀려 한쪽 무릎으로 바닥을 지탱해야 했다. 다행히 누군가가 그를 부축해 주었다. 고개를 들어 보니, 남풍이었다. 숲속으로 들어가 사방으로 뿔뿔이 흩어진 일곱 명의 신부를 온 여군산을 뒤진 끝에 한 명도 빠짐없이 붙잡아 돌아온 것이다. 더없이 침착한 남풍의 모습에 사련이 곧장 물었다.

"이 종소리는 뭐야?"

"걱정하실 필요 없습니다. 지원병입니다."

사련은 그의 눈빛을 따라 시선을 옮긴 뒤에야 깨달았다. 어느새 명광묘 앞에 병사들이 일렬로 늘어서 있었다.

갑주를 걸친 병사들은 늠름한 풍채와 위엄을 자랑했다. 하나같이 몸에 희끄무레한 영광을 두른 채였다. 그들 앞쪽에는 키가 크고 수려한 젊은 장군이 서 있었다. 분명 평범한 인물은 아닐 것이다. 뒷짐을 지고 사련의 앞까지 걸어온 장군이 가볍게 허리를 숙였다.

"태자 전하."

사련이 묻기도 전에 남풍이 조용히 귀띔해 주었다.

"이 사람이 배 장군입니다."

사련은 바닥에 주저앉은 선희를 흘끗 쳐다보며 되뇌었다.

"배 장군?"

사련의 상상과는 조금 다른 모습이었다. 그렇다고 신상과 크게 닮은 것도 아니었다. 명광묘의 신상은 위풍당당하고 오만한 기세가 넘쳤다. 말하자면 침략자의 기세를 지닌 준수함이었다. 반면 이 젊은 장군은 마찬가지로 준수했으나, 얼굴이 희고 표정은 차가운 옥처럼 고요해 살기 대신 굳건한 차분함만 느껴졌다. 장군에도 걸맞지만 책사라고 불려도 이상하지 않을 모습이었다.

선희를 발견한 배 장군이 입을 열었다.

"이번 여군산 사건이 우리 명광전과 인연이 깊을지도 모른다는 영문전의 연락을 받고 급히 내려왔습니다. 그 말이 사실일 줄은 몰랐군요. 태자 전하께 폐를 끼쳤습니다."

사련은 내심 영문에게 고마웠다. 어딜 봐서 영문전이 비효율

적이라는 거야, 속으로 생각한 사련이 말했다.

"배 장군도 수고가 많으십니다."

발버둥 치던 선희의 귀에 '배 장군'이라는 세 글자가 어렴풋이 들렸다. 그녀가 고개를 쳐들고 절실하게 외쳤다.

"배 낭군, 배 낭군! 당신이야? 왔어? 드디어 온 거야?"

그녀는 기쁨에 겨워 미칠 지경이었지만 약야에 사로잡힌 탓에 겨우 무릎을 꿇고 몸을 일으켰다. 무슨 영문이었을까. 배 장군을 본 그녀의 안색이 퍼렇게 질렸다.

"넌 누구냐?"

사련은 남풍에게 귀신 신랑에 대한 자초지종을 대강 설명해 준 참이었다. 선희의 반응에 사련이 물었다.

"이분이 배 장군 아니야? 혹시 너무 오래 기다려서 못 알아보는 건가?"

"배 장군 맞습니다. 저 여자가 기다리던 사람은 아니지만요."

사련은 의아해졌다.

"배 장군이 두 사람이라도 되나?"

"맞습니다, 두 분입니다."

알고 보니 여귀 선희가 기다리는 배 장군은 명광전의 주인인 주신(主神)이었다. 그리고 그들 앞에 있는 이 장군은 명광전을 보좌하는 보신(輔神), 즉 배 장군의 후손이었다. 두 신을 구분하기 위해 모두가 그를 '소(小)배 장군'이라고 불렀다. 정통적인 명광전은 두 신상을 함께 세워 놓고 공양을 드렸다. 사당의 주

인인 배 장군의 신상이 정문을 마주한다면 소배 장군의 신상은 그 뒤쪽에 세워진다. 선조와 후손 관계라고는 해도 겉보기에는 형제나 다름없었다. 한 가문에서 두 사람이 선경에 올랐으니, 진기하고 훈훈한 미담이라 할 만했다.

선희는 주위를 둘러보았다. 병사들 속에서도 찾는 사람이 없자 그녀가 처량한 목소리로 말했다.

"배명은? 오지 않은 것이냐? 왜 나를 보러 오지 않지?"

가볍게 고개를 끄덕인 소배 장군이 담담히 말했다.

"배 장군께선 중요한 임무를 처리하고 계십니다."

"중요한 임무?"

선희가 중얼거렸다. 헝클어진 머리카락 아래로 눈물이 흘러내렸다.

"나는 그 사람을 몇백 년이나 기다렸는데, 중요한 임무라니? 날 만나겠다고 하룻밤 새에 국경의 절반을 건너왔던 사람이 무슨 중요한 임무가 있다는 것이냐? 얼마나 중요하기에 날 한 번도 만나러 오지 않지? 정말 있느냐? 사실은 없는 게지?"

소배 장군이 말했다.

"선희 장군, 이만 가시지요."

명광전의 병사 두 명이 대열에서 걸어 나왔다. 약야는 선희의 몸에서 훌쩍 빠져나와 사련의 손목을 애틋하게 휘감았다. 사련이 위로를 담아 약야를 두어 번 토닥거렸다. 병사들에게 맥없이 붙잡힌 선희는 난데없이 맹렬하게 몸부림치며 하늘을

향해 고함쳤다.

"배명! 널 저주한다!"

무척이나 날카로운 고함이었다. 얼떨떨해진 사련이 속으로 생각했다.

'이건 후손 앞에서 조상을 욕하는 거잖아?'

하지만 소배 장군은 담담한 기색이었다.

"우스운 꼴을 보이게 됐군요."

선희는 계속해서 사력을 다해 소리쳤다.

"널 저주하겠다! 한평생 아무도 연모하지 않는 편이 좋을 것이다! 그런 날이 온다면 너도 나처럼 되도록 저주할 테니까! 영원히, 매 순간, 끝없는 불길에 온몸이 불탈 것이다! 애증의 불길에 온 오장육부가 사그라질 것이야!"

이때 소배 장군이 사련과 다른 사람들에게 말했다.

"실례합니다. 잠시 기다려 주십시오."

그는 두 손가락으로 관자놀이를 지그시 눌렀다. 통령술을 개방하는 손짓이었다. 아마 누군가와 통령을 주고받는 모양이었다. '예' 하고 대답한 그가 손을 내려 뒷짐을 지고 선희를 향해 돌아섰다.

"배 장군의 전언입니다. '그건 불가능하다.'"

선희가 날카롭게 비명을 질렀다.

"널 저주한다—!"

소배 장군이 손을 가볍게 휘둘렀다.

"압송해라."

두 병사가 격렬하게 몸부림치는 선희를 끌고 물러갔다. 사련이 물었다.

"소배 장군, 실례지만 하나만 여쭙겠습니다. 선희는 어떤 처분을 받게 됩니까?"

"산 밑에 봉인할 겁니다."

확실히, 천계는 요마를 다룰 때 적절한 산을 찾아 진압하는 법문을 자주 사용했다. 잠시 고민한 사련이 말을 이었다.

"선희 장군의 원한은 꽤 무겁습니다. 배 장군을 위해 조국을 배반하고 다리가 부러진 원한에서 헤어나지 못하고 있어요. 진압도 장기적인 해결책은 되지 못할 겁니다."

소배 장군이 고개를 까딱 기울이며 물었다.

"자신이 배 장군 때문에 조국을 배반했고 다리까지 부러졌다, 그리 말했습니까?"

"분명 그렇게 말했습니다. 배 장군 때문에 이런 모습이 되었다고요. 대체 뭐가 사실인지는 잘 모르겠지만요."

소배 장군이 대답했다.

"굳이 그렇게 표현하자면, 아주 틀린 말은 아닙니다. 배 장군을 위해 조국을 배반한 건 사실이니까요. 하지만 남들이 생각한 상황과는 다를지도 모릅니다. 배 장군과 헤어진 선희 장군은 배 장군의 마음을 붙잡겠다고 군사 정보까지 자진해서 바쳤습니다. 배 장군께선 싸움 없는 승리는 원하지 않으셨기에 거

절하셨고요."

……널 위해 조국을 배반했다는 말이 이런 뜻일 줄은 전혀 예상치 못했다. 사련이 다시 물었다.

"다리도 배 장군 때문에 부러졌다고 했는데, 그건……?"

"스스로 부러뜨린 겁니다."

……자기 다리를 부러뜨렸다고?

소배 장군이 무덤덤하게 말을 이었다.

"배 장군께선 강한 여인을 좋아하지 않으시고, 선희 장군은 타고난 성정이 강합니다. 이것이 두 분이 오래가지 못한 이유입니다. 이대로 포기할 수 없었던 선희 장군은 배 장군을 위해 희생하고 변하겠다고 말했습니다. 그래서 자발적으로 무공을 폐하고 두 다리도 부러뜨렸습니다. 자신의 양 날개를 꺾고 배 장군의 곁에 묶인 셈이었죠. 배 장군께선 그런 선희 장군을 외면하지 않고 돌봐 주셨습니다. 다만 부인으로 맞아들일 생각은 끝까지 없으셨습니다. 숙원을 이루지 못한 선희 장군은 원한을 품고 자결했습니다. 다른 이유도 아니고 오로지 배 장군을 상심시킬 목적으로요. 하지만 기탄없이 말씀드리죠."

그는 한결같이 점잖은 말투와 지나치게 차분한 표정으로 한마디 덧붙였다.

"그런 일은 일어나지 않았습니다."

사련은 말없이 미간을 문지르며 생각했다.

'대체 뭐 하는 사람들이지?'

소배 장군이 다시 운을 뗐다.

"그 사건의 옳고 그름은 저도 잘 모릅니다. 선희 장군이 먼저 포기했다면 이런 지경에 이르지는 않았겠지만요. 태자 전하, 저는 이만 물러가겠습니다."

사련도 손을 들어 공수해 그들을 배웅했다. 남풍이 짤막하게 평가했다.

"괴짜로군."

나도 '삼계의 웃음거리'에 '이름난 괴짜'니까 험담은 이쯤에서 그만두자. 사련은 속으로 생각했다. 이건 배 장군과 선희 장군, 두 사람 사이의 일이다. 당사자가 아니라면 시비를 논할 자격이 없다. 애꿎은 봉변을 당한 열일곱 명의 신부, 가마를 호송한 무관과 가마꾼들만 안타깝게 되었다.

신부를 떠올린 사련은 재빨리 시선을 옮겼다. 땅 위에 쓰러진 시신들은 제각기 다른 변화를 보였다. 어떤 신부는 백골이 되었고, 썩기 시작해 악취를 풍기는 시신도 있었다. 이 악취에 자극받은 사람들이 하나둘 정신을 차렸다. 그들은 눈앞에 펼쳐진 광경에 다시 한번 혼비백산했다.

사련은 이참에 선악과 인과응보에 대한 설교를 늘어놓았다. 산에서 내려간 뒤에는 신부들의 복을 널리 빌어야 한다, 신부의 식솔들이 시신을 찾으러 올 수 있도록 알려야 한다, 돈을 받고 시신을 파는 짓이나 양심에 거리끼는 일은 절대 저지르지 마라. 충격적인 하룻밤을 겪은 데다가 앞잡이까지 잃은 마을

사람들은 사련의 말에 토를 달지 못하고 전전긍긍하면서 그러겠노라, 대답했다. 다들 악몽을 꾼 기분이었다. 어젯밤엔 마귀에라도 씌었던 걸까? 사람이 이렇게나 죽었는데 어떻게 돈 벌 궁리만 했을까? 다시 생각하니 자기 자신이 다 무서워졌다. 어제는 다들 그랬다. 머릿수만 믿고, 앞장서는 사람을 따라 얼떨떨한 상태에서 뒤를 쫓았었다. 이제야 두려움에 휩싸인 사람들은 착실하게 잘못을 뉘우치며 복을 기원했다.

아직 동이 트지 않았으니 이리 떼가 산에 남아 호시탐탐 노리고 있을지도 몰랐다. 벌써 온 산을 뒤지고 돌아온 남풍은 바글거리는 사람들을 이끌고 다시 산을 내려가야 했다. 하지만 그는 달리 불평하지 않았다. 이후에 '거꾸로 매달린 시체의 숲'을 포함해, 앞으로의 대책을 상의하자는 약조도 덧붙였다.

정신을 차린 붕대 소년은 소형의 시신 곁에 앉아 말없이 그녀를 끌어안았다. 사련도 소년의 옆에 앉았다. 적절한 말을 고르고 골라 위로를 건네려는 그때, 문득 소년의 머리에 흐르는 피가 보였다.

시체의 숲에서 묻은 피라면 진즉 말랐어야 한다. 하지만 이 피는 계속 흐르고 있으니, 분명 어딘가 다친 모양이었다. 사련이 재빨리 물었다.

"머리에 상처가 있구나. 붕대를 풀어 주면 내가 한번 살펴볼게."

느릿하게 고개를 든 소년이 핏발 선 눈으로 그를 바라보았다. 겁에 질려 머뭇거리는 기색이었다. 사련이 빙긋 웃으며 말

했다.

"겁낼 것 없어. 상처가 있으면 잘 치료해야 하잖니. 난 네 모습을 보고 놀라거나 하지 않아."

잠시 망설이던 소년은 뒤로 돌아앉아 머리에 감긴 붕대를 한 바퀴씩 천천히 풀었다. 아주 굼뜬 속도였지만 사련은 인내심을 가지고 기다렸다. 속으로는 벌써 앞으로의 문제를 고민하고 있었다.

'이 아이는 더 이상 여군산에 머물 수 없을 거야. 그럼 어디로 가야 좋지? 천계로 데리고 갈 수는 없잖아. 나도 끼니를 꼬박꼬박 챙겨 먹지 못하는걸. 좀 더 좋은 곳으로 보낼 방법을 찾자. 그리고 청귀, 척용은…….'

이때 붕대를 다 풀어낸 소년이 몸을 돌렸다.

사련은 그 얼굴을 똑똑히 눈에 담았다. 한순간 온몸의 피가 남김없이 빠져나가는 기분이 들었다.

6장 붉은 옷의 귀신, 문무묘를 불태우다

예상대로 소년의 얼굴은 심각한 화상 자국으로 뒤덮여 있었다. 그러나 얼기설기 엮인 핏빛 흉터 아래로 자그마한 사람 얼굴 서너 개가 희미하게 비쳤다.

갓난아이의 손바닥만 한 크기에 불과한 그 얼굴들은 소년의 뺨과 이마에 비뚤배뚤 널려 있었다. 화염에 그슬린 작은 얼굴들은 고통에 비명을 지르는 것처럼 이목구비가 극렬하게 오그라들어 있었다. 본디 평범했을 사람의 얼굴에 아우성치는 기괴한 얼굴이 빼곡히 들어찬 모습은, 정말이지 그 어떤 귀신보다도 끔찍했다.

그 얼굴을 마주한 순간 사련은 악몽에 빠진 것 같았다. 거대한 공포가 온몸을 마비시켰다. 자신이 언제 자리를 박차고 일어섰는지 기억나지 않았다. 어떤 표정을 지었는지도 알 수 없

었지만, 분명 두려움에 휩싸인 얼굴일 터였다. 머뭇대며 붕대를 풀 때부터 불안에 떨던 소년은 그 반응을 보고 덜컥 뒷걸음질했다. 거부감을 느낀 사련의 속내를 알아챈 모양이었다. 소년은 스스로를 보호하려는 듯이 그 끔찍한 얼굴을 가리고 벌떡 일어나 비명을 지르며 깊은 숲속으로 도망쳤다.

사련은 불현듯 정신을 차렸다.

"잠깐!"

그가 소년을 뒤쫓으며 외쳤다.

"기다려! 돌아와!"

하지만 사련은 한참을 멀거니 있다가 정신을 차린 참이었다. 게다가 소년은 산길에 훤하고 어둠 속에서 도망치는 데 익숙했던지라, 금세 종적을 감추고는 아무리 불러도 나올 생각을 하지 않았다. 함께 찾아 줄 사람도 없건만, 하필 법력까지 바닥나 통령으로 말을 전할 방도가 없었다. 반 시진 넘도록 산속을 내달리면서 찾아 헤맸으나 별 성과는 없었다. 차가운 바람이 불어오자 정신이 조금 맑아졌다. 역시 혼자서 마구잡이로 들이박는 건 능사가 아니었다. 사련은 가까스로 마음을 가라앉히고 생각했다.

'어쩌면 소형 낭자의 시신을 가지러 돌아갈지도 몰라.'

명광묘로 되돌아간 그는 또 한 차례 얼이 빠졌다.

검은 옷차림을 한 사람들이 사당 뒤 숲에 모여 있었기 때문이다. 다들 표정을 엄숙하게 굳히고 거꾸로 걸린 시신 사십여

구를 조심스레 끌어내리는 중이었다. 앞쪽에는 늘씬한 그림자 하나가 팔짱을 끼고 서서 감독하고 있었다. 그 사람이 고개를 돌리자 청아하고 서늘한 소년의 얼굴이 드러났다. 다름 아닌 부요였다. 천계로 돌아가 현진전 소속 신관들을 데리고 내려온 모양이었다.

사련이 입을 달싹인 순간, 뒤에서 발소리가 났다. 마을 사람들을 전부 돌려보내고 되돌아온 남풍이었다. 그는 이 광경을 보고 부요를 흘긋 곁눈질했다.

"혼자 도망친 거 아니었나?"

거슬리는 한마디에 부요가 언짢은 얼굴로 눈썹을 추켜세웠다. 사련은 이 중요한 순간에 두 사람의 입씨름이 벌어지는 것만은 사양하고 싶었다.

"내가 지원병을 불러와 달라고 했어."

남풍이 픽 비웃었다.

"그 지원병은 어딨습니까? 하다못해 너희 댁 장군 정도는 불러올 줄 알았더니만."

부요가 냉담하게 대꾸했다.

"천계로 돌아갔더니 소배 장군이 먼저 내려갔다기에 따로 찾아뵙지 않았다. 게다가 우리 장군께선 아주 바쁘시다. 찾아뵙는다고 해서 무조건 부를 수 있는 분이 아냐."

솔직히 말해서, 사련이 알고 있는 모정이라면 아무리 여유가 있어도 직접 내려오지 않을 터였다. 하지만 당장은 다른 생각

을 할 겨를이 없었다. 사련은 약간 지친 목소리로 말했다.

"일단 싸우지 말고, 붕대 소년을 찾는 것부터 도와줘."

남풍이 미간을 찌푸렸다.

"아까까지 전하와 함께 그 여자아이의 시신을 지키고 있지 않았습니까?"

"내가 붕대를 벗으라고 했는데, 겁을 먹고 도망갔어."

부요의 입꼬리가 꿈틀거렸다.

"설마요. 전하의 여장이 기겁할 정도로 무섭진 않습니다."

사련이 한숨을 내쉬었다.

"넋이 나가서 바로 반응하지 못한 내 잘못이야. 안 그래도 소형 낭자의 죽음으로 큰 충격을 받았는데. 이제는 내가 그 아이의 얼굴에 놀란 것처럼 보였을 테니, 그 충격을 견디지 못하고 도망친 거겠지."

부요가 콧잔등을 찡그리며 물었다.

"정말 그렇게까지 얼굴이 추했습니까?"

"추하고 말고의 문제가 아니야. 그 아이는…… 인면역(人面疫)에 걸렸어."

인면역, 세 글자에 두 사람의 움직임과 표정이 굳어졌다.

아까 사련이 넋이 나갔던 이유를 이제야 알 것 같았다.

팔백 년 전, 선락국 황성은 거대한 역병에 휩쓸려 파국을 맞이했다. 이 역병에 걸리면 먼저 몸에 자그마한 종기가 번지는데, 차츰 커지고 단단해지면서 통증을 유발한다. 이후로는 조

금씩 울퉁불퉁해지는 모습이 관찰된다. 세 부위가 움푹 꺼지고 한 곳만 튀어나온 모습은 마치…… 눈과 입, 코를 연상케 했다. 이목구비는 서서히 뚜렷해지면서 사람의 얼굴과 유사한 형상으로 자란다. 만약 그대로 방치하면 더 많은 얼굴이 자라나게 된다. 끝까지 성장해 온전한 모양을 갖춘 얼굴은 말을 하거나 비명까지 지른다고도 했다.

이 역병의 이름이 바로 '인면역'이다.

부요의 안색이 한참이나 오락가락했다. 그는 팔짱을 낀 손까지 내려놓고 말했다.

"말도 안 됩니다! 그딴 병은 몇백 년 전에 종식됐어요. 절대 다시 나타날 리 없다고요."

사련이 짧고 단호하게 대답했다.

"내가 똑똑히 봤어."

남풍과 부요는 대꾸할 말이 없었다. 사련의 그 한마디에 대꾸할 수 있는 사람은 아무도 없었다.

사련이 말을 이었다.

"그리고 얼굴에 화상 자국이 있었어. 사람 얼굴을 태워 버리려고 했던 것 같아."

대부분의 인면역 환자들은 칼로 이 끔찍한 얼굴을 도려내거나 불로 태워 죽이려는 행동을 가장 먼저 보였다. 인면역을 없앨 수만 있다면 살점을 발라내고 뼈를 자르는 고통도 마다하지 않았다. 남풍이 가라앉은 목소리로 말했다.

"그렇다면 그 소년은 평범한 사람이 아닐 겁니다. 벌써 몇백 년이나 살아왔을지도요. 그보다도, 소년의 역병에 전염성이 있습니까?"

골치가 지끈거렸지만 이 문제만큼은 침착하게 생각해 본 참이었다. 사련은 확신에 찬 어조로 대답했다.

"없어. 인면역은 전염성이 지극히 강해. 소년의 역병에 전염성이 있었다면, 여군산에 오래 숨어 있었던 만큼 이 일대 전체에 인면역이 퍼졌어야 정상이야. 그 애의 역병은 이미…… 완치된 것 같아. 다만, 이전에 남은 흉터는 사라지지 않았고."

세 사람은 좀처럼 마음이 놓이지 않았다. 부요는 현진전에서 지위가 높은 편인지, 신관들을 소집해 여군산 곳곳을 파헤쳤다. 하지만 소년의 종적은 도무지 찾을 길이 없었다. 진작에 여군산을 빠져나가 수많은 사람들 속으로 사라졌을지도 몰랐다. 지금으로서는 천계로 돌아가 영문전에 도움을 청하고 소식을 기다리는 방법이 최선이었다. 그나마 소년의 역병이 전염되지 않아 천만다행이었다. 하지만 사련은 소년의 끔찍한 얼굴에 생각이 미쳤다. 자칫 산 밑에서 발각되면 사람들이 소년을 괴물로 착각해 때려죽일지도 모르는 노릇이니, 되도록 서둘러 찾아내는 편이 좋았다.

계속 여군산에서 시간을 허비할 수는 없었다. 사련은 소형의 시신을 안아 들고 한 걸음씩 산을 내려갔다. 정신이 조금 흐릿했던 탓일까. 차박사의 고함을 듣고 나서야 시신을 안고 상

봉소점에 들어갈 뻔했다는 것을 깨달았다. 그는 연신 사과하고 방향을 바꿔 시신을 대신 안장해 줄 사람을 찾은 후에야 되돌아왔다. 상황을 갈무리하고 자리에 앉은 사련은 조용히 한숨을 내쉬었다.

사건 하나가 겨우 일단락되었다. 선경에 오른 최근 며칠이 인간 세상에서 고물을 줍던 일 년보다도 피곤했다. 기어오르고 엎어지고, 처마와 담벼락을 넘나들고, 나뒹굴면서 소리를 질렀다. 거기에다 여장과 기예까지. 온몸의 근육과 뼈가 폭삭 내려앉을 것 같았다. 아직 풀리지 않은 수수께끼와 후환거리도 잔뜩 남아 있었다. 정말이지 '등선하느니 고물을 주웁시다'라는 간판을 등에 내걸고 인간 세상을 돌아다니며 설파하고픈 심정이었다. 이때 부요가 옷자락을 젖히고 사련의 옆에 앉았다. 그는 드디어 오랫동안 단단히 벼르고 있던 눈 까뒤집기를 선보였다.

"왜 아직도 그 옷을 입고 계십니까?"

그 흰자위를 보자 어쩐지 더할 나위 없는 친근감이 느껴졌다. 사련은 그제야 여정 내내 걸치고 있던 혼례복을 벗었다. 연지와 분을 지우는데 조금 울적한 기분이 들었다.

"그럼 난 계속 이 차림으로 소배 장군과 대화한 거잖아? 남풍, 아까 좀 알려 주지 그랬어."

부요가 한마디 끼어들었다.

"전하가 그 차림을 좋아하시는 줄 알았나 보죠."

온종일 뛰어다닌 남풍도 겨우 자리에 앉아 한숨을 돌렸다.

"알려 드릴 필요가 없었습니다. 전하가 어떤 옷을 입든 신경 쓰지 않았을 테니까요. 전하가 열 배는 더 이상한 차림이었어도, 소배 장군은 돌아가서 남들에게 입 한번 뻥긋하지 않을 겁니다."

이 어린 신관도 오늘 밤 정말 고생이 많았지, 생각한 사련은 차를 한 잔 따라 내밀었다. 그러고는 광기 어린 선희와 비견되던 냉담한 얼굴을 떠올렸다.

"소배 장군도 참 침착하더라. 감정을 잘 다스렸어."

남풍은 차를 한 모금 마시고 대꾸했다.

"그 점잖은 모습을 곧이곧대로 믿으시면 안 됩니다. 소배 장군은 그의 선조와 다를 게 없습니다. 상대하기 껄끄럽죠."

물론 그 정도는 사련도 알아볼 수 있었다. 무슨 바람이 들었는지 부요도 남풍의 말에 찬성했다.

"배숙은 이백여 년 전에 선경에 오른 신임 신관이지만 맹렬한 기세로 승급했습니다. 배 장군에게 지명됐을 때는 겨우 약관의 나이였고요. 한데 당시에 그가 무슨 짓을 했는지 아십니까?"

"뭔데?"

"성 하나를 도륙했습니다."

사련은 잠시 생각에 잠겼다. 크게 놀라운 일은 아니었다. 상천정 도처에 널린 것이 왕후장상이다. 천하를 거머쥐고 수호한 그들의 업적은 '장군의 공로에는 수만 병사의 희생이 따른다'는 속담과 다를 바 없었다. 신선이 되고자 한다면 먼저 영웅이 되

어야 한다. 그리고 영웅의 발밑에는 피의 길이 이어지기 마련이다. 부요가 간단하게 결론지었다.

"상천정에는 서로 사이가 좋은 사람이 얼마 없습니다. 아무도 믿을 수 없어요."

경험자가 후배에게 훈계하는 듯한 부요의 말투에, 사련은 웃음이 나올 것 같았다. 상천정에서 얼마나 수모를 당했으면 저런 말을 할까, 싶었다. 하지만 그도 잘 알았다. 세 번 등선했다고는 해도 자신이 천계에서 머무른 시간은 매번 쏜살같이 지나가고 말았으니, 제천 신선들에 대한 이해도로 말하자면 이 어린 신관들에 비해 한참 뒤떨어질 터다. 반면 남풍은 부요의 의견에 동의하지 않는 모양이었다.

"쓸데없는 으름장 놓지 마라. 어디든 장점이 있으면 단점도 있기 마련이야. 천계에도 믿음직한 신관이 제법 많다고."

"하하, 그 믿음직한 신관이 너희 집 장군이라고 말하고 싶은 건가?"

"그분이 어떠신지는 모르겠는데, 아무튼 너희 집 장군은 절대 아니야."

이런 상황에 벌써 익숙해진 사련은 별다른 반응이 없었다. 마음이 복잡해 이 둘을 떼어 놓을 기력도 없었다.

북방 임무를 마무리한 사련은 천계로 돌아갔다. 가장 먼저 찾아간 곳은 영문전이었다. 그는 영문에게 붕대 소년의 사정을 말하고 인간계에 그물을 쳐 그를 찾아 달라고 부탁했다. 자

초지종을 들은 영문도 안색을 굳히고 부탁을 승낙했다. 그녀가 사련에게 말했다.

"영문전이 전력을 다해 찾아보겠습니다. 그나저나 이번 북방 임무에 이렇게 많은 사건이 엮여 있었을 줄은 전혀 생각지 못했습니다. 정말 고생 많으셨습니다."

"이번에 자원해서 내려와 준 신관 두 분에게 큰 신세를 졌어요. 명광전의 소배 장군에게도요. 정말 어떻게 감사해야 할지 모르겠습니다."

영문이 입을 열었다.

"배 장군의 악연이 초래한 화이니 당연히 소배 장군이 수습해야지요. 뒷수습이라면 도가 튼 자이니 고마워하실 필요 없습니다. 전하, 잠시 후에 시간이 되신다면 통령진에 들어와 주시겠습니까. 다 같이 모여 이번 사건을 의논해야겠습니다."

사련에게도 아직 풀리지 않은 의혹이 많이 남아 있었다. 영문전을 빠져나온 그는 사방을 돌고 돈 끝에 작은 돌다리를 찾았다. 돌다리는 잔잔한 개울을 가로질렀다. 맑고 투명한 강물 바닥 너머로 흘러가는 운무가 보였다. 심지어 운무 사이로 물결치는 하계(下界)의 산맥과 큼직하고 네모반듯하게 조각난 도시까지 볼 수 있었다.

'좋은 곳이네.'

그렇게 생각한 사련은 다리 어귀에 걸터앉아 속으로 구령을 외우고 통령진에 들어섰다.

막 들어선 상천정 통령진은 보기 드물게 떠들썩했다. 통령진 안은 사방을 날아다니는 목소리들로 아수라장이 되어 있었다. 가장 먼저 들린 것은 풍신의 욕지거리였다.

"제기랄! 당신들, 진압할 산은 대체 언제 고를 건데? 그 여귀 선희는 완전히 미쳤어. 뭘 물어봐도 시종일관 배 장군을 만나겠다면서 빽빽거린다니까! 청귀척용의 행방 따위는 말할 생각이 전혀 없다고!"

소배 장군이 입을 열었다.

"선희 장군은 천성 자체가 고집이 세고 격렬합니다."

풍신의 목소리는 한층 분노가 치민 것처럼 들렸다.

"소배 장군, 그쪽 배 장군은 안 돌아왔나? 빨리 선희한테 보내서 청귀척용의 행방을 알아내고 당장 치워 버리자고!"

여인을 가장 어려워하는 풍신에게 심문을 맡기다니. 사련은 조금 동정심을 느꼈다. 소배 장군이 대답했다.

"만나 봤자 소용없습니다. 만나면 더 미칠 겁니다."

다른 목소리가 말했다.

"또 거꾸로 매달린 시체 숲이라니……. 척용의 품위도 참, 한결같이 저속해서 불쾌감만 주는군요."

"심지어 그쪽 귀계에서도 품위가 덜떨어진다고 비난한다지요. 실제로도 아주 저속하다는 방증 아니겠습니까."

빈틈없이 소통하는 신관들을 보니 서로 얼마나 친숙한지 알 만했다. 팔백 년 전에 선경에 오른 신입 사련은 가만히 침묵을

지켜야 했지만, 한참을 듣다못해 결국 한마디 끼어들었다.

"여러분, 여군산 숲에 거꾸로 걸린 시체들은 어떻게 된 일입니까? 청귀척용도 그 근처에 있나요?"

사련이 통령진 안에서 자주 말하지 않았던 탓일까. 낯선 목소리에 신관들은 대답을 망설였다. 웬일인지 풍신이 첫 번째로 대답했다.

"청귀척용은 여군산에 없습니다. 하지만 숲에 매달린 시체는 선희가 척용의 요구대로 바친 공물입니다."

사련이 다시 입을 열었다.

"선희가 청귀의 수하인가요?"

이번에는 소배 장군이 대답했다.

"그렇습니다. 선희 장군은 사망한 지 몇백 년이 지났지만, 이전에는 원념이 있어도 작간을 부릴 능력은 없었습니다. 백여 년 전 청귀척용의 눈에 들기 전까지는 그랬죠. 척용은 선희 장군이 마음에 든다며 수하로 받아들였고, 그 뒤로 그녀의 법력이 크게 늘었습니다."

그 말인즉, 선희가 작간을 부려도 배 장군을 탓할 수는 없다는 뜻이었다. 그녀는 원래 그만한 능력이 없는 사람이었으므로. 청귀척용이 선희를 거둔 후에야 사람들을 해칠 만한 능력이 생겨났으니, 탓하려면 청귀를 탓해야 했다. 터놓고 말하지 않았을 뿐, 신관들은 내심 이 사건이 배 장군의 자업자득이라고 생각했다. 그 속내를 알아챈 소배 장군이 담담하지만 정곡을 찌르

는 한마디로 지적한 것이다. 그 말을 들은 신관들은 저마다 품은 생각을 한층 깊숙이 숨겼다. 사련의 질문이 이어졌다.

"그럼 여군산 일대는 완벽하게 조사를 마쳤나요? 동령(童靈)이 하나 더 있었을 텐데요."

이번에는 모정의 목소리가 울려 퍼졌다. 그가 심드렁하게 되물었다.

"동령? 무슨 동령 말입니까?"

부요가 자세한 이야기는 하지 않은 모양이네. 사련은 속으로 짐작했다. 어쩌면 모정 몰래 자신을 도왔을지도 모르니, 부요가 곤란해지지 않도록 말을 아끼기로 했다.

"가마에 탔을 때 아이의 웃음소리를 들었습니다. 동요를 불러서 뭔가 알려 주려고 했어요. 당시 제 곁에 무신전의 소무관 두 명이 있었는데도 다들 눈치채지 못했습니다. 그러니 그 동령은 대단한 법력의 소유자일 겁니다."

모정이 대답했다.

"여군산 내에서는 어떠한 동령도 나오지 않았습니다."

사련은 의아해졌다. 그 동령은 뭔가를 귀띔하러 온 게 아니었나? 그리 생각하는 와중에, 여정 내내 품고 있던 의문이 떠올랐다.

"그러고 보니 이번에 여군산에서 은나비를 부리는 소년을 만났는데, 여러분은 이 소년이 누구인지 아시나요?"

사련의 한마디가 울려 퍼지자, 온갖 고함과 말소리가 정신없

이 날아다니던 통령진이 정적에 빠져들었다.

일찍이 예상한 반응이었다. 사련은 아주 참을성 있게 대답을 기다렸다. 이윽고 영문이 물어 왔다.

"태자 전하, 방금 뭐라고 하셨습니까?"

모정이 서늘한 목소리로 끼어들었다.

"태자 전하는 방금 화성을 만났다고 하셨습니다."

드디어 그 붉은 옷을 입은 소년의 이름을 알게 되었다. 어쩐지 기분이 좋아져서, 사련이 웃으며 말했다.

"이름이 화성이에요? 꽤 잘 어울리는 이름이네요."

사련의 그 언사에 통령진 안의 신관들은 약간 말문이 막힌 듯했다. 잠시 후 영문이 가볍게 헛기침하며 운을 뗐다.

"저…… 태자 전하. 사대해(四大害)에 대해서 들어 보신 적 없으십니까?"

사련은 속으로 생각했다.

'부끄럽지만 사명경(四名景)밖에 모르는데.'

'사명경'이란, 상천정 신관 네 명이 등선하기 전에 겪은 미담을 일컫는다. 一술을 쏟은 도령, 신을 기쁘게 한 태자, 검을 부러뜨린 장군, 스스로 목을 벤 공주. 이 가운데 '신을 기쁘게 한 태자'는 신무대로에서 활약한 선락 태자를 가리킨다. 사명경에 들었다고 해서 그 신관의 법력이 가장 강하다는 법은 없다. 그들의 전설이 흥미진진한 이야깃거리가 되어 가장 널리 구전됐을 뿐이다. 사련은 늘 바깥세상의 소식에 한발 늦는 편이라 견

문이 다소 좁았으나, 사명경의 일원인 덕분에 조금은 감이 잡혔다. 이 '사대해'는 사명경 이후에 새로 유행한 이야기일 터다. 물론 사련은 들어 본 적이 없었지만. 어쨌거나 '해(害)'라는 글자가 붙었으니 분명 좋은 인물들은 못 될 터였다. 사련이 물었다.

"송구하지만 처음 들어요. 뭔지 여쭤봐도 괜찮을까요?"

모정이 차갑게 대답했다.

"태자 전하께선 인간 세상에서 수백 년을 지내셨는데 어찌 이리 소식에 어두우십니까. 아래에서 대체 뭘 하고 계셨던 건지 참 궁금해지는군요."

그거야 당연히 밥을 먹고, 잠을 자고, 기예를 팔고, 고물을 주웠다. 사련은 웃으며 말했다.

"사람답게 지냈죠. 바쁜 일에 복잡한 일이 얼마나 많은데요. 신관 노릇보다도 어려웠어요."

영문의 목소리가 들려왔다.

"이 사대해를 잘 기억해 두시기 바랍니다. '흑수침주(黑水沉舟)', '청등야유(青燈夜遊)', '백의화세(白衣禍世)', '혈우탐화(血雨探花)'. 상천정과 중천정의 골머리를 썩이는 귀계의 혼세마왕들이지요."

사람은 위로 올라가면 신이 되고, 아래로 내려가면 귀신이 된다.

하늘의 신선들은 천계를 개척해 거처로 삼고 인간들과 선을 그었다. 그렇게 중생 위에 까마득히 군림해 세상을 굽어보는

것이다. 그러나 이 귀계는 아직 인간계와 분리되지 않았다. 요괴와 귀신들은 인간과 같은 땅을 누린다. 어떤 것은 어둠 속에 도사렸고, 어떤 것은 인간으로 위장해 군중 속에 뒤섞여 세상을 떠돌았다.

영문이 뒤이어 말했다.

"흑수침주는 강력한 수귀(水鬼)입니다. 절의 경지에 다다랐지만 큰 문제를 일으키는 법 없이 아주 조용하죠. 본 사람도 얼마 되지 않아 일단 내버려 두고 있습니다. 청등야유는 바로 숲에 시체를 거꾸로 매달아 놓는 취미를 가진, 그 품격 저속한 청귀척용입니다. 그는 사대해 중에서 유일하게 '절' 등급이 아닙니다. 그런데 어쩌다 사대해에 들게 되었을까요? 사시사철 번거롭게 구는 골칫거리라서 그럴지도 모릅니다. 어쩌면 기억하기 쉽도록 머릿수만 채우는 역할일지도 모르니, 굳이 언급하지 않겠습니다."

영문이 다시 설명을 이어 갔다.

"백의화세. 이자는 태자 전하께서도 잘 아실 겁니다. 백무상이라는 이름으로 불리죠."

돌다리에 앉아 있던 사련은 그 이름을 듣자 불현듯 심장에서 온몸으로 격통이 퍼져 나갔다. 손이 조금씩 떨려 왔다. 그는 무의식적으로 주먹을 그러쥐었다.

물론 잘 알고 있다.

'절'이 세상에 나오면 나라에 재앙이 닥치고 세상이 어지러워

진다고 한다. 이 백무상의 등장으로 멸망한 첫 번째 나라가 바로 선락국이었다.

사련은 침묵을 지켰다. 영문이 다시 말했다.

"하지만 백무상은 이미 소멸했습니다. 마찬가지로 언급은 생략하도록 하죠. 설령 그가 세상에 남아 있다 하더라도 지금은 우세를 차지할 수 없을 겁니다. 태자 전하, 전하께서 여군산에서 본 그 은나비는 '사령나비'라고도 합니다. 그 나비의 주인은 이 사대해의 마지막 일원이며 오늘날 천계에서 가장 건드리고 싶지 않은 자. '혈우탐화', 화성입니다."

천계에서 '전설'로 통하는 인물은 신무대제와 선락 태자이다. 완전히 상반된 의미에서였지만, 명성을 떨친 수준만큼은 대체로 비슷했다. 그리고 귀계에서 그들과 견줄 만한 '전설'을 골라야 한다면, 화성 외에 다른 선택지는 없다.

어떤 신관에 대해 알고 싶다면, 문밖을 나가 길을 거닐다가 사당 하나를 찾아 들어가면 된다. 신상의 옷차림이나 법기를 보면 약간의 정보가 얻어지기 마련이다. 더 깊이 알고 싶다면 구전된 신화나 전기 소설을 듣거나 읽으면 된다. 신관이 인간이었을 때 어떤 신분으로 어떤 일을 했는지쯤은 속속들이 알아낼 수 있을 것이다. 하지만 요괴와 귀신은 다르다. 그들이 인간이었을 때 도대체 어떤 사람이었는지, 지금은 또 어떻게 생겼는지는 대부분 수수께끼로 남아 있다.

화성은 이름은 물론이고 용모도 틀림없는 가짜일 터였다. 이

유는 따로 있다. 소문 속의 화성은 변덕스럽고 괴팍한 소년, 온유하고 풍아한 미남자, 악랄하고 아리따운 여귀 등 온갖 모습은 다 지니고 있었다. 그의 본존에 관해 유일하게 확실한 정보는 붉은 홍의를 입었다는 것뿐이다. 언제나 피비린내와 함께 나타나며, 은나비가 옷자락과 소매 사이를 따라다닌다고도 했다. 출신에 대해서는 한층 수많은 판본이 존재한다. 누군가는 그가 날 때부터 오른쪽 눈이 없는 기형아로 태어나, 어릴 적부터 괴롭힘을 당해 세상을 증오하게 되었다고 말한다. 고국을 위해 전사한 소년 장병의 억울한 망혼이라는 이야기도 있다. 은애하던 사람을 잃고 고통에 빠진 우둔한 자라든지, 하다못해 괴물이라고 하는 사람들도 있었다. 소문일 뿐이지만, 가장 괴이한 판본은 화성이 사실 선경에 올랐던 신관이라는 설이다. 선경에 오른 뒤에 스스로 뛰어내려 귀신으로 타락했다는 것이다. 물론 그다지 유명하지 않은 소문인지라 진위가 불분명하고 믿는 사람도 많지 않았다. 그렇지만 설령 사실이어도 거짓이어야만 했다. 세상에 어엿한 신선을 마다하고 뛰어내려 귀신이 된 사람이 다 있다니. 천계로서는 무척 망신스러운 일이 아닐 수 없었다. 좌우간 사람들의 의견이 분분할수록 의문만 짙어져 갔다.

신관들이 화성을 유독 꺼리는 이유는 오만 가지에 달했다. 우선 변덕스러운 성정을 예로 들 수 있겠다. 하루는 잔인한 살육을 저지르고 하루는 괴상한 선행을 베푸는 식이었다. 또 다

른 예도 있다. 인간 세상에서 그가 지닌 거대한 세력과 지극히 많은 신도.

그렇다. 신관들이 많은 신도를 거느릴 수 있는 이유는, 사람들이 요괴와 귀신의 침입을 피하고 싶은 마음에 절을 하고 보우를 빌기 때문이다. 그런데 화성은 귀신 주제에 인간 세상에 수많은 신도를 거느렸다. 정말이지 손바닥 하나로 만백성의 눈을 가린 수준이었다.

이쯤 되면 이 이야기를 꺼내지 않을 수 없다. 화성은 막 등장했을 무렵 아주 유명한 일을 저질렀다.

그는 서른다섯 명의 상천정 신관에게 공개적으로 싸움을 걸었다. 무신과는 무예를 겨루고 문신과는 법문을 논하자는 내용이었다.

그중 서른세 명은 퍽 가소롭다고 생각하면서도 화성의 도발에 격노해 도전을 받아들였다. 다 같이 연합해 그 귀신을 똑똑히 가르칠 작정에서였다.

가장 먼저 그와 겨룬 신관은 무신이었다.

무신은 천계에서 가장 강한 계통으로, 대부분 신자가 많아 법력이 높았다. 상대가 이제 막 세상에 나온 풋내기 귀신이니 승산은 보장된 셈이었다. 그러나 누가 알았으랴? 단 한 번의 전투로 전군이 몰락했다. 신성한 병기도 화성의 기괴한 곡도(曲刀)에 부딪쳐 산산이 조각났다.

싸움이 끝난 뒤에야 화성이 동로산 출신이라는 사실이 밝혀

졌다.

동로산은 화산이다. 하지만 그건 중요치 않다. 무엇보다 중요한 것은 그 산속에 독충의 도시, '고성(蠱城)'이라는 성이 존재한다는 사실이다. 주민들이 독충을 길러서 붙여진 이름이 아니다. 그곳은 성 자체가 하나의 거대한 고독[#16]이었다.

백 년마다 온갖 귀신들이 고성에 모여 격전을 벌인다. 마지막에 살아남은 귀신이 곧 고독의 독충이나 마찬가지다. 한 마리도 남지 않는 일이 허다했지만, 그 안에서 목숨을 건져 빠져나온 이상 혼세마왕 자리는 따 놓은 당상이었다. 수백 년 동안 고성에서 빠져나온 귀신은 단 두 마리였다. 아니나 다를까, 이 두 분은 인간 세상에 널리 회자되는 귀왕(鬼王)이 되었다.

화성이 바로 그중 하나였다.

무신은 화성에게 여지없이 참패했고, 이제 문신의 차례가 돌아왔다.

무력으로는 이길 수 없어도 논전은 겨룰 만하지 않을까?

하지만 참 공교롭게도 이길 수가 없었다. 화성은 고대사부터 현재의 사상까지 자유자재로 논했다. 고상하다가도 악랄했고, 강경하고 예리하면서도 이따금 궤변을 늘어놓았다. 용의주도하게 각종 문헌을 인용해 요사한 말로 사람을 미혹하기까지 했다. 문신들은 고대사부터 현재의 사상에 이르기까지, 자유자재로 욕을 얻어먹었다. 그들이 분노를 참지 못하고 토한 피는 구

#16 고독 蠱毒. 독충을 모아 한 항아리에 집어넣고 최후에 살아남은 한 마리의 독을 채취하는 주술

천까지 솟구쳤다.

화성은 이 일전으로 명성을 떨쳤다.

그러나 이 결과만으로 그를 두렵다고 평가할 수는 없다. 대승을 거둔 그가 신관 서른세 명에게 이행하라고 요구한 약속이 문제였다.

도전을 받아들이기 전에 양측은 서로 약속했다. 화성이 패하면 자신의 유해를 바치고, 신관이 패하면 전부 천계에서 뛰어내려 평범한 인간이 되기로. 그 거만한 태도와 시원하게 내건 판돈이 없었더라면 신관들은 결코 승리를 확신하지 않았을 것이며, 화성의 도발에도 응하지 않았으리라.

그러나 직접 나서서 약속을 이행한 신관은 한 명도 없었다. 약속을 어기는 것은 낯부끄러운 일이지만, 따지고 보면 신관 서른세 명이 나란히 패하지 않았던가. 혼자라면 창피할지 몰라도 이 많은 사람이 함께 망신을 당하니 전혀 부끄럽지 않았다. 한술 더 떠서 서로를 비웃고 떠들어 대도 좋았다. 그렇게 신관들은 이심전심으로 의기투합해서는 무슨 일이 있었냐는 듯이 굴었다. 어차피 사람들은 기억력이 나쁘니, 오십 년만 더 지나면 까맣게 잊을지도 몰랐다.

그 점만큼은 옳은 계산이었다. 하지만 화성이 그리 쉽게 넘어가리라 생각했다면 크나큰 오산이었다.

약속을 안 지키겠다? 좋아, 거들어 주지.

화성은 인간계에 있던 신관 서른세 명의 사당을 남김없이 불

살랐다.

이게 바로 오늘날 제천의 신들이 언급할 때마다 안색을 뒤집게 만드는 악몽이었다. ―문무묘 서른세 채를 불태운 붉은 옷의 귀신.

궁관과 신도는 신관이 법력을 얻는 가장 큰 원천이다. 그런데 사당이 없어졌으니 신도들이 어디에 가서 신을 섬기겠는가? 향불은 또 어디에서 올리겠는가? 신관들의 원기는 크게 상할 테고, 다시 사당을 세워도 최소 백여 년은 잡아야 했다. 하물며 처음의 규모를 회복할지도 장담할 수 없었다. 이는 신관에게 있어서 천겁에 실패하는 것보다도 두려운 치명적인 재난이었다. 그 신관들 가운데 사당이 많은 자는 천 채를 넘겼다. 적은 자도 백여 채는 거느린 참이었다. 전부 합쳐 만 채가 넘는 사당을, 화성은 무려 하룻밤 사이에 말끔히 불태운 것이다. 어떻게 해냈는지 아는 사람은 아무도 없었으나, 어찌 됐든 그는 해냈다.

그야말로 천인공노할 노릇이었다.

신관들이 군오에게 눈물로 하소연했지만 군오도 마땅한 방법이 없었다. 애초에 도전을 받아들인 것은 신관들이고, 약속도 그들이 자진해서 한 것이었으므로. 게다가 화성은 교활하게도 사당만 불태우고 사람은 해치지 않았다. 무덤을 파 놓은 화성이 뛰어내릴 것이냐, 물었더니 신관들이 알아서 무덤을 더 넓게 파헤치고 뛰어든 셈이었다. 그러니 지금 이 사태를 뭘 더 어쩌겠는가.

서른세 명의 신관들은 천하 만민이 보는 앞에서 이 오만방자한 풋내기 귀신을 깔아뭉갤 계획이었다. 수많은 인간 고관대작들의 꿈속을 결전의 무대로 고른 이유도 그래서였다. 큰 신도들 앞에서 신의 위력을 펼치는 것이 본 목적이었다. 그러나 정작 고관대작들이 보게 된 것은 그들이 철저하게 패배하는 꼴이었다. 꿈에서 깨어난 귀족들은 대부분 신관 대신 귀신을 섬기게 되었다. 이 서른세 명의 신관들은 신도와 사당을 잃고 차츰 종적을 감추었다. 차세대 신관들이 선경에 오른 뒤에야 어마어마한 공석을 메울 수 있었다.

그 뒤로 천계의 수많은 신관들은 '화성'이라는 이름만 나오면 간담이 서늘해졌다. 붉은 옷이나 은나비라는 말만 들어도 머리털이 곤두섰다. 어떤 신관들은 그의 심기를 건드리지 않도록 조심했다. 언짢아진 그가 또 싸움을 걸고 사당을 불태우면 어쩌나 싶어서였다. 그에게 약점을 잡혀 옴짝달싹 못 하는 신관들도 있었다. 화성이 인간계를 쥐락펴락한 탓에, 업무를 처리하는 신관들이 편의를 봐 달라며 부탁하는 날도 있었다. 이런 상황이 이어지자, 일부 신관들은 화성을 우러러보는 망측한 생각까지 품게 되었다.

이 천계에서, 화성은 참 가증스럽고 두려우면서도 존경스러운 존재였다.

그리고 서른다섯 명의 신관 가운데 도전에 응하지 않은 두 무신은, 바로 현진 장군 모정과 남양 장군 풍신이었다.

두 사람은 화성이 두려워서 도전에 응하지 않은 것은 아니었다. 화성을 안중에도 두지 않았기 때문에 상대할 가치를 느끼지 못했을 뿐이다. 하지만 덕분에 우연찮게 무사할 수 있었다. 그러나 화성은 싸움을 피한 그 두 사람을 잊지 않았다. 그들이 중원절[#17]에 순시를 나갔을 때, 양쪽은 몇 번이나 부딪쳤다. 미쳐 날뛰는 은나비는, 한참이나 맞붙어야 했던 두 사람에게 심히 거북한 인상을 남겼다.

영롱하고 사랑스러운 은빛 나비가 주변을 날아다니던 즐거운 모습이 사련의 머릿속을 가득 채웠다. 방금 들은 이야기와는 도무지 연관 지을 수가 없었다. 그는 저도 모르게 생각했다.

'그 은나비가 그렇게 무섭다고? 나쁘지 않았는데……. 오히려 제법 귀여웠는걸.'

#17 중원절 中元節. 죽은 자들을 기리는 중국의 명절로, 음력 7월 15일

7장 단풍보다 붉은 옷, 눈처럼 흰 살갗

물론 사련은 그 말을 절대 입 밖으로 내지 않았다. 그나저나 남풍과 부요가 은나비라는 말에 안색을 뒤집은 이유를 알 것 같았다. 각자 모시는 두 신관과 함께 은나비의 주인을 만나 쓴 맛을 본 모양이었다.

그때 한 신관이 물었다.

"태자 전하. 화성을 만나셨다니, 그, 그, 그…… 그자가 전하에게 무슨 짓을 했습니까?"

팔이 없어졌냐 다리가 없어졌냐, 분명 그리 묻는 것 같은 말투였다.

"아무 짓도 하지 않았어요. 그저……."

말을 이으려는데 어쩐지 말문이 막혔다. 사련은 곰곰이 생각했다.

'그저, 뭐? 아무리 그래도 꽃가마를 급습해서 나를 끌고 갔다고 말할 수는 없잖아.'

잠시 침묵한 그는 결국 말을 바꿨다.

"그저 여귀 선희가 여군산에 쳐 놓은 진법을 부수고 절 들여보내 줬습니다."

신관들은 속으로만 숙덕거리면서 침묵을 지켰다. 한참 뒤에야 신관 한 명이 입을 열었다.

"다들 어떻게 생각하십니까?"

사련은 목소리만 듣고도 고개를 내저으며 손사래 치는 신관들의 모습을 상상할 수 있었다.

"의견이랄 게 없습니다. 전혀 짐작도 안 가요!"

"무슨 속셈인지 알 수가 없군요. 아주 소름 끼쳐요."

"화성의 속내야 항상 그랬듯 아무도 모르지요……."

아무리 화성이 무지막지한 혼세마왕으로 알려졌어도 사련은 그다지 두렵지 않았다. 솔직히 말하면 이 사람에게 신세를 졌다는 생각이 앞섰다. 좌우간 사련이 천계로 돌아와 처음으로 받은 기도는 이렇게 이루어졌다.

처음 약조한 대로 이번 여군산 임무의 공덕은 전부 사련에게 돌아갔다. 그 관리 어르신은 딸의 죽음 때문에 한참 뒤에야 예참 의식을 떠올렸다. 비통한 마음으로 공덕을 바친 탓에 금액이 다소 깎였지만, 사련은 사방에서 어떻게든 긁어모으고 양해를 구한 끝에 얼추 팔백팔십팔만 공덕을 맞출 수 있었다. 빚

을 청산한 사련은 몸이 홀가분해졌다. 마음도 맑게 갠 하늘처럼 상쾌했다. 생기가 돋은 사련은 제대로 신관 노릇을 해 보기로 마음먹었다. 여러 신관들과 반쯤 친구가 될 수 있다면 가장 좋을 것이다. 상천정의 통령진은 대체로 조용했지만 한창 바쁠 시기에는 고함이 끊이지 않았다. 기분이 좋거나 재미있는 것을 발견한 신관들이 가벼운 농담을 곁들여 말을 꺼낼 때도 있었다. 사련은 누가 누구인지 분간할 수는 없어도 묵묵히 귀를 기울였다. 그렇지만 언제까지고 입을 다물고 있을 수는 없는 노릇이었다. 한참 듣고만 있던 사련은 가끔 튀어나와 온화한 목소리로 말을 보탰다.

"정말 몹시 재미있네요."

"매우 아름다운 시 한 수를 읽었기에 여러분과 공유해 봅니다."

"허리와 다리의 통증을 효과적으로 치료하는 소소한 비결을 여러분과 공유해 봅니다."

유감스럽게도 그가 심혈을 기울여 고른 정보와 심신에 유익한 내용을 보낼 때마다 통령진에 침묵이 흘렀다. 나중에 더 지켜볼 수 없었던 영문이 사적으로 목소리를 전했다.

"전하. 전하가 통령진에 보내시는 것들 말입니다. 다 좋습니다만, 전하보다 몇백 살 많은 신관도 그런 내용은 보내지 않을 겁니다."

사련은 조금 울적해졌다. 분명 그도 나이가 아주 많은 편은 아니다. 그런데 왜 다른 신관들 사이에서는 젊은이의 화제에

뒤처지는 노인 같을까? 천계를 너무 오래 떠난 탓일 수도 있다. 어쩌면 경험이 적어 견문이 좁거나, 바깥소식에 무관심한 탓일지도 모른다. 만회할 수도 없는데 뭘 어쩌겠는가. 사련은 신관들과 사귀겠다는 생각을 포기했고, 금세 울적함에서 벗어날 수 있었다.

하지만 문제가 한 가지 더 있었다. 지금까지도 인간계에는 그를 위해 사당을 세우는 사람이 없었다. 어쩌면 있을지도 모르지만, 천계가 찾아내지 못한 탓에 따로 남아 있는 기록이 없었다. 모름지기 토지신도 사당 하나쯤 가져야 하는 법이다. 떳떳하게 등선한 신관이, 하물며 세 번이나 등선한 신관이 사당은커녕 공물을 바치는 신자 한 명조차 없다니. 참으로 민망스러울 따름이었다.

하지만 민망하다고 해도 다른 신관들이 그렇게 느낄 뿐, 정작 사련 본인은 아무렇지 않았다. 그러던 어느 날, 그는 불현듯이 기발한 생각을 떠올렸다.

"제게 공양해 줄 사람이 없다면, 제가 저 자신에게 공양해도 나쁘지 않을 것 같아요."

신관들은 어떻게 대답해야 좋을지 알 수 없었다.

자기 자신을 섬기는 신관이라니, 이따위 소리는 처음 들어본다!

신이 이 지경으로 비참해지면 무슨 의미가 있나!

하지만 사련은 자신이 입만 열면 얼어붙는 분위기에는 진작

익숙해진 참이라, 이렇게 혼자 북 치고 장구 치는 것도 나름대로 즐거웠다. 결심을 굳힌 그는 다시 인간 세상으로 뛰어내렸다.

이번에 도착한 곳은 보제[#18] 마을이라고 불리는 작은 산촌이었다.

말이 산촌이지, 사실상 작은 언덕에 가까웠다. 사련은 청산녹수에 논밭이 끝없이 늘어선 수려한 풍경을 보고 생각했다.

'이번에는 정말 좋은 곳에 떨어졌어.'

다시 둘러보니 작은 비탈 위에 비뚜름하게 무너져 가는 집이 있었다. 사방팔방 수소문하자, 마을 사람들이 입을 모아 말했다.

"그 집은 폐가요. 임자가 없지. 가끔 나그네가 하룻밤 눈 붙이고 나오는 곳이니, 마음대로 머무시오."

이렇게 마음에 쏙 드는 집이 있다니? 사련은 곧장 걸음을 옮겼다.

그는 가까이 다가간 뒤에야 깨달았다. 멀리서도 아주 낡아 보이던 이 오두막은 가까이서 보니 더 낡았다. 방 모퉁이에 세워진 기둥 네 개 중에 두 개는 썩은 것 같았다. 바람이 불면 온 방이 당장이라도 무너질 것처럼 삐걱거렸다. 하지만 이 정도는 사련이 납득할 수 있는 범위에 속했다. 그는 안을 슬쩍 둘러보고 청소를 시작했다.

마을 사람들은 정말 그 집에서 머물겠다는 사람이 나타나자 놀란 마음에 구경하러 모여들었다. 이 지역의 마을 사람들은

#18 보제 菩薺. 중국어로 '물밤(마름 열매)'이라는 뜻

의외로 아주 친절했다. 빗자루를 하나 건네주는가 하면, 청소하느라 먼지를 죄다 뒤집어쓴 사련을 보고 갓 딴 물밤 한 광주리를 선물하기도 했다. 껍질을 벗겨 놓은 물밤은 알알이 희고 부드러운 것이 달콤하고 즙도 많았다. 사련은 낡은 오두막 문어귀에 쪼그리고 앉아 물밤을 깨끗하게 해치웠다. 행복한 기분으로 두 손을 모아 합장한 그는 이 오두막을 '보제관(菩薺觀)'이라 부르기로 마음먹었다.

보제관에 놓여 있던 작은 탁상은 두어 번 닦아 내고 제단으로 삼았다. 사련은 한참을 분주히 움직였다. 구경하던 마을 사람들은 이 청년이 작은 도관을 꾸미는 모습에 한층 신기해하면서 연신 질문을 던졌다.

"이 도관은 누굴 모시는 곳이오?"

사련은 큼, 하고 헛기침한 뒤에 대답했다.

"아, 본 도관은 선락 태자를 모십니다."

어리둥절해진 사람들이 되물었다.

"그게 누구요?"

사련이 대답했다.

"저…… 저도 잘 몰라요. 어떤 태자 전하라고 들었어요."

"오, 뭐 하는 분이길래?"

"평안을 보우하신대요."

겸사겸사 고물도 줍지만.

사람들이 다시 열렬하게 물어왔다.

"그럼 이 태자 전하는 재물 운도 관장하시나?"

빚지지만 않아도 다행인걸요. 속으로 생각한 사련이 상냥하게 말했다.

"유감스럽지만 그건 아닐 거예요."

사람들은 정신없이 의견을 냈다.

"차라리 수사(水師)를 모시게! 재물 운을 불러온다지 않소! 틀림없이 향불이 왕성할 거요!"

"아니면 영문진군이라든지! 우리 마을에서 장원 급제가 나올지도 몰라!"

한 여인이 수줍어하며 말했다.

"저…… 혹시 그분…… 그분은 어떤지……."

사련은 변함없이 웃는 얼굴로 물었다.

"그분이라면?"

"거양 장군이요."

"……."

정말로 거양관을 열었다가는 하늘에 있는 풍신이 득달같이 화살을 날릴 것이다.

보제관은 얼추 깨끗해졌지만 아직 향로나 첨통(籤筒) 같은 집기가 부족했다. 한편 사련은 가장 중요한 물건인 신상을 까맣게 잊고 있었다. 그는 삿갓을 메고 문을 나섰다. 참, 이 집은 문짝도 없었다. 가만 보니 뜯어고쳐야 할 곳이 한두 군데가 아니었다. 그런 연유로 사련은 팻말을 하나 써서 문어귀에 세워

놓았다.

[본 도관은 보수가 필요합니다. 선량한 분들께선 수리비를 기부하여 공덕을 쌓으십시오.]

보제관을 나온 사련은 7리 남짓을 걸어 읍내에 도착했다. 이곳에는 뭘 하러 왔을까? 그야 당연히 입에 풀칠이나 할 겸 그의 본업을 선보이기 위해서였다.

신화 전설이 말하는 신선들은 음식을 먹지 않아도 된다지만, 사실은 단언하기 어렵다. 물론 도통한 경지에 이른 자들은 햇빛과 비, 이슬에서 필요한 영기를 흡수할 수 있다. 하지만 문제는, 아무리 가능하다 해도 굳이 그러고 싶은 사람이 있을까? 왜 그래야 하는데?

그리고 어떤 신관은 깨끗한 오장육부를 필요로 하는 법문을 수련한 까닭에 평범한 인간이 먹는 육류나 기름진 음식을 입에 댈 수 없었다. 자칫 입에 댔다간 독충과 진흙을 날로 먹은 사람처럼 토하고 설사를 했다. 그렇다고 식음을 전폐하는 것은 아니고, 청정한 곳에서 장수한 데다 법력을 늘리는 효능까지 있는 선과(仙果)와 영금(靈禽)만을 골라 먹는다.

반면 사련은 그런 문제가 없었다. 몸에 주가가 있어 평범한 인간처럼 무엇이든 먹을 수 있었고, 산전수전을 다 겪은 몸이라 뭘 먹어도 죽지 않았다. 그는 한 달 된 찐빵은 물론이고 곰

팡이가 핀 떡을 먹어도 멀쩡했다. 이렇게 대단한 체질 덕분에 고물을 줍는 생활도 그럭저럭 버틸 수 있었다. 한번 비교해 보자. 도관을 열면 돈이 깨진다. 고물을 주우면 돈이 들어온다. 역시 등선보다는 고물을 줍는 편이 낫다.

회화나무처럼 수려하고 선인처럼 비범한 용모는 고물을 모을 때 제법 유리하게 작용했다. 머지않아 고물이 보따리를 가득 채웠다. 사련은 돌아가는 길에 수레를 이끄는 늙은 황소와 마주쳤다. 수레 위에는 짚단이 산더미처럼 쌓여 있었다. 생각해 보니 아까 보제 마을에서도 본 수레 같았다. 어쩌면 목적지가 같을지도 모른다. 가는 길에 태워 줄 수 있겠느냐고 묻자, 수레 주인이 올라타라는 듯이 턱짓했다. 사련은 커다란 고물 보따리를 지고 수레에 올랐다. 그는 자리에 앉고 나서야 높다란 짚더미 뒤에 누워 있는 누군가를 발견했다.

그 사람의 상체는 짚더미에 가려져 보이지 않았다. 굽혀 세운 왼쪽 다리에 오른쪽 다리를 걸친 자세를 보니 머리 뒤로 팔베개를 하고 누워서 쉬고 있는 듯했다. 자못 여유로워 보이는 모습이었다. 사련은 그 유유자적한 분위기가 내심 부러웠다. 검고 목이 긴 목화가 길고 곧은 종아리를 단단히 감싸고 있어서인지 보는 눈이 즐거웠다. 사련은 그날 밤 여군산에서 면사포 아래로 본 장면이 떠올라 자꾸만 목화를 흘끔거렸다. 하지만 이 신발에는 은사슬 장식이 보이지 않았고, 어떤 동물의 가죽을 사용해 만든 것인지도 알 수 없었다. 사련은 속으로 생각

했다.

'어느 집 도련님이 놀러 나왔나 보네.'

수레가 길 위에서 느릿느릿 흔들렸다. 사련은 삿갓을 등 뒤로 메고 두루마리를 꺼내 읽을 채비를 했다. 평소에는 바깥소식을 크게 눈여겨보지 않는 그였지만, 자꾸만 정적이 흐르는 통령진을 생각하면 조금은 벼락치기가 필요했다. 얼마나 지났을까. 흔들거리던 수레가 단풍 숲을 가로질렀다. 사련은 고개를 들어 사방을 둘러보았다. 푸르게 넘실대는 밭과 곱게 타오르는 단풍에서 산촌의 정취가 묻어났다. 마음을 적시는 싱그러운 풀 내음이 사람을 취하게 했다. 그는 저도 모르게 조금 넋을 잃었다.

그가 유년 시절에 수행한 황극관은 산속에 세워져 있었다. 지천에 가득한 단풍이 금빛으로 반짝이고 불꽃처럼 타오르는 곳이었다. 이 광경을 보고 있자니 옛 기억이 물씬 떠올랐다. 사련은 한참을 바라본 끝에 다시 고개를 숙이고 두루마리를 읽었다.

두루마리를 펼치자마자 글자 한 줄이 눈에 들어왔다.

[선락 태자, 선경에 세 번 오르다. 무신, 역신, 고물의 신.]

"……."

침묵하던 사련이 이윽고 혼잣말로 중얼거렸다.

"뭐, 좋아. 사실 잘 생각해 보면 무신이나 고물의 신이나 별반

다를 게 없잖아. 모든 신은 평등하고 모든 인간은 평등하지.”

이때 등 뒤에서 가벼운 웃음소리가 들려왔다.

“그래요?”

운을 뗀 소년이 나른한 목소리로 말했다.

“다들 입으로는 신도 인간도 평등하다고 말하더라. 그게 사실이라면 제천 신선들은 아예 존재하지도 않았을 텐데.”

목소리는 수레 위 짚더미 뒤쪽에서 들려왔다. 고개를 돌려 보니 소년은 일어날 기미도 없이 느긋하게 자리에 누워 있었다. 내키는 대로 한마디 끼어든 모양이었다. 사련이 빙긋이 웃으며 말했다.

“네 말도 일리가 있구나.”

그는 다시 고개를 돌리고 두루마리를 읽었다. 아랫줄에는 이렇게 쓰여 있었다.

[많은 자들이 역신 선락 태자의 친필이나 초상화에 저주의 효능이 있다고 믿는다. 누군가의 등이나 집 대문에 붙이면 그 사람 혹은 집안에 불운이 끊이지 않는다.]

“…….”

설명하는 대상이 신인지 귀신인지 영 판단하기 어려웠다.

사련은 고개를 내저었다. 더는 자신과 관련된 설명을 눈 뜨고 볼 수가 없었다. 일단은 지금 천계에 소속된 신관들에 대해

알아보기로 했다. 앞으로도 상대를 구분하지 못해 결례를 범할 수는 없는 노릇이었다. 그러고 보니 아까 마을 사람들이 언급한 수사가 떠올랐다. 사련은 수사에 관한 논평을 찾아 두루마리를 넘겼다. 펼친 곳에는 이렇게 쓰여 있었다.

[수사, 이름 '무도'. 물과 재물을 관장한다. 많은 상인들이 가게와 집에 수사의 신상을 모시고 재운을 빈다.]

사련은 조금 의아해졌다.

"물의 신이 왜 재운을 같이 관장하지?"

이때 짚더미 뒤에 누워 있던 소년이 다시 끼어들었다.

"대상들이 물건을 운송할 때 귀중품을 전부 물길로 보내거든. 그래서 여정 직전에 수사묘에서 고급 선향을 태우고 평안한 여정을 빌어. 돌아오면 이러쿵저러쿵하겠다, 그런 약조도 하고. 그러다 보니 물의 신이 차츰 재운까지 관장하게 됐죠."

소년은 사련의 의문을 콕 집어 풀어 주었다. 사련이 뒤로 몸을 틀며 말했다.

"그런 거야? 재미있다. 이 수사는 분명 엄청난 대신관이겠네."

소년이 픽 비웃으며 말했다.

"응, 수횡천(水横天)이니까."

어쩐지 소년의 말투는 이 신관을 약간 무시하는 것처럼 들렸다. 그다지 좋은 뜻으로 한 말 같지는 않았다.

"수횡천이 뭔데?"

사련의 물음에 소년이 유유히 대답했다.

"강을 건너는 배가 무사히 통과할지 침몰할지는 그의 한마디로 결정돼. 공물을 바치지 않으면 배를 뒤집어 버리거든. 제법 횡포하지. 그래서 하늘만큼 횡포하다고 붙은 별명이 수횡천이야. 거양 장군이나 소지[#19] 장군과 비슷한 맥락으로."

인간계에서든 천계에서든 명망 높은 신관에게는 별명이 몇 개 붙는다. 사련도 '삼계의 웃음거리', '이름난 괴짜', '재수 없는 꼬리별', '상갓집 개' 등으로 불리지 않던가. 일반적으로 신관을 별명으로 부르는 건 대단한 실례다. 예컨대 누군가 대놓고 모정을 '소지 장군'이라고 부른다면 그는 대번에 발끈할 것이다. 사련은 이 '수횡천'이라는 호칭은 피하자고 명심했다.

"그렇구나. 알려 줘서 고마워."

소년의 말투나 태도가 재미있다고 생각한 그가 한마디 덧붙였다.

"친구, 나이는 어려도 아는 게 많구나."

"별로. 딱히 할 것도 없고, 틈날 때 대충 본 거라."

민간에서는 신화를 엮은 소책자를 쉽게 볼 수 있다. 하나같이 신과 귀신이 등장하는 옛날이야기로, 크게는 은혜와 원한부터 작게는 자질구레한 사건까지 온갖 진실과 거짓이 섞여 있었다. 그러니 소년의 지식이 크게 의심스럽지는 않았다. 사련은

#19 **소지** 掃地. 중국어로 '바닥을 쓸다'라는 뜻

두루마리를 내려놓았다.

"있지, 친구. 신에 대해서 많이 아는 것 같은데, 귀신에 대해서는 어때?"

"어떤 귀신?"

"혈우탐화, 화성."

소년은 그 말을 듣고 나지막하게 웃더니 마침내 몸을 일으켜 앉았다. 그가 고개를 돌린 순간, 사련의 눈앞이 난데없이 환해졌다.

이 소년은 대략 열여섯에서 열일곱 살 정도로 보였다. 단풍보다 붉은 옷에 살갗이 눈처럼 희었고 두 눈동자는 별처럼 빛났다. 웃음을 머금고 이쪽을 곁눈으로 바라보는 얼굴이 유달리 준수했다. 표정에는 형언할 수 없는 거친 느낌도 묻어났다. 비뚤어진 채로 느슨하게 묶은 머리가 자못 무심했다.

두 사람은 불꽃처럼 선명한 단풍 숲을 지나쳤다. 춤추듯이 나부끼는 단풍잎 속에서 한 장이 날아들어 소년의 어깨 위에 내려앉았다. 소년은 그 단풍잎을 가볍게 불어 날려 보내고 고개를 들어 사련을 응시했다. 소년이 설핏 웃으며 말했다.

"뭐가 궁금한데? 얼마든지 물어봐요."

장난스러운 표정이었지만 어쩐지 모르는 게 없는 듯한, 느긋하고 태연한 태도도 느껴졌다. 소년의 목소리인데도 비슷한 또래 사내아이들의 것보다 조금 낮아 몹시 듣기 좋았다. 옷매무새를 정리하고 수레에 단정하게 앉은 사련은 고민 끝에 물었다.

"혈우탐화, 피의 빗속에서 꽃을 내려다본다. 뜻만 봐도 비범한 장면 같은데. 친구, 이게 무슨 내용인지 알려 줄 수 있을까?"

사련은 존중을 표하는 뜻에서 '꼬마 친구' 대신 '친구'라는 호칭을 썼다. 소년은 굽혀 세운 무릎 위에 한쪽 팔을 얹고는, 팔목을 감싼 소매를 매만지면서 무심하게 대답했다.

"그리 대단한 내력은 아냐. 그가 언젠가 다른 귀신의 소굴을 소탕한 적이 있는데, 그때 온 산에 피의 비가 쏟아졌거든. 그렇게 갈 길을 떠나다가 길가에 핀 꽃 한 송이를 발견한 거지. 피에 맞아 처참해진 모습을 보고 우산을 기울여서 그 비를 막아 줬고."

사련은 그 광경을 상상해 보았다. 피비린내가 감도는 잔혹한 장면 속에서 까닭 모를 풍아함과 애틋한 정이 느껴졌다. 그는 '붉은 옷의 귀신이 문무묘 서른세 채를 불태웠다'는 전설을 떠올리고 웃는 얼굴로 물었다.

"화성은 가는 곳마다 자주 싸워?"

"그렇지도 않아. 기분에 따라 다르겠지."

"생전에는 어떤 사람이었어?"

"별로 좋은 사람은 아니었을걸."

"그럼 어떻게 생겼어?"

그 질문에 소년은 눈을 들어 사련을 바라보고는 머리를 까딱 기울였다. 그러고는 자리에서 일어나 사련의 옆에 나란히 앉았다. 소년이 되물었다.

"어떤 모습일 것 같은데?"

새삼스럽지만 가까이서 본 소년은 놀라울 정도로 준수했다. 그것도 공격적인 기운이 어렴풋하게 담긴 준수함이었다. 검집을 빠져나온 칼날처럼 눈부셔서, 똑바로 바라보기 힘들 정도였다. 두 사람은 잠시 서로를 응시했다. 약간 압박감을 느낀 사련이 고개를 틀며 말했다.

"강력한 귀왕이니 형태도 변화무쌍하겠지. 다양한 모습을 가지고 있지 않을까."

사련이 고개를 돌리자 소년이 한쪽 눈썹을 까딱 치켜올리며 말했다.

"응. 하지만 본모습을 쓸 때도 있을 거 아냐. 당연히 본존 얘기를 해야지."

착각인지는 몰라도, 사련은 소년과의 거리가 조금 멀어진 기분이 들어 고개를 제자리로 돌려놓았다.

"그럼, 내 생각에 화성의 본존은 아마 너 같은 소년일 것 같아."

사련의 말에 소년의 입꼬리가 살짝 휘었다.

"왜?"

"왜긴. 너는 마음대로 말하고, 나도 마음대로 상상하는 거지. 세상만사 마음대로."

소년이 하하, 소리 내어 웃었다.

"어쩌면 그럴지도? 그런데 그는 한쪽 눈이 멀었어."

그는 자신의 오른쪽 눈 아래를 가볍게 두드렸다.

"이쪽."

그다지 신기한 이야기는 아니었다. 사련도 과거에 얼추 들은 바가 있었다. 화성이 잃어버린 오른쪽 눈을 검은 안대로 가렸다는 내용의 판본이었다. 사련이 물었다.

"그럼 어쩌다 그렇게 됐는지 알아?"

"응. 다들 궁금해하는 문제지."

화성의 오른쪽 눈이 어떻게 없어졌는지 궁금하다고들 하지만, 사실은 화성의 약점을 알아내고 싶은 것이었다. 하지만 사련은 정말 순수하게 궁금했을 뿐이다. 사련이 입을 열기도 전에 소년이 말을 이었다.

"스스로 파낸 거야."

사련은 한순간 멍해졌다.

"왜?"

"미쳐서."

……미쳐서 자신의 눈까지 파내다니. 사련은 피의 빗속에서 꽃을 지켰다던 붉은 옷의 귀왕이 점점 더 궁금해졌다. 고작 미쳤다는 단순한 이유 때문은 아니겠지, 사련은 추측했다. 하지만 그렇게 대답한 이상 소년이 자세한 정황을 말해 주지는 않을 것 같았다. 사련은 계속해서 물었다.

"화성은 어떤 약점이 있어?"

소년의 대답을 바랐다기보다는 입에서 나오는 대로 던진 질문이었다. 이렇게 쉽게 남들에게 약점을 들킨다면 그게 어디 화

성이겠는가. 그러나 예상과 달리 망설임 없는 대답이 돌아왔다.

"유골."

한 귀신의 유골을 손에 넣으면 그 귀신을 부릴 수 있다. 귀신이 복종하지 않으면 뼛가루로 부숴 없애 버리면 된다. 그러면 정신과 형체가 소멸하고 혼백이 뿔뿔이 흩어진다. 이는 기본적인 상식이었다. 하지만 화성에게 적용하자니 큰 의미가 없는 상식 같기도 했다. 사련이 웃으며 말했다.

"그의 유골을 손에 넣을 수 있는 사람은 아무도 없을걸. 그러니, 그 약점은 없는 거나 마찬가지겠네."

"그건 모르지. 귀신이 스스로 유골을 바치게 되는 상황도 있으니까."

"신관 서른세 명과 약속했던 것처럼 판돈으로 걸어서?"

소년이 비웃는 어조로 말했다.

"설마?"

온전한 문장으로 말하지 않아도 사련은 알아들을 수 있었다. 설마 화성이 지기야 하겠냐는 뜻일 터다. 소년은 말을 이었다.

"귀계에는 한 가지 풍습이 있어. 귀신이 사람 한 명을 선택해서 자신의 유골을 그 사람에게 맡기는 풍습."

사실 자신의 목숨을 다른 사람의 손에 넘겨주는 셈이었다. 이토록 깊은 정이라니, 이 얼마나 애절한 미담인가. 흥미로워진 사련이 입을 열었다.

"귀계에는 그렇게 진실성 있는 풍습이 남아 있었구나."

"응. 그럴 용기가 있는 자들은 얼마 없지만."

사련도 그러겠거니, 생각했다. 세상에는 요괴만 인간을 꾀어 내는 것이 아니라, 인간도 요괴를 속여 먹는다. 그러니 분명 그들 사이에도 수많은 이용과 배반이 존재할 것이다.

"일편단심을 다했는데 뼛가루로 흩어지는 결말이라니. 당연히 누구든 가슴 아프겠지."

사련의 말에 소년이 하하, 웃었다.

"그게 무서워? 내가 유골을 넘겨준 사람인데, 뼈를 부수든 재를 뿌리고 놀든 무슨 상관이라고?"

빙긋 웃은 사련은 문득 한 가지를 깨달았다. 이렇게 오래 대화했는데도 상대방의 이름조차 모르고 있었다.

"친구, 내가 뭐라고 부르면 좋을까?"

소년은 한 손을 눈썹 위로 붙여 손차양을 만들더니 붉게 비껴드는 석양빛을 가렸다. 햇빛을 그다지 좋아하지 않는지, 눈을 가늘게 좁힌 채였다.

"나? 집안 셋째라서 다들 '삼랑'이라고 불러."

소년이 스스로 이름을 밝히지 않으니 사련도 더 캐묻지 않았다.

"내 성은 '사', 이름은 외자로 '련'이야. 이 방향이면, 너도 보제 마을로 가려는 거니?"

뒤쪽 짚더미에 몸을 기댄 삼랑은 자신의 양손을 베고 다리를 꼬았다.

"몰라. 아무렇게나 다니는 거라."

듣자 하니 속사정이 있는 모양이었다. 사련이 물었다.

"무슨 일인데?"

삼랑은 한숨을 내쉬고 유유히 운을 뗐다.

"집안싸움으로 쫓겨났어. 한참 돌아다녔는데 갈 곳은 없고. 오늘은 배가 고파서 큰길에서 졸도할 뻔했어. 이제야 겨우 누울 곳을 찾은 거야."

소년의 옷차림은 제멋대로 걸친 것처럼 보여도 옷감이 훌륭했다. 게다가 태도나 말투도 고상했고, 날마다 한가로이 사방을 들추고 다니는지 모르는 게 없었다. 사련은 소년이 어느 부유한 가문에서 놀러 나온 도련님일 것이라고 일찌감치 짐작한 참이었다. 좋은 집에서 호사를 누리던 도련님이 혼자서 오래 돌아다녔으니 그 여정도 꽤나 고생스러웠을 터다. 그 기분은 사련도 뼈저리게 알고 있었다. 배고프다는 소년의 말에 사련은 지니고 있던 작은 보따리를 뒤져 보았다. 하지만 찾은 건 찐빵 하나뿐이었다. 아직 딱딱해지지 않아서 다행이다, 속으로 생각하고는 사련이 삼랑에게 물었다.

"먹을래?"

삼랑이 고개를 끄덕이자 사련은 찐빵을 건넸다. 삼랑은 사련을 잠시 바라보더니 물었다.

"그쪽 건 없어?"

"난 괜찮아. 별로 생각이 없어서."

삼랑은 찐빵을 다시 돌려주었다.

"나도 괜찮아."

그러자 사련은 돌려받은 찐빵을 둘로 쪼개 반쪽을 다시 건넸다.

"그럼 반반씩 먹자."

그제야 찐빵을 받아 든 소년은 사련과 나란히 앉아 찐빵을 뜯어 먹었다. 옆에 앉아 찐빵을 베어 무는 모습이 묘하게 얌전했다. 사련은 이 아이가 자신 때문에 수모를 겪는 건 아닐까, 싫어졌다.

수레는 울퉁불퉁한 산길을 꾸물거리며 나아갔다. 해가 서쪽으로 저무는 동안 두 사람은 수레에 앉아 한담을 나눴다. 대화가 길어질수록 참으로 기이한 소년이라는 생각이 들었다. 나이도 어린데 행동 하나하나며 말투에 만물을 깔보는 태도와 여유가 느껴졌다. 마치 자신이 모르는 것이나 자신을 곤란케 하는 존재는 이 천지에 없다는 것처럼. 그래서인지 사련은 소년이 참 박식하고 어른스럽다는 인상을 받았다. 하지만 때로는 소년 특유의 호기심을 내비치기도 했다. 사련이 자신이 보제관의 관주라고 말하자, 소년이 곧장 물어왔다.

"보제관? 물밤을 많이 먹을 수 있다는 것처럼 들리네. 마음에 들어. 모시는 신은 누군데?"

또 이 골치 아픈 질문이다. 사련은 큼, 가볍게 헛기침하고 말했다.

"선락 태자. 넌 아마 모를 거야."

옅게 웃은 소년이 입을 달싹였다. 그 순간, 수레가 난데없이

요동쳤다.

두 사람도 덩달아 흔들렸다. 사련은 소년이 떨어지면 어쩌나 싶어 재빨리 손을 뻗어 소년을 붙잡았다. 막 건드렸을 뿐인데 소년은 뜨거운 물건에 덴 사람처럼 그의 손을 홱 뿌리쳤다.

아주 희미하게 변한 안색이었지만 사련은 금세 알아챘다. 사실은 내가 너무 귀찮았나? 분명 오는 내내 즐겁게 이야기를 나눴는데. 그런 생각이 들었으나 지금은 더 고민할 때가 아니었다. 그가 자리에서 일어났다.

"무슨 일입니까?"

수레를 몰던 노인이 대답했다.

"나도 잘 모르겠네! 누렁아, 어찌 안 가는 게냐? 가자!"

해는 저물고 땅거미가 짙게 드리운 무렵이었다. 게다가 숲속에 멈추어 선 탓에 사방이 캄캄했다. 제자리에 선 늙은 황소는 한사코 고집을 부리며 앞으로 가지 않았다. 노인이 아무리 재촉해도 소용이 없었다. 황소는 머리를 땅에 묻을 기세로 움츠리고 음매, 울부짖으면서 꼬리를 채찍처럼 휘둘렀다. 심상치 않은 분위기에 사련이 뛰어내리려던 순간이었다. 노인이 불현듯 앞을 가리키며 비명을 지르기 시작했다.

산길 앞쪽, 수백에 달하는 초록색 불꽃이 수풀 사이로 줄지어 흐릿하게 타올랐다. 흰옷을 입은 사람들이 저마다 머리를 손에 들고 이쪽을 향해 서서히 걸어오고 있었다.

그 광경을 본 사련이 다급히 외쳤다.

"지켜!"

손목을 빠져나온 약야가 수레를 한 바퀴 감싸는가 싶더니, 공중에서 둥근 고리를 만들어 세 사람과 황소를 보호했다. 사련이 뒤를 돌아보며 물었다.

"오늘이 무슨 날이죠?"

노인이 채 대답하기도 전에 소년이 뒤에서 입을 열었다.

"중원(中元)."

귀문이 열리는 칠월 보름날. 날짜도 보지 않고 집을 나섰는데, 하필이면 오늘이 중원절이라니!

사련이 나지막한 목소리로 말했다.

"함부로 움직이지 마. 오늘은 마가 낀 날이야. 길을 잘못 들었다가는 돌아올 수 없게 돼."

흰옷 차림으로 무리 지은 사람들은 머리가 없었다. 그 새하얀 옷은 죄수복이었다. 다들 머리 하나씩 껴안은 것을 보니 참수당한 죄인들인 모양이었다. 그들은 소달구지를 향해 천천히 걸어왔다. 팔에 끌어안긴 죄수들의 머리통이 끊임없이 재잘거렸다.

사련은 조용히 두 사람에게 당부했다.

"이따 저들이 가까이 다가오면, 절대 소리를 내지 마세요."

삼랑이 머리를 갸웃거렸다.

"형은 역시 대단한 도사님이었구나."

아주 흥미롭다는 말투였다. 사련이 말했다.

"대단한 도사님까진 아니고, 조금 아는 정도야. 지금은 저 귀신들이 우리를 못 봤지만, 가까이 다가오면 어떻게 될지 몰라."

수레를 몰던 노인은 날아다니는 하얀 비단을 보고도 기절초풍했건만, 머리 없는 사람들의 행렬까지 이어지자 경악해서 눈이 허옇게 뒤집힐 지경이었다. 질겁한 노인이 연신 머리를 가로저었다.

"안 돼, 안 돼! 난 못 버틸 것 같네! 도장 양반, 이를 어쩌면 좋나?"

"……."

잠깐 침묵한 사련이 이내 말했다.

"정 그렇다면 다른 방법이 있어요. 잠시 실례하겠습니다."

말을 마친 그가 잽싸게 노인의 등에서 혈을 찾아 찔렀다. 노인은 몸을 축 늘어뜨리고 금세 정신을 잃었다. 사련은 그를 조심스럽게 부축해 수레에 똑바로 눕히고, 직접 수레를 모는 자리에 앉았다. 문득 뒤쪽에서 이상한 움직임이 느껴졌다. 뒤를 돌아보니, 소년이 사련의 뒤에 바짝 붙어 앉아 있었다. 사련이 물었다.

"괜찮아?"

삼랑은 한 손으로 턱을 괴고 말했다.

"안 괜찮아. 무서워요."

두려운 기색이라곤 전혀 느껴지지 않는 목소리였지만, 그래도 사련은 소년을 다독였다.

"겁낼 것 없어. 내 뒤에 있으면 무엇도 널 해치지 못할 테니까."

소년은 짧게 웃을 뿐 말이 없었다. 사련은 소년이 자신을 빤히 응시하고 있다는 것을 문득 알아차렸다. 이윽고 그는 깨달았다. 소년이 주시하고 있는 것은 사련의 목을 조인 주가였다.

새카만 올가미처럼 목을 조인 주가는 애초에 숨길 방법이 없었다. 게다가 툭하면 나쁜 상상을 불러일으키기도 했다. 사련은 옷깃을 살짝 끌어당겼다. 비록 완전히 가릴 수는 없었지만.

날이 어두워져서 소년의 표정은 잘 보이지 않았다. 사련은 고삐를 쥐고 조용히 황소를 어르기 시작했다. 죄수복을 입은 귀신 무리가 이쪽으로 다가와 지나치려는 순간이었다. 무언가 길 한복판을 막고 있는 느낌에 다들 씩씩거리며 외쳤다.

"참 희한한 일일세! 어찌 길이 막혔어!"

"정말이야! 지나갈 수가 없어! 귀신이 곡할 노릇이구먼!"

"염병하네, 우리가 귀신이잖아! 곡하긴 뭘 곡해!"

간신히 소를 달랜 사련의 옆으로 머리 없는 죄수복 귀신들이 스쳐 지나갔다. 그들이 안고 있는 머리가 왁자지껄 떠드는 소리를 듣고 있자니 무척 우스웠다. 이 망령들은 죽고도 여전히 불평이 많았다.

"거, 뭐 착각한 거 아니야? 어찌 자네 머리를 안고 있는 그게 내 몸 같지?"

"자네가 머리를 잘못 가져간 거겠지!"

"어서 바꾸자고……."

"자네 목 가장자리는 어찌 그리 깔끔하지가 못해?"

"거참, 그 망나니가 신참이라 칼로 대여섯 번이나 내리치고 목을 잘랐어. 일부러 그런 게 아닌지 의심스럽다니까."

"자네 가족이 뒷돈을 안 찔러줬나 보군. 다음엔 뒷돈부터 건네게. 단칼에 시원하게 잘라 줄 터이니."

"다음이 어디 있어!"

칠월 보름인 중원절은 귀계에서 가장 큰 명절이다. 귀문이 활짝 열리면 평소 어둠 속에 숨어 있던 요괴와 귀신들이 전부 쏟아져 나와 마음껏 자유를 즐기니, 살아 있는 인간은 반드시 피해야만 했다. 특히 밤에는 두문불출하는 것이 가장 좋은 선택지였다. 문밖을 나서면 무언가와 부딪칠 확률이 평소보다 높았으므로. 그리고 늘 뒤로 넘어져도 코가 깨지고, 퇴마사 옷을 걸쳐도 귀신이 몰려드는 사련은 어김없이 악수를 맞닥뜨리고 말았다. 푸르스름한 도깨비불이 사방팔방을 팔랑팔랑, 표표히 떠다녔다. 수많은 귀신들이 그 뒤를 쫓아 뛰어다녔다. 수의를 입은 또 다른 귀신들은 무표정으로 웅얼웅얼 입속말하며 원 앞에 쪼그려 앉아, 후손들이 태워 준 지전과 은박 동전 같은 공물을 챙기고 있었다.

이른바 마귀들이 떼로 창궐한 듯한 광경이었다. 사련은 그 사이를 지나치면서, 앞으로 외출할 때는 꼭 달력을 봐야겠다고 다짐했다. 그때 갑자기 닭의 목을 따는 듯한 날카로운 비명이 들려왔다.

"큰일이다! 큰일이야! 귀신이 죽었다!"

그 비명에 귀신들이 허둥거렸다.

"어디, 어디? 어디서 귀신이 죽어?"

앞서 날카롭게 소리쳤던 귀신이 말했다.

"간 떨어지는 줄 알았네! 저쪽에서 도깨비불이 몇 개나 부서지는 걸 봤어! 아주 무참하게 박살 났다니까. 얼마나 잔혹하던지!"

"전부 박살이 나? 이건 완전히 부관참시잖아! 잔인해도 정도가 있지!"

"누구 짓이야? 설마…… 법사나 중놈이나 도사가 섞여 든 건 아니겠지?"

머리 없는 귀신들도 우왕좌왕 소리를 질렀다.

"아! 그러고 보니 우리도 방금 뭔가가 길을 가로막아서 지나갈 수가 없었단 말이지. 설마 그래서였나……."

"그게 어딘데?"

"바로 저쪽일세!"

사련은 속으로 안 돼, 하고 외쳤다. 곧이어 귀신 무리가 한꺼번에 몰려와 소달구지를 에워쌌다. 다들 저마다 흉측한 몰골을 온전히 드러내고 악의에 찬 목소리로 중얼거렸다.

"어디서 따끈따끈한 인간 냄새가 나는데……."

더는 못 숨겠어!

중원절에 귀신을 마주친 것부터가 인간의 잘못인 것을, 무슨 염치로 이 떼거리와 맞붙을 수 있겠는가. 사련이 고삐를 당기

며 외쳤다.

"가자!"

한참 전부터 겁에 질려 제자리에서 불안하게 발굽을 구르던 황소는 사련의 외침을 듣더니 절박하게 수레를 끌고 휘달리기 시작했다. 사련은 뒤쪽의 소년을 붙드는 것도 잊지 않았다.

"꽉 잡아!"

사련은 약야를 거두어들이고 도주로를 열었다. 도깨비불 사이에서 난데없이 모습을 드러낸 소달구지 한 대가 귀신들의 포위망을 뚫고 나아갔다. 흉악한 얼굴에 팔다리가 잘린 귀신 무리가 수레 뒤쪽에서 날카롭게 아우성쳤다.

"진짜 도사가 있었잖아! 망할 도사 놈, 목숨 아까운 줄도 모르는 게냐!"

"산 사람이 감히 우리의 중원절 회합을 어지럽히다니, 무슨 일을 당하든 우리를 원망하지 마라!"

"쫓아!"

사련은 한 손으로 고삐를 붙잡고 다른 손으로 부적을 한 움큼 꺼내 땅에 던졌다.

"걸려라!"

그 부적은 도망용 무기 '반보부(絆步符)'였다. 요란한 소리가 줄줄이 울려 퍼지며 귀신들의 앞길을 방해하고 발목을 붙들었다. 짧은 시간이라고는 해도 이렇게 많은 부적을 뿌렸으니 반 주향은 되어야 쫓아올 수 있을 터였다. 사련은 발등에 불이 떨어진

것처럼 수레를 몰고 한참 산길을 달리다가 갑작스레 외쳤다.

"멈춰—!"

늙은 황소가 끄는 수레가 갈림길 앞에 다다랐다. 사련은 칠흑같이 캄캄하게 펼쳐진 두 갈래 산길을 보고 냉큼 고삐를 잡아당겼다.

여기부터는 정말 조심해야 한다.

중원절에는 종종 길을 걷다 보면 평소에 없던 길이 눈앞에 나타난다. 이런 길은 산 사람이 갈 수 없는 길이다. 자칫 잘못 발을 들여 귀계의 영역까지 들어섰다가는 되돌아오기 힘들어진다.

사련도 이곳이 초행이라 어느 산길로 가야 좋을지 혼란스러웠다. 문득 아까 읍내에서 고물 한 보따리를 모으면서 곁들여 샀던 집기가 떠올랐다. 그중에 첨통이 있었다. 점을 쳐 봐야겠다고 생각한 그가 보따리를 뒤져 첨통을 꺼냈다. 그는 손에 쥔 첨통을 요란하게 흔들면서 외쳤다.

"천관이 복을 내리시니, 두려울 것 하나 없다! 이 천하에 길은 많아도 내 갈 길은 하나! 첫 번째 점대는 왼쪽 길, 두 번째 점대는 오른쪽 길! 어디든 더 좋은 점괘가 나온 길로 간다!"

달칵, 소리와 함께 첨통에서 점대 두 개가 튀어나왔다. 그는 점대에 적힌 점괘를 보고 침묵에 빠졌다.

하하첨(下下簽), 대흉!

점대 두 개가 하하첨에 점괘도 모두 대흉이라면, 어느 길로

가도 죽는다는 소리 아닌가?

사련은 어쩔 수 없이 두 손으로 첨통을 쥐고 다시 세차게 흔들었다.

“통아, 통아. 우린 오늘이 초면인데 어찌 이리 매정할 수가 있어! 다시 할 테니까 내 체면 좀 봐줘!”

말이 끝나자 첨대 두 개가 달칵, 소리를 내며 튀어나왔다. 들어서 확인해 보니 변함없이 하하첨에 대흉이었다.

이때 곁에 있던 삼랑이 불쑥 끼어들었다.

“내가 한번 해 볼까?”

아무렴 자신보다 결과가 나쁘지는 않을 것 같았다. 사련은 삼랑에게 첨통을 건네주었다. 삼랑은 한 손으로 받아 든 통을 건성으로 흔들어 점대 두 개를 떨어뜨렸다. 그는 점대를 보지도 않고 사련에게 곧장 건넸다. 받아서 확인해 보니 두 개가 전부 상상첨(上上簽)이었다. 사련은 놀라움을 금치 못했다. 그는 운이 나쁘다 못해 다른 사람의 운까지 덩달아 끌어내리는 경우가 허다했다. 그게 사실인지는 모르겠지만 어쨌거나 그런 원망을 자주 들었다. 그런데도 아무런 영향도 받지 않고 상상첨을 두 개나 뽑다니!

두 점괘가 모두 상상첨이니 어느 길을 골라도 좋았다. 사련은 수레를 몰고 달리면서 진심으로 감탄했다.

“친구, 운이 정말 좋구나.”

삼랑은 첨통을 뒤로 툭 내던지고 웃으며 대답했다.

"그런가? 나도 내 운이 꽤 좋은 편이라고 생각해. 늘 그랬어."

늘 그랬다니. 역시 인생은 사람마다 천양지차라고 사련은 생각했다. 한참을 달렸을 무렵, 또 사방팔방에서 스산한 귀곡성이 들려왔다.

"찾았다! 여기야!"

"다들 이쪽으로 와! 망할 도사가 여기 있다!"

귀신들의 머리가 하나둘씩 솟아올랐다. 사련이 중얼거렸다.

"아, 역시 잘못 골랐네."

반보부의 효력이 다한 모양이다. 사련은 다시 포위당하고 말았다.

겹겹이 그들을 에워싼 귀신들은 백여 마리에서 시작해 끊임없이 머릿수를 늘렸다. 사람도 아닌 것들이 왜 이곳에 새카맣게 모여들고 있는지 모를 노릇이었다. 하지만 의문을 품을 여유는 없었다. 사련이 부드러운 어조로 말했다.

"소생은 고의로 여러분과 부딪친 게 아닙니다. 부디 너그러이 용서해 주세요."

머리 없는 귀신 하나가 말했다.

"퉤! 역겨운 도사 같으니. 네놈이 먼저 너그럽게 굴지 그랬냐? 저쪽에서 도깨비불을 흩뜨린 건 바로 네놈들이잖아!"

사련이 억울한 목소리로 말했다.

"저희 아닙니다. 솔직히 말씀드리면, 소생은 그저 고물을 줍는 사람일 뿐입니다."

"변명하지 마라! 이렇게 생긴 고물쟁이가 어디 있다고? 넌 분명히 도사다! 그런 흉악한 짓을 저지를 만한 도사가 여기 너 말고 또 있냐?"

"도깨비불을 흩뜨린 게 꼭 도사라는 법은 없잖습니까."

"그럼 또 누가 있는데? 귀신?"

사련은 소매 속에 살그머니 손을 집어넣으며 말했다.

"가능성이 없진 않지요."

"하하하하하, 망할 도사! 너…… 너…… 너는……."

하늘이 떠나가라 비웃음을 터뜨린 귀신 무리가 갑자기 말을 더듬었다.

"제가 뭐요?"

사련이 한마디 묻자, 더듬거리던 목소리마저 사라졌다. 귀신들은 사련을 뚫어지게 바라보았다. 다들 극도로 두려운 무언가를 목격한 것처럼 입을 떡하니 벌리거나 맞다문 모습이었다. 머리 없는 몇몇 사형수들은 질겁한 나머지 들고 있던 머리를 떨어뜨리기까지 했다.

사련이 넌지시 입을 열었다.

"여러분? 다들……."

귀신들은 사련의 질문을 끝까지 듣지도 않고 바람처럼 뿔뿔이 줄행랑쳤다. 사련은 화들짝 놀랐다.

"이럴 리가?"

쥐고 있던 부적은 소매에서 꺼내지도 않았는데, 이렇게 허무

하게 들켜 버렸다고? 이 귀신들이 그렇게 예리한가? 게다가 이건 그다지 대단한 부적도 아니었다. 사련은 무척 의아했다. 귀신들이 본 게 정말 나일까?

아니면 등 뒤에 있는 다른 존재?

여기까지 생각한 사련은 뒤를 돌아보았다.

등 뒤에는 혼절한 소달구지 주인과 변함없이 여유롭게 손으로 턱을 괴고 있는 붉은 옷의 소년뿐이었다.

사련이 고개를 돌리자 삼랑은 또 희미하게 웃더니 손을 내려놓고 말했다.

"도장님, 위엄이 대단하시네. 귀신들이 전부 겁먹고 도망가 버렸잖아."

"……."

그를 바라보던 사련도 빙긋 웃었다.

"그런가? 나도 내가 이렇게 대단한 줄 몰랐어."

사련은 그리 말하면서 고삐를 툭툭 잡아당겼다. 소달구지의 바퀴가 다시 느릿하게 구르기 시작했다. 이어지는 여정은 순조로웠다. 소달구지는 반 시진도 안 되어 느적느적 숲을 기어 나와 평탄한 산길에 도착했다. 보제 마을이 벌써 산비탈 아래에 있었다. 옹기종기 모인 등불들이 따스하고 환했다.

진정한 '상상첨'의 길이었다. 놀랄 일은 있었지만, 위험은 없었다.

밤바람이 스쳐 지나갔다. 사련은 다시 한번 뒤를 돌아보았

다. 삼랑은 기분이 퍽 좋아 보였다. 그는 양손을 베고 누워서 휘영청 떠 있는 달을 바라보고 있었다. 은은한 달빛 아래, 그 소년의 눈은 실재하는 사람의 것 같지 않았다.

잠시 망설인 사련이 활짝 웃음을 담아 운을 뗐다.

"친구."

"왜?"

"점을 본 적 있어?"

삼랑이 사련을 돌아보았다.

"없는데."

"그럼 내가 한번 봐 줄까?"

사련을 바라본 삼랑이 웃으며 말했다.

"해 보고 싶어?"

"조금."

삼랑은 가볍게 고개를 끄덕였다.

"좋아."

몸을 일으켜 앉은 그가 사련 쪽으로 몸을 살짝 기울였다.

"어떻게 봐 줄 건데?"

"손금은 어때?"

그 말에 삼랑의 입가가 작게 휘었다. 어떤 의미가 담긴 웃음인지 명확하게 알 수는 없었다.

"좋아."

그가 대답하며 왼손을 내밀었다.

손가락이 늘씬하고 마디가 뚜렷한 왼손은 무척 고왔다. 게다가 연약해 보이는 곱상함이 아니라 강한 힘이 잠재되어 있었다. 누구라도 이런 손에 목을 졸리고 싶지 않을 터였다. 사련은 아까 자신이 건드렸을 때 안색이 다소 변했던 삼랑의 모습을 떠올렸다. 그는 몸이 닿지 않도록 각별히 조심하면서 삼랑의 손을 건드리는 대신 고개를 숙여 자세히 들여다보았다.

새하얀 달빛은 아주 어스름하지도 않고, 그렇다고 눈부시게 밝지도 않았다. 사련은 한참이나 손바닥을 들여다보았다. 수레는 여전히 산길을 느릿느릿 기어갔다. 수레바퀴와 나무 굴대가 삐걱거리는 소리를 냈다. 이윽고 삼랑이 물어 왔다.

"어때?"

사련의 느릿한 대답이 돌아왔다.

"아주 좋은 명운이네."

"오? 어디가 좋은데?"

사련은 고개를 들고 나긋한 목소리로 말했다.

"인내심이 깊고 아주 끈기 있는 성정이라서, 역경을 마주쳐도 끝까지 자신의 본심을 지키게 돼. 재난을 만나도 길조로 변하는 전화위복의 상황이 많고. 복이 끊이지 않는 팔자야. 친구, 틀림없이 앞날이 창창하고 환하게 풀리겠어."

여기까지 늘어놓은 말은 전부 즉흥적으로 날조한 헛소리였다. 사련은 손금을 전혀 볼 줄 몰랐다. 폄적당한 옛 시절, 그는 황극관에서 국사들에게 손금과 관상 보는 법을 배우지 않은 것

을 종종 후회했다. 배워 두었더라면 인간계에서 살아갈 때 길거리에서 허풍을 쳐 가며 기예를 선보인다거나 가슴으로 돌을 깰 필요가 없었을 것이다. 그리고 이 소년의 손금을 보려던 이유는 명운을 파헤치기 위해서가 아니었다. 사련은 소년의 손에 손금과 지문이 있는지 확인할 생각이었다.

평범한 요괴나 귀신은 가짜 육신으로 둔갑해 산 사람인 척은 할 수 있어도 손금이나 지문, 머리카락 끄트머리처럼 육신의 세밀한 부분은 이렇게까지 정교하게 만들지 못한다. 게다가 소년의 몸에서는 법력의 파동이 전혀 느껴지지 않을뿐더러 의심할 만한 단서도 찾을 수 없었다. 손금마저 아주 또렷했다. 정말로 요괴나 귀신이 둔갑한 것이라면, 이 정도로 완벽한 위장은 '흉' 등급 이상이어야 가능했다. 하지만 그런 신분과 계급에 오른 귀왕이 왜 자신과 함께 작은 산골 마을로 가는 소달구지에 앉아 시간을 때울까? 천계의 신관들이 날마다 정무를 처리하느라 땅에 발 디딜 틈이 없듯이, 그쪽도 아주 바쁠 텐데!

자신만만한 척 시치미를 떼고 말을 이어 가던 사련은 더는 날조하기 힘든 지경에 이르렀다. 삼랑은 시선 한번 돌리지 않고 사련을 빤히 쳐다보았다. 그는 사련의 순 엉터리 같은 소리를 들으면서 나지막하게 웃었다. 자못 의미심장한 웃음이었다.

"다른 건 더 없어요? 응?"

설마 여기서 더 날조해야 하는 건 아니겠지, 속으로 생각한 사련이 물었다.

"뭐가 더 궁금한데?"

"기왕 명운을 점치는데 인연도 안 봐 주려고?"

사련은 가볍게 헛기침하고는 진지하게 말했다.

"제대로 배운 게 아니라서 인연 점은 서툴러. 하지만 너라면 걱정할 필요가 없다고 생각해."

"왜 걱정할 필요가 없다고 생각하는데?"

사련이 빙긋 웃었다.

"분명 수많은 낭자들이 너를 좋아할 테니까."

"그럼 왜 분명 수많은 낭자들이 나를 좋아할 거라고 생각해?"

대답을 이어 가려던 사련은 문득 깨달았다. 이 꼬마는 온갖 수를 써서 사련의 입에서 칭찬이 나오게끔 유도하고 있었다. 어쩐지 기가 막히면서도 우스워졌다. 무슨 말을 해야 좋을까, 손으로 미간을 문지른 그가 말을 꺼냈다.

"삼랑."

처음으로 사련이 그를 삼랑이라고 부른 순간이었다. 그 호칭을 들은 소년은 하하, 웃더니 드디어 사련을 놓아주었다. 이때 황소가 숨을 헐떡이며 마을로 들어섰다. 잠시 돌아앉은 사련은 이마를 짚고 한숨을 돌린 뒤 잽싸게 수레에서 내렸다. 삼랑도 수레에서 뛰어내렸다. 사련은 고개를 들고서야 깨달았다. 수레를 타고 오는 내내 느긋하게 누워 있었던 소년은, 지금 나란히 서고 보니 의외로 사련보다 키가 더 컸다. 심지어 눈높이도 맞지 않았다. 삼랑이 수레 앞에 서서 기지개를 켜자 사련이 물었다.

"삼랑, 넌 어디로 가?"

삼랑이 한숨을 내쉬며 대답했다.

"모르겠어. 거리에서 잘까. 아쉬운 대로 동굴을 찾아가도 되겠고."

"그건 좀 그렇지 않아?"

삼랑이 양손을 펼치고 어깨를 으쓱였다.

"어쩔 수 없지. 갈 곳도 없는걸."

그는 사련을 흘긋 바라보더니 또 짧게 웃음을 흘렸다.

"점 봐 줘서 고마워. 덕담은 잘 받을게. 기회 되면 나중에 또 봐요."

점이라는 말에 사련은 식은땀이 다 흘렀다. 삼랑이 정말 뒤로 돌자 그가 다급하게 말했다.

"잠깐, 혹시 싫지 않다면 내 도관으로 올래?"

멈칫한 삼랑이 몸을 반쯤 돌리며 물어 왔다.

"그래도 돼?"

사련이 말했다.

"사실 내 집도 아니야. 예전에 사람들이 하룻밤 묵고 가는 곳이었다고 들었어. 다만 네 생각보다 훨씬 더 누추할 수도 있어서 지내기 힘들지도 모르겠다."

이 소년이 정말로 집을 나온 도련님이라면 계속 밖을 떠돌아다니게 둘 수는 없었다. 사련은 그가 온종일 먹은 음식이 그 찐빵 반쪽뿐이었던 건 아닌지 무척 의심스러웠다. 젊은 사람들은

체력만 믿고 함부로 생활하던데, 그러다가는 정말로 길거리에서 쓰러지는 날이 오고 말 터다. 삼랑은 사련의 말이 끝나고서야 완전히 이쪽으로 돌아섰다. 그러고는 별다른 대답 없이 눈앞까지 다가와 몸을 앞으로 기울였다. 사련은 그가 뭘 하려는 건지 짐작할 수가 없었다. 서로의 거리가 갑작스레 가까워지자 또다시 약간의 압박감이 느껴졌다.

소년은 다시 뒤로 물러섰다. 그는 사련이 지고 왔던 거대한 고물 보따리를 손에 들고 있었다.

"그럼, 가요."

사련은 그 자리에서 얼이 빠졌다. 호리호리한 체구인데도 묵직한 고물 보따리를 저렇게 태연하게 들어 주다니. 사련은 '이렇게 송구스러울 데가', 하고 속으로 연신 되뇌었다. 삼랑은 걸음을 성큼 떼고 먼저 앞장섰다. 재빨리 쫓아가려던 사련은 아직 달구지에 누워 있는 노인이 떠올랐다. 그는 곧장 방향을 틀어 노인을 깨우고 오늘 밤 일은 절대 입 밖에 내지 말라고 신신당부했다. 사련의 능력을 목격한 노인이 어찌 감히 두말할 수 있겠는가. 연거푸 고개를 끄덕인 노인은 늙은 황소를 끌고 서둘러 집으로 돌아갔다.

달구지에 남은 것이라고는 거적 하나뿐이었다. 거적을 둘러멘 사련이 고개를 돌렸다. 삼랑은 고물을 욱여넣은 보따리를 한쪽 어깨에 걸치고 유유히 산비탈을 오르고 있었다.

비뚜름한 보제관 앞에 도착한 삼랑은 뭔가 재미있는 것이라

도 봤는지 고개를 숙이고 피식 웃었다. 사련은 가까이 다가가서야 알아차렸다. 그가 보고 있는 것은 기부금을 모금하는 팻말이었다. 가볍게 헛기침한 사련이 말했다.

"봐 봐, 이렇다니까. 그래서 아까 네가 지내기 힘들 수도 있다고 한 거야."

"꽤 괜찮은데."

평소 남들에게 '괜찮아, 괜찮아'라고 말하는 쪽은 언제나 사련이었다. 다른 사람이 그에게 괜찮다고 말한 건 오늘이 처음이라 이루 형언할 수 없는 기분이 들었다. 사련은 진작에 썩어버린 보제관 나무 문을 떼고 문발로 바꿔 단 다음, 천을 위로 걷어 올리며 말했다.

"들어와."

삼랑은 곧장 뒤를 따라 들어섰다.

작은 오두막 안의 가구들은 한눈에 훤히 들어왔다. 기다랗고 네모난 제상, 작은 나무 걸상 두 개, 조그마한 방석과 공덕함 하나가 전부였다. 사련은 삼랑이 들고 있던 물건을 건네받고 읍내에서 사 온 첨통과 향로, 지필묵[#20] 같은 물건을 제상에 올려 두었다. 고물을 받으면서 사람들이 덤으로 끼워 준 붉은 초를 켜자 방 안이 삽시간에 밝아졌다. 삼랑은 첨통을 들고 가볍게 흔들더니 다시 제자리에 내려놓으며 물었다.

"그래서, 침상은?"

#20 지필묵 종이와 붓을 가리킴

빙글 돌아선 사련이 등에 메고 있던 거적을 묵묵히 끌러 그에게 내밀었다.

삼랑이 한쪽 눈썹을 까딱 치켜올렸다.

"한 장이 다야?"

읍내에서 돌아오는 길에 이 소년을 만났으니, 한 장을 더 사야 할 줄은 당연히 생각지도 못했다. 사련이 말했다.

"괜찮다면 오늘 밤은 조금 비좁게 자자."

삼랑이 대답했다.

"그것도 나쁘지 않지."

사련은 빗자루를 꺼내 바닥을 다시 한번 쓸었다. 삼랑은 보제관 안을 둘러보고 말했다.

"도장 형. 도관에 뭐 하나가 빠지지 않았어?"

바닥을 다 쓴 사련은 바닥에 쪼그리고 앉아 거적을 펼쳤다. 그가 거적을 깔면서 대답했다.

"신도들 말고는 더 모자란 건 없지 싶은데."

삼랑도 쪼그리고 앉아 한 손으로 턱을 괴고 물었다.

"신상은?"

그 한마디에 사련은 번뜩 깨달았다. 그는 뜻밖에도 가장 중요한 것을 잊고 있었다. —신상!

신상 없는 도관이 무슨 도관이란 말인가? 비록 본존이 여기 있다고는 해도, 날마다 혼자 제단에 앉아 있을 수도 없는 노릇이었다.

잠시 고민한 사련은 금세 해결책을 찾았다.

"아까 종이와 붓을 샀으니까, 내일 초상화를 그려서 걸면 되겠다."

본인이 자기 자신의 초상화를 그려서 도관에 걸어 둔다니. 이 사실이 천계에 알려지면 또 십 년은 비웃음을 살 터다. 하지만 신상을 조각하려면 돈도 들고 시간도 걸린다. 두 가지를 비교해 본 사련은 십 년 치 비웃음을 택했다.

이때 삼랑이 의외의 말을 꺼냈다.

"그림? 나 그릴 줄 아는데. 도와줄까?"

한순간 얼떨떨해진 사련이 웃으며 말했다.

"그럼 고맙다는 말부터 해야겠네. 하지만 선락태자상은 그리기 어려울 거야."

그의 초상화는 팔백 년 전에 대부분 불타 없어졌다. 오늘날 몇 점이 남아 있든 실제로 본 사람은 별로 없을 터다. 하지만 삼랑의 대답은 예상과 달랐다.

"물론 그릴 줄 알아. 아까 수레에서도 이 태자 전하에 대해 얘기했었잖아?"

사련은 기억해 냈다. 확실히, 아까 길에서 꺼낸 '넌 아마 모를 거야'라는 말에 삼랑은 아무 대답이 없었다. 선락태자상을 그릴 줄 안다는 말에 사련은 내심 놀랐다. 거적을 다 펼친 그가 몸을 일으켰다.

"정말 선락 태자를 알아?"

삼랑이 거적 위에 앉으며 대답했다.

"알지."

이 소년은 입을 열 때마다 표정과 말투가 퍽 의미심장했다. 항상 웃고 있지만, 그 웃음기가 진심에서 우러나온 것인지 상대방의 우둔함을 비꼬는 것인지, 확신하기 어려웠다. 그래도 오는 길에 들은 갖가지 이야기를 생각하면 여전히 이 소년에게 흥미가 일었다. 옆에 자리를 잡고 앉은 사련이 물었다.

"삼랑은 이 선락 태자를 어떻게 생각해?"

두 사람은 촛불 아래서 서로를 마주 보았다. 붉은 초의 불꽃이 가물거렸다. 삼랑은 촛불을 등지고 있었다. 새카만 두 눈동자가 그림자에 잠겨 표정이 잘 보이지 않았다. 이윽고 그가 입을 열었다.

"그는 분명 군오에게 미움받았을 거야."

전혀 예상치 못한 대답이었다. 사련이 얼떨떨한 기분으로 물었다.

"왜 그렇게 생각하는데?"

"그게 아니면 왜 두 번이나 폄적됐겠어?"

사련은 살짝 웃으며 생각했다.

'참 어린애다운 발상이네.'

그는 고개를 숙이고 느릿하게 허리끈을 풀며 말했다.

"싫어하는 감정으로 폄적한 건 아니겠지. 세상에는 좋고 싫음만으로 단순하게 설명할 수 없는 일들이 많아."

"오."

사련은 몸을 돌려 하얀 신발을 벗으며 말을 이었다.

"하물며 잘못을 범했으면 벌을 받아야지. 제군은 두 번 다 소임을 다했을 뿐이야."

삼랑은 긍정도 부정도 하지 않았다.

"그럴 수도."

겉옷을 벗은 사련은 옷을 잘 개어서 제상 위에 올려 두려던 참이었다. 조금 더 대화를 나누고 싶은 마음에 고개를 돌리자, 자신의 발 위에 붙박인 삼랑의 시선이 보였다.

그 눈빛은 아주 기이했다. 얼음같이 차가운 것 같으면서도 뜨겁게 느껴졌고, 뜨거운 것 같으면서도 희미한 서늘함이 깃들어 있었다. 아래를 내려다본 사련은 빠르게 납득했다. 이 소년이 바라본 것은 그의 오른쪽 발목을 감싼 검은 주가였다.

첫 번째 주가는 목을 단단히 조였고, 두 번째 주가는 발목을 옭매고 있었다. 어느 쪽이든 그다지 적절치 못한 곳에 묶여 있어, 가릴 방법조차 없었다. 예전에는 남들이 주가에 대해 물으면 수련에 필요한 물건이라고 둘러댔다. 하지만 삼랑이 캐묻기 시작하면 그렇게 적당히 얼버무릴 수는 없을 것 같았다.

하지만 삼랑은 그의 발목을 한참 바라보았을 뿐 별다른 말이 없었다. 사련은 곧장 고민을 떨쳐 내고 자리에 누웠다. 삼랑은 옷을 입은 채로 그의 옆에 얌전히 등을 붙였다. 땅바닥 위에서 옷을 벗고 자는 일에 익숙지 않은 모양이었다. 나중에 침상을

하나 마련해야겠다고 속으로 생각한 사련이 말했다.

"그만 자자."

가벼운 입김에 붉은 초의 촛불이 사그라들었다.

이튿날 아침, 사련이 눈을 떴을 무렵 삼랑은 곁에 없었다. 고개를 들고 시선을 옮긴 순간, 사련의 심장이 툭 내려앉았다. 제상 위에 초상화 한 폭이 걸려 있었다.

화려한 예복을 입고 황금 가면을 쓴 사내의 초상화였다. 사내는 한 손으로 검을 들고 한 손에는 꽃을 쥐고 있었다. 탁월한 붓놀림에 채색마저 맑고 고왔다. 그건 다름 아닌 '선락태자열신도(仙樂太子悅神圖)'였다.

오랜 세월이나 보지 못한 그림이라 한참이나 넋을 놓고 바라보았다. 사련은 한참 뒤에야 자리에서 일어나 옷을 걸치고 문발을 걷어 올렸다. 삼랑은 오두막 바깥 그늘진 곳에 앉아 있었다. 빗자루를 돌리면서 손장난을 치는 와중에 하늘을 올려다보는 얼굴이 아주 따분해 보였다.

이 소년은 정말로 햇빛을 좋아하지 않는 모양이었다. 하늘을 바라보는 소년의 표정은 어떻게 해야 저 태양을 끌어내려 곤죽이 되도록 짓밟을 수 있을지 궁리하고 있는 것만 같았다. 문밖 한 곁에는 깨끗하게 비질해 모아 둔 낙엽 더미가 있었다. 밖으로 나온 사련이 말문을 열었다.

"어젯밤엔 잘 잤어?"

삼랑은 여전히 벽에 기댄 채로 사련을 돌아보았다.

"괜찮았어."

가까이 다가간 사련은 그가 들고 있던 빗자루를 넘겨받으며 물었다.

"삼랑. 도관에 있는 초상화는 네가 그린 거야?"

"응."

"정말 잘 그렸다."

삼랑은 입꼬리만 추어올릴 뿐 별다른 대답이 없었다. 하룻밤을 바닥에서 아무렇게나 잤기 때문인지 오늘 그의 머리카락은 한층 비뚤게 묶여 있었다. 사실 느슨하게 흐트러진 모습도 상당히 근사했다. 제멋대로이면서도 지저분하지 않아 오히려 세련된 느낌이었다. 사련은 손가락으로 자신의 머리카락을 가리키며 말했다.

"내가 도와줄까?"

고개를 끄덕인 삼랑은 사련과 도관 안으로 들어갔다. 그가 자리에 앉자 사련은 머리끈을 끄르고 그 새카만 머리카락을 그러쥐었다. 그러고는 아무런 내색도 없이 낱낱이 살펴보기 시작했다.

손금과 지문을 아무리 완전무결하게 꾸며 냈어도 요괴들이라면 한 구석쯤은 허점을 드러내기 마련이다. 산 사람의 머리카락은 셀 수 없을 만큼 많을뿐더러 가닥가닥이 몹시 세밀하고 명확하게 나누어져 있다. 반면 대다수 요괴들이 둔갑한 가짜 몸뚱이의 머리카락은 검은 구름 덩어리 같거나 얇은 천을 뭉텅

이로 붙여 놓은 것 같았다. 아니면…… 아예 시원스레 대머리로 위장한다거나.

사련은 지난밤 손금과 지문을 확인하고 경계심을 내려놓은 참이었다. 하지만 오늘 아침 그 초상화를 보자 다시 의심이 더럭 들었다.

평범한 사람이 어떻게 이 그림을 그릴 수 있지?

그는 삼랑의 머리카락을 쓰다듬으며 찬찬히 살펴보았다. 하지만 매끄럽고 새카만 머리카락에서는 수상한 구석을 찾아볼 수 없었다. 이윽고 자신을 쓰다듬는 손길이 간지러웠는지 삼랑이 가볍게 웃었다. 고개를 살짝 젖힌 그가 사련을 비스듬하게 올려다보았다.

"형. 지금 머리를 묶어 주는 거야, 아니면 뭔가 다른 걸 하고 싶은 거야?"

머리를 길게 늘어뜨린 모습은 변함없이 준수하면서도 다소 사특한 분위기를 풍겼다. 어쩐지 자신을 놀리는 듯한 물음에, 사련은 빙긋 웃으며 '알겠어' 하고 대답하고는 재빨리 삼랑의 머리를 묶어 주었다.

하지만 누가 알았으랴. 단장을 마친 삼랑은 옆에 놓인 대야에 얼굴을 비춰 보고는 사련을 돌아보며 눈썹을 치켜올렸다. 삼랑을 흘긋 쳐다본 사련도 큼, 하고 헛기침했다.

방금까지 비뚤어져 있던 머리는, 묶고 난 지금도 한결같이 비뚜름했다.

삼랑은 아무 말 없이 시선을 던질 뿐이었지만, 사련은 이렇게 난처한 기분은 몇백 년 만에 처음인 것 같은 심정이었다. 손을 축 늘어뜨린 그가 삼랑에게 이리 와서 다시 한번 해 보자고 말하려는 순간이었다. 문 바깥이 왁자하게 들썩이나 싶더니, 사람 소리와 발소리가 사방에서 울려 퍼졌다. 몇몇 사람들의 외침도 들려왔다.

"대선 어르신!"

소리에 놀란 사련이 밖으로 걸음을 재촉했다. 흥분으로 한껏 상기된 얼굴들이 문밖을 한가득 메우고 있었다. 선두에 선 촌장이 잰걸음으로 달려와 사련의 손을 덥석 붙잡았다.

"대선 어르신! 우리 마을에 살아 있는 신선이 다 오시다니! 참으로 잘 오셨소!"

사련은 얼떨떨해졌다. 나머지 마을 사람들도 그의 주위를 몽땅 에워쌌다.

"대선 어르신! 우리 보제 마을에 오신 것을 환영합니다!"

"대선 어르신! 제가 장가들 수 있도록 보우해 주실 수 있습니까?"

"대선 어르신! 하루빨리 우리 집안에 아이가 생기게 도와주시면 안 되겠소?"

"대선 어르신! 여기 싱싱한 물밤이 있답니다! 좀 잡숴 보시겠어요? 물밤 잡수시고 금년에 풍년이 들도록 보우해 주시면 안 될까요?"

마을 사람들은 굉장히 열정적이었다. 포위 공격을 받은 사련은 연신 뒷걸음질을 치면서 속으로 앓는 소리를 냈다. 어젯밤 그 노인은 입이 가벼운 사람이었다. 분명히 외부에 발설하지 말라고 신신당부를 했건만, 동이 트자마자 온 마을에 소문이 퍼지고 만 것이다.

마을 사람들은 이곳이 어떤 신선을 모시는 도관인지 전혀 모르면서도 향을 올리게 해 달라고 강력하게 요구했다. 어차피 누구를 모시든 신선은 신선일 테고, 절 한번 하는 게 나쁜 일도 아니었으므로. 사련이 예상한 풍경은 한 해 방문객이 손에 꼽을 만큼 한산한 모습이었던지라 선향도 양심껏 몇 묶음 정도만 준비해 두었다. 그런데 이렇게 순식간에 동이 날 줄 누가 알았을까. 선향으로 새카맣게 뒤범벅된 작은 향로가 자욱한 향연을 뿜었다. 향냄새를 오랫동안 맡아 보지 못했던 사련은 사레가 들려 몇 번이고 기침했다. 그는 한참 콜록거리면서 말을 꺼냈다.

"마을 주민 여러분, 재물 운은 정말로 보우할 수 없습니다. 정말이에요, 제발 여기선 재물 운을 바라지 마세요! 뒤탈이 생겨도 전 모릅니다! 죄송해요, 인연도 안 돼요……. 아니다, 아이도 점지할 수 없는데……."

삼랑도 비뚜름하게 묶인 머리는 내버려 두기로 했다. 그는 공덕함 옆에 앉아 한 손으로 턱을 괴고 다른 한 손으로 느긋하게 물밤을 집어 입으로 던져 넣었다. 이 소년을 본 마을 처녀들

은 얼굴에 붉은 노을을 드리우며 사련에게 물었다.

"저기, 혹시 그런 보우는……."

어떤 보우인지는 알 수 없었지만, 사련은 입을 막아야만 한다는 직감이 들어 냉큼 말허리를 잘랐다.

"못 합니다!"

겨우 사람들이 물러간 보제관 제상 위에는 과일, 채소, 심지어 하얀 쌀밥과 국수 같은 음식도 쌓여 있었다. 좌우간 공양은 받은 셈이다. 사련은 마을 사람들이 바닥에 흘리고 간 잡다한 물건들을 바깥으로 쓸어 냈다. 삼랑도 그를 따라 밖으로 걸음을 옮겼다.

"향불이 제법 괜찮네."

사련은 비질을 하며 고개를 내저었다.

"원래였다면 열흘이나 보름까지는 방문객이 없었을 거야."

"설마 그랬으려고?"

삼랑에게 흘긋 시선을 던진 사련이 웃으며 말했다.

"어쩌면 삼랑의 운이 묻은 덕분일지도 모르겠다."

그러고 보니 사련은 아까 문발을 바꿔 달 계획이었다. 그는 곧장 소매 안에서 새 문발을 꺼내 문에 매달았다. 두어 걸음 물러서서 잠시 살펴보던 도중, 문득 제자리에 굳어진 삼랑의 발걸음이 느껴졌다. 사련이 고개를 돌리며 물었다.

"왜 그래?"

삼랑은 문발을 가만히 응시할 뿐이었다. 어쩐지 생각에 잠긴

듯한 모습이었다. 시선 끝을 따라간 사련은 깨달았다. 그가 바라보고 있는 것은 문발에 그려진 주문이었다.

이 주문은 사련이 이전에 겸사겸사 그려 둔 것이었다. 겹겹이 쌓아 올려 기운이 삼엄한 주문은 바깥 사령의 침입을 막아 주는 액막이용으로 쓰였다. 하지만 사련의 친필이라 동시에 불운을 불러오는 효과가 작용할지도 몰랐다. 그래도 문짝 하나 없는 신세이니만큼 주문이라도 그려 두는 편이 안전했다.

소년은 주문이 그려진 문발 앞에 꼼짝없이 붙박였다. 그 모습을 지켜보는 사련의 마음에 동요가 일었다.

"삼랑?"

설마 이 주문에 가로막혀서 안으로 들어설 수 없는 건가?

8장 보제관에서 나누는 반월관 괴담

삼랑은 그를 흘긋 쳐다보더니 미소를 지었다.

"잠깐 나갔다 올게."

그는 가벼운 한마디를 던지고 뒤돌아 가 버렸다. 마땅히 뒤를 좇아가 어디를 가는지 물어봐야 했겠지만, 한편으로는 나갔다 오겠다고 했으니 분명 머지않아 돌아오리라는 기묘한 예감이 들었다. 그리 생각한 사련은 먼저 도관으로 들어갔다.

사련은 어젯밤 골목골목을 돌아다니며 주워 온 물건들을 마구잡이로 헤집어 왼손으로는 솥을, 오른손으로는 식칼을 꺼냈다. 그러고는 제상 위에 쌓인 과일과 채소 무더기를 흘금 바라보고 몸을 일으켰다.

일 주향 남짓이 지나자 보제관 바깥에서 발소리가 울려 퍼졌다. 느리지도 빠르지도 않은 발소리를 듣자니 여유작작하게 걸

어왔을 소년의 모습이 절로 떠올랐다.

이 무렵, 사련의 손에 들린 물건은 접시 두 개로 변해 있었다. 그는 접시에 담긴 것들을 이모저모 살펴보다가 길게 한숨지었다. 더는 쳐다보고 싶지 않은 마음에 밖으로 나가자 예상대로 돌아온 삼랑이 보였다.

도관 앞에 서 있는 소년은 뙤약볕이 뜨거웠는지 붉은 옷을 벗어 허리춤에 대강 묶어 두었다. 흰색 홑옷만 입고 소매는 걷어 올린 모습이 깔끔하고 산뜻해 보였다. 그는 오른발로 길고 네모난 나무판자를 밟고 왼손으로는 장작용 칼을 휘휘 돌리고 있었다. 어느 마을 사람 집에서 빌려 온 모양이었다. 무디고 무거워 보이는 칼은 그가 들고 있으니 더없이 예리하고 가벼운 칼처럼 느껴졌다. 널빤지는 과일 껍질처럼 간간이 깎여 나갔다. 그는 밖으로 나온 사련을 흘긋 스치듯 보며 말했다.

"뭘 좀 만들까 해서."

사련이 앞으로 다가가 구경했다. 삼랑은 무려 문짝을 만들고 있었다. 딱 알맞은 크기에 외관이 깔끔했고, 깎아 낸 면도 아주 매끄러웠다. 놀라울 정도로 훌륭한 손재주였다. 범상치 않은 신분처럼 보였기 때문일까, 사련은 그가 세상 물정을 전혀 모르는 도련님일 줄로만 알았다. 이렇게 손끝이 야무질 줄은 미처 생각지도 못했다.

"고생했어, 삼랑."

삼랑은 대답 없이 웃기만 했다. 칼을 툭 내던진 그는 곧바로

문짝을 달더니, 문을 두어 번 두드리면서 사련에게 말했다.

"부적을 그리려면 문에 그리는 게 낫지 않겠어?"

그러고는 태연자약하게 문발을 들추고 도관으로 들어갔다.

문발 위에 그려진 삼엄한 주문은 삼랑에게 아무런 위협도 되지 않는 듯했다. 애초에 주문 따윈 안중에도 없는 모습이었다.

새 문짝을 단은 사련은 참지 못하고 다시 열어 보았다. 정말 잘 만들었네, 내심 감탄하면서 몇 번이나 여닫기를 반복했다. 그렇게 한참이나 문을 여닫던 그는 아주 무의미한 짓을 하고 있는 자신을 발견하고 퍼뜩 정신을 차렸다. 삼랑은 이미 도관 안에 앉아 있었다. 사련은 문을 내버려 두고, 아침에 마을 사람이 공양한 찐빵 한 접시를 가져와 제상에 올렸다.

삼랑은 찐빵을 보고도 아무 말이 없었다. 사련의 속내를 꿰뚫어 본 것처럼 낮게 웃을 뿐이었다. 사련은 아무렇지 않은 체하며 다시 물 두 그릇을 떠 왔다. 자리에 앉으려는데 삼랑이 걷어 올린 소매가 눈에 들어왔다. 드러난 팔뚝 위에 작은 문신 한 줄이 있었다. 몹시 기묘하게 생긴 글자였다. 삼랑은 그의 시선을 의식했는지 소매를 내리고 웃으며 말했다.

"어릴 때 새긴 거."

소매를 내린 이상 더 말하고 싶지 않은 게 분명했다. 사련도 이해할 수 있었다. 자리에 앉은 그는 초상화를 다시 한번 올려다보았다.

"삼랑. 저 정도 실력이면, 집안에 가르쳐 주는 사람이 있었나 봐?"

삼랑이 젓가락으로 찐빵을 쿡쿡 찌르면서 대답했다.

"없었어. 혼자 취미로 그린 거야."

"어떻게 선락태자열신도까지 그릴 줄 알아?"

삼랑은 웃으며 말했다.

"내가 뭐든지 다 아는 것 같다며? 당연히 어떻게 그리는지도 알지."

퍽 능청맞은 대답이었지만 태도가 거리낌 없이 당당했다. 의심을 받으면 어쩌나 걱정하는 모습이 아니었다. 사련이 캐물으면 어쩌나 걱정하지도 않는 것 같았다. 사련도 빙긋 웃어 보이며 말을 아끼기로 했다. 바로 이때 밖에서 한바탕 소란이 일었다. 두 사람은 동시에 고개를 들고 서로를 응시했다.

누군가 바깥에서 세차게 문을 두드렸다.

"대선 어르신! 큰일입니다, 도와주십시오!"

문을 열고 밖을 내다보니 사람들이 문 앞을 둥글게 에워싸고 있었다. 사련을 발견한 촌장은 희색을 감추지 못했다.

"대선 어르신! 사람이 죽게 생겼습니다! 빨리 살려 주십시오!"

사련은 사람이 죽어 간다는 말에 황급히 앞으로 다가섰다. 마을 사람들에게 둘러싸인 사람은 어떤 도인이었다. 머리가 덥수룩하고 얼굴은 꾀죄죄한 데다 온몸이 싯누런 모래로 엉망이었다. 옷과 신발도 너덜너덜했다. 며칠이나 쉬지 않고 여기까지 달려 온 끝에 체력이 다해 쓰러져 실려 온 모양이었다.

"진정하세요. 죽지 않았습니다."

사련은 몸을 굽혀 사내의 몸을 살펴보았다. 그러던 중 팔괘(八卦)나 철검 같은 소지품이 눈에 들어왔다. 전부 효력을 지닌 법기들이었다. 평범한 강호의 도인은 아닌 듯한 모습에 사련은 저도 모르게 가슴이 철렁 내려앉았다. 머지않아 천천히 깨어난 사내가 잠긴 목소리로 물었다.

"……여기가 어디입니까?"

촌장이 대답했다.

"여기는 보제 마을이오!"

사내가 중얼거렸다.

"……나왔다. 나온 거야. 드디어 빠져나왔어……."

사방을 두리번거리던 그는 갑작스레 눈을 부릅뜨고 경황없이 외쳤다.

"사, 살려 줘, 사람 살려!"

어느 정도 예상한 반응이었다. 사련이 사내에게 물었다.

"도우(道友)님, 대체 무슨 일입니까? 누구를 살려 달라는 겁니까? 무슨 일이 있었는지, 서두르지 말고 차근차근 말씀해 보세요."

마을 사람들도 말을 보탰다.

"그래, 겁내지 않아도 돼요. 여기 계신 신선님이 만사를 해결해 주실 겁니다!"

이 마을 사람들은 실제로 사련의 신력을 본 적도 없으면서 그를 진정한 신선으로 여겼다. 무슨 말을 해야 좋을지 몰랐던

사련은 속으로 생각했다.

'만사를 해결하다니. 이것만큼은 절대로 보장할 수 없는데.'

사련은 그 사내에게 물었다.

"어디서 오신 겁니까?"

"바…… 반월관에서 왔소!"

마을 사람들은 멀뚱멀뚱한 얼굴로 서로를 쳐다보았다.

"반월관이 어디야?"

"들어 본 적 없는데!"

사련이 말했다.

"반월관은 북서쪽 일대에 있습니다. 여기서는 아득히 멀어요. 한데 여긴 어떻게 오셨습니까?"

"나…… 난 간신히 도망쳤소."

사내는 감정이 극도로 불안정해 자꾸만 횡설수설했다. 이런 상태라면 주위에 사람들이 많을수록 입을 열기 힘들 터였다. 게다가 여럿이 떠들어 대니 목소리가 제대로 들리지도 않았다.

"들어가서 말씀하시죠."

사내를 조심스레 일으켜 도관 안으로 부축한 사련은 빙글 돌아서서 마을 사람들에게 말했다.

"구경 그만하시고, 다들 이만 돌아가세요."

그러거나 말거나 마을 사람들은 아주 적극적이었다.

"대선 어르신, 저 사람은 대체 무슨 일을 당한 겁니까?"

"맞소, 도대체 어찌 된 거요?"

"곤경에 처했다면 우리가 돕겠습니다!"

물론 그들이 적극적으로 임할수록 도움은 되지 않을 것이다. 사련은 할 수 없이 목소리를 낮추고 숙연하게 말했다.

"아무래도…… 귀신에 씐 것 같습니다."

마을 사람들은 그 말에 기겁했다. 귀신에 씌었다니 이 얼마나 끔찍한 일인가! 다들 보지 않는 편이 좋겠다며 잽싸게 흩어졌다. 사련은 어처구니없는 심정으로 문을 닫았다. 삼랑은 여전히 제상 옆에 앉아 젓가락으로 손장난을 치고 있었다. 그가 눈을 가늘게 뜨고 탐색하듯 사내를 들여다보자 사련이 말을 건넸다.

"괜찮아. 계속 먹어."

사내를 앉힌 사련은 제자리에 서서 물었다.

"도우님, 저는 이 도관의 관주이자 수행자입니다. 긴장하지 마시고, 사정이 있으시거든 편히 말씀하세요. 제가 도울 만한 부분이 있다면 미력한 힘이나마 보태겠습니다. 방금 말한 반월관에 무슨 일이 있었습니까?"

사내는 잠시 숨을 가다듬었다. 사람이 적은 곳으로 들어온 데다 자신을 다독이는 사련의 말이 들려오자 겨우 감정을 추스를 수 있었다. 그가 말문을 뗐다.

"그곳에 대해 들어 본 적 없소?"

사련이 대답했다.

"있습니다. 반월관은 사막의 녹주[#21] 안에 있죠. 반월의 밤 풍

#21 녹주 綠洲, 오아시스

경이 눈부실 정도로 장관이라 그런 이름이 붙었고요."

"녹주? 장관? 그건 다 일이백 년 전 얘기고, 지금은 반명관(半命關)이라고 부르는 게 맞을 거요!"

멈칫한 사련이 물었다.

"왜죠?"

사내는 스산해 보일 정도로 얼굴이 파랗게 질렸다.

"누구든 그곳을 지나가기만 하면 최소 절반은 흔적도 없이 사라져 버리니까. 명줄의 반이 날아가니 반명관이 아니면 무엇이겠소?"

이런 이야기는 정말 금시초문이었다. 사련이 다시 물었다.

"그건 누구에게 들으셨습니까?"

"들은 게 아니라, 내 눈으로 직접 본 거요!"

몸을 일으켜 앉은 그가 말을 이었다.

"반월관을 지나가려는 어떤 대상이 있었소. 상인들은 그곳에 마가 꼈다는 사실을 알고 우리 문하 전체에 호송 임무를 맡겼는데, 결국……."

그가 비분에 찬 목소리로 덧붙였다.

"결국 이번 여정에서 살아남은 사람은 나 하나뿐이오!"

사련은 흥분하지 말고 앉으라는 듯 손짓하며 물었다.

"일행은 몇 명이었습니까?"

"우리 문하 동료들과 상인들을 합하면 육십은 되었을 거요!"

60여 명. 여귀 선희도 백 년 동안 작간을 부렸으나 결과적으

로 영문전이 산출해 낸 희생자는 2백 명이 채 되지 않았다. 게다가 이 사내의 말에 따르면 이런 사고가 벌써 백 년이 넘게 이어진 모양이었다. 반월관을 지날 때마다 이렇게 많은 사람이 실종된다면, 그간 쌓여 온 희생자만 해도 한둘이 아닐 터였다. 사련이 물었다.

"반월관은 언제부터 반명관으로 변한 겁니까?"

"대략 백오십 년 전, 한 요도[#22]가 그곳을 근거지로 삼은 뒤부터요."

사련은 사내의 동료들이 여정 중에 살해당한 사건과 '요도'에 대해 더욱 자세히 캐물어야 마땅했다. 하지만 대화를 나누는 내내 마음 한구석이 묘하게 꺼림칙했다. 사내가 대답을 마친 지금도 그 괴이한 기분을 떨쳐 낼 수가 없었다. 그래서 사련은 말을 삼키고 미간을 살짝 찌푸렸다.

이때 삼랑이 홀연히 한마디를 던졌다.

"여태껏 반월관에서 도망쳐 왔다?"

사내가 대답했다.

"암, 그렇다니까! 구사일생으로 목숨을 건졌소."

삼랑은 흐음, 하고 가볍게 대꾸하더니 입을 다물었다. 하지만 사련은 그 짧은 질문 덕분에 무엇이 그리 꺼림칙했는지 깨달을 수 있었다.

사련은 뒤쪽으로 돌아서면서 상냥한 목소리로 말했다.

#22 요도 妖道. 괴이한 술법을 부리는 도사

"그럼 먼 길을 도망쳐 오셨으니 갈증이 심하시겠습니다."

사내가 흠칫 굳었다. 사련이 물 한 그릇을 그의 앞에 내려놓았다.

"여기 물입니다. 도우님, 한 모금 드세요."

물그릇을 바라보는 사내의 얼굴에 망설이는 기색이 스쳐 갔다. 사련은 그 옆에 서서 양 소매를 마주 겹치고 조용히 기다렸다.

북서쪽에서 왔을뿐더러 내리 황급하게 도망쳤으니 당연히 목이 마르고 배도 고플 터였다. 게다가 행색을 보아 하니 도중에 배를 채울 여유도 없었던 것 같았다.

그런데 사내는 정신을 차린 뒤로 그 많은 말을 쏟아 내면서도 물이나 음식을 달라는 부탁 한번 하지 않았다. 도관에 들어오고 나서도 제상에 놓인 음식과 물을 탐하는 법이 없었다. 하다못해 눈길조차 주지 않았다.

도무지 산 사람 같지 않은 행동이었다.

방 안의 두 사람이 지켜보는 가운데, 사내는 그릇을 들고 허리를 굽힌 채 천천히 물을 마셨다. 오랜 가뭄 끝에 단비를 만난 모습이기는커녕, 오히려 망설이는 듯 경계를 곤두세운 눈치였다.

사내가 물을 마시자 사련의 귀에 꿀렁거리는 또렷한 물소리가 들려왔다. 흡사 빈 항아리에 물을 붓는 것 같은 소리였다.

순간 무언가를 깨달은 사련이 사내의 손을 붙잡았다.

"그만 마셔요."

손을 움칫거린 그가 의아한 눈으로 사련을 응시했다. 사련이

미소를 띠며 말했다.

"마셔도 소용없잖습니까. 안 그래요?"

그 말에 사내가 안색을 뒤바꾸더니 다른 한 손으로 허리춤의 철검을 뽑아 정면으로 내찔렀다. 사련은 미동도 없이 손을 치켜들어 팅, 하는 소리와 함께 검 끝을 가볍게 튕겨 냈다. 여전히 사련에게 단단히 붙잡힌 사내는 이를 악물고 손을 홱 뿌리쳤다. 사내의 팔이 난데없이 쪼그라드나 싶더니, 바람 빠진 공처럼 완전히 우그러져 사련의 손아귀에서 미끄러져 나왔다. 사내는 벗어나자마자 문을 향해 달아났다. 사련은 서두르지 않았다. 이처럼 외부의 방해가 없는 곳에서는 열 장의 거리를 도망치더라도 약야로 붙잡아 끌고 올 수 있었다. 그런데 사련이 손목을 까딱인 순간, 바람을 찢는 날카로운 소리가 옆을 스쳤다.

그 소리는 누군가가 뒤에서 쏜 예리한 화살처럼 사내의 배를 그대로 뚫고 문에 들이박혔다. 가만히 들여다보니 대나무 젓가락 한 짝이었다.

뒤를 돌아보자 삼랑이 제상 옆에서 느긋하게 몸을 일으켰다. 사련의 옆을 지나친 그가 문에 꽂힌 대나무 젓가락을 뽑고는 두어 번 흔들어 보이며 말했다.

"더러워졌네. 이따가 버릴게."

사내는 중상을 입고도 고통에 신음하는 법 없이 조용히 문을 따라 미끄러져 내렸다. 그의 배 속에서 쏟아져 나온 것은 피가 아니라 맑은 물이었다.

바로 그가 방금 마신 물이었다.

두 사람은 사내의 옆에 웅크리고 앉았다. 사련은 상처 부위를 꾹 눌러 보았다. 불룩한 공기주머니에 뚫린 구멍처럼 상처 바깥으로 찬 바람이 새고 있었다. 그리고 사내의 '시신'에도 조금씩 변화가 일어났다. 아까 보았던 그는 분명 체격이 우람했건만, 지금은 온몸의 둘레가 한 아름 줄어든 것 같았다. 멈추지 않고 쪼그라드는 주름진 얼굴과 사지가 노인처럼 보일 지경이었다.

사련이 입을 열었다.

"빈 껍데기야."

완벽한 사람의 형상으로 둔갑하지 못하는 일부 요괴나 귀신들은 다른 방법을 강구했다. 바로 빈 껍데기를 만드는 것이다.

그들은 생동감 넘치는 재료로 정성스레 가짜 가죽을 만들어낸다. 보통은 살아 있는 인간을 참고해 만들지만, 때로는 실제 인간의 가죽을 사용하기도 했다. 이런 경우에는 손금, 지문, 머리카락이 흠잡을 데 없이 완벽했다. 게다가 그들이 직접 걸치지 않는 한, 이 가죽은 귀기(鬼氣)에 물들지 않고 퇴마 부적을 두려워하지도 않는다. 문에 그려진 주문이 사내를 막지 않은 이유가 바로 여기에 있었다.

그러나 이런 빈 껍데기는 간파당하기 쉽다. 기껏해야 속이 텅 빈 허수아비라 입어 주는 사람이 없으면 조종자의 지령에 따라 행동할 수밖에 없다. 그마저도 너무 복잡하면 안 됐다. 간

단하고 반복적인, 사전에 설정해 놓은 일이 지령의 한계였다. 그래서 이 껍데기는 표정과 행동이 어수룩해 그다지 산 사람처럼 보이지 않았다. 똑같은 말이나 행동을 몇 번씩 거듭하거나 자문자답에 동문서답을 늘어놓는 식이니, 대화가 길어지면 금세 정체를 들키기 십상이었다. 하지만 사련은 빈 껍데기를 가려내는 더욱 실용적인 방법을 알고 있었다. 바로 물이나 음식을 조금 먹이는 것이다. 속이 빈 껍데기는 오장육부가 없어서, 음식이나 물을 목으로 넘기면 빈 항아리에 물건을 떨어뜨리거나 물을 붓는 것 같은 선명한 메아리가 들린다. 산 사람이 음식을 먹고 물을 마시는 소리와는 전혀 달랐다.

완전히 쪼그라든 사내의 시신은 납작한 가죽 더미처럼 변했다. 삼랑은 대나무 젓가락으로 사내의 피부를 몇 번 찔러 보고는 젓가락을 툭 내던졌다.

"꽤 재미있는 껍데기네."

사련은 삼랑의 속뜻을 알아차렸다. 사내의 표정과 행동거지는 두 사람도 똑똑하게 목격했다. 이 껍데기는 생생한 수준을 넘어서, 살아 움직이는 사람 그 자체였다. 사련과 물 흐르듯 대화를 나눈 것을 보면 조종자의 법력이 얼마나 놀라운 수준일지 짐작이 갔다. 사련은 삼랑을 흘긋 쳐다보았다.

"삼랑은 이런 기이한 술법에 대해서도 견문이 넓은가 봐."

삼랑이 웃으며 대답했다.

"별로."

이 껍데기는 일부러 여기까지 찾아와 사련에게 반월관의 사정을 알렸다. 사실 여부를 떠나 그를 반월관으로 끌어들이려는 목적일 터다. 만전을 기하기 위해서는 통령진에 물어봐야 했다. 사련은 손가락을 짚어 가며 숫자를 셈해 보았다. 법력은 몇 번 더 쓸 수 있을 만큼 충분히 남아 있었다. 사련은 곧장 구령을 외우고 통령진에 접속했다.

통령진 안은 모처럼 떠들썩했다. 게다가 공무로 바빠서 시끄러운 게 아니라, 다 같이 무슨 놀이라도 하는 양 왁자지껄하게 웃고 있었다. 사련이 의아해하는 사이에 영문의 목소리가 들려왔다.

"전하, 오셨습니까? 요 며칠 아래에서 어찌 지내셨습니까?"

"그럭저럭 잘 지냈어요. 다들 뭘 하고 계신 건가요? 아주 즐거워 보이는데요."

"풍사 대인이 돌아오셔서 무작위로 공덕을 뿌리고 계십니다. 전하께서도 한번 골라 보시겠습니까?"

아니나 다를까, 사련은 통령진 안의 신관들이 목청껏 외쳐대는 소리를 들을 수 있었다.

"일백 공덕! 당첨됐어요!"

"난 왜 한 개만 나왔는지……."

"천! 천 공덕! 아! 고맙소이다, 풍사 대인! 하하하하하……."

다들 하늘에서 떨어지는 돈을 줍고 있는 건가? 사련은 속으로 생각했다. 그는 공덕함이 텅 빈 신세였지만 공덕을 고르는

법을 몰랐다. 게다가 다른 신관들은 서로 친한 사이라 공덕을 다투며 놀아도 문제가 없었으나 그가 뜬금없이 끼어들면 분위기가 어색해질 터였다. 그리하여 사련은 생각을 떨쳐 내고 멋대로 물었다.

"여러분, 반월관이라는 곳을 아십니까?"

이 말이 나오자 흥미진진하게 공덕을 고르고 있던 통령진에 침묵이 흘렀다.

사련은 거듭 울적해졌다.

이전에 짧은 시나 비법 따위를 보냈을 때 모두가 침묵한 건 아무래도 좋았다. 다른 신관들도 그런 내용은 보내지 않았으니 자신의 말은 통령진에 전혀 어울리지 않았을지도 모른다. 하지만 통령진에서 공무에 관해 묻는 것은 일상적인 일이었다. 예를 들면 '이 귀신을 아는 분 계십니까? 상대하기 까다롭습니까?', '이 지역을 관장하는 신관이 계시면 좀 도와주실 수 있습니까?' 하는 식이었다. 이런 질문이 나오면 신관들은 각자 의견을 내놓거나 조언을 해 주었다. 조언할 거리가 없는 신관은 한가할 때 주변에 물어보겠다고 대답하기도 했다. 반월관에 대한 질문도 나름대로 공무에 속하는데, 입을 열자마자 사방이 쥐죽은 듯 고요해질 이유가 없지 않은가.

이윽고 누군가가 불쑥 소리쳤다.

"풍사 대인께서 또 십만 공덕을 뿌리십니다!"

통령진 안은 금세 활기를 되찾았다. 신관들은 방금 사련의

질문을 뒷전으로 미루고 앞다투어 공덕을 골라 갔다. 아무래도 일이 수월하게 풀릴 것 같지는 않았다. 당장 통령진에서는 마땅한 정보를 얻을 수 없을 것이다. 한편 사련은 이 풍사 대인이라는 분도 씀씀이가 참 크다고 생각했다. 한 번에 십만 공덕을 뿌린다니, 굉장한 일이었다. 사련이 통령진을 나가려는 찰나, 영문이 사적으로 목소리를 전해 왔다.

"전하, 반월관은 왜 갑자기 물으십니까?"

사련은 곧바로 빈 껍데기가 찾아왔던 일을 털어놓고 말을 덧붙였다.

"그 껍데기는 반월관에서 탈출한 생존자 행세를 했습니다. 분명 어떤 목적이 있겠죠. 다만 그 말이 사실인지 알 수가 없어서 통령진에 접속해 물어본 거고요. 반월관에 무슨 문제가 있나요?"

잠시 망설인 영문이 입을 열었다.

"전하. 이번 일은, 손대지 않으시는 편이 좋습니다."

사련도 이런 말이 나오리라고 예상했다. 그렇지 않고서야 백오십 년이 지나도록 방치되었을 리가 없으니까. 게다가 언급하자마자 온 통령진이 침묵에 빠지지 않았던가.

"반월관을 지날 때마다 절반이 넘게 실종된다는 건 사실인가요?"

한참 뒤, 영문이 대답했다.

"자세히 설명하기 어려운 일이라서요."

사련은 그녀의 목소리에 담긴 신중함을 알아챘다. 난처한 사정이 있는 게 분명했다.

"그래요, 알겠어요. 불편하다면 더 얘기하지 않아도 괜찮아요. 우리는 사적으로 이 화제를 언급한 적 없는 거예요."

신식을 거두고 통령진을 빠져나온 사련은 자리에서 일어나 빗자루를 들고 바닥에 늘어진 가죽 더미를 한쪽으로 쓸어 냈다. 그는 잠시 말을 고르다가 고개를 들었다.

"삼랑, 아무래도 내가 먼 길을 다녀와야 할 것 같아."

영문의 태도를 보건대 이 사건에 적잖게 연루된 모양이었다. 이 빈 껍데기가 자신을 꾀어낼 목적으로 친히 찾아온 것만 보아도 반월관은 분명 좋은 곳 따위가 아닐 터였다. 그리 생각하고 있는데 삼랑이 말했다.

"그래, 형. 괜찮다면 나도 끼워 줘."

사련이 놀란 목소리로 물었다.

"가는 길도 멀고 모래바람에 시달려야 하는데, 날 따라오겠다고?"

삼랑이 웃으며 되물었다.

"사술을 부린다는 반월의 요도에 대해 알고 싶지 않아?"

사련이 멈칫했다.

"그런 것까지 알아?"

삼랑은 팔짱을 끼고 유유히 말했다.

"반월관은 원래 그런 이름이 아니었어. 거긴 이백 년 전에 고

대 반월국이 있던 곳이야."

그는 가볍게 자세를 고쳐 앉더니 눈을 빛내며 말을 이었다.

"반월의 요도는 바로……."

사련은 빗자루를 벽에 기대어 놓고 자리에 앉아 자세히 들으려 했다. 그런데 이때 문밖에서 똑똑, 하고 문을 두드리는 소리가 들려왔다.

벌써 해도 저문 시간이었다. 하물며 마을 사람들은 '귀신에 씌었다'는 사련의 말에 질겁해서는 집에 몸을 욱여넣고 나오지를 못하건만, 또 누가 문을 두드린단 말인가? 사련은 문 앞에서서 잠깐 숨을 죽였다. 문에 그려진 주문에서 이상이 느껴지지는 않았다. 곧이어 다시 똑똑, 소리가 났다. 두 사람이 동시에 문을 두드리는 소리 같았다.

사련은 짧은 고민 끝에 문을 열었다. 예상대로 검은 옷차림의 두 소년이 문어귀에 서 있었다. 훤칠한 한 명, 청아한 한 명. 소년들의 정체는 남풍과 부요였다. 사련이 입을 열었다.

"너희들……."

부요는 대뜸 눈부터 허옇게 까뒤집었다. 남풍은 다짜고짜 본론을 꺼냈다.

"반월관으로 가시려는 겁니까?"

"그건 어떻게 알았어?"

남풍이 대답했다.

"신관 몇 분이 길에서 대화를 나누고 계셨습니다. 전하가 오

늘 통령진에서 반월관에 대해 물으셨다고요."

사련은 금세 알아차렸다. 그는 손을 들고 양 소매를 맞붙이며 말했다.

"알았다. '자원합니다', 맞지?"

두 사람은 치통으로 얼굴이 일그러진 것 같은 표정을 지었다.

"……네."

사련은 웃음을 참지 못했다.

"알겠어, 알겠어. 그래도 미리 약속할게. 도중에 골치 아픈 일이 생기면 언제든 흔쾌히 도망쳐도 좋아."

말을 마친 사련이 옆으로 비켜섰다. 두 사람을 도관 안으로 들이고 설명을 이어 갈 생각이었다. 그러나 누가 알았으랴. 사련의 뒤쪽에 비딱하게 앉아 있는 소년이 보이자, 진작부터 어두웠던 두 사람의 안색이 삽시간에 검푸른 빛으로 물들었다.

남풍은 빠르게 몸을 날려 사련의 앞을 막아섰다.

"물러나십시오!"

사련이 물었다.

"무슨 일인데?"

자리에 앉은 삼랑도 양손을 위로 까딱 쳐들며 말했다.

"무슨 일이야?"

부요가 눈살을 찌푸리며 물었다.

"넌 뭐 하는 놈이지?"

사련이 대신 대답했다.

"내 친구야. 너희들 아는 사이야?"

삼랑은 한껏 순진무구한 표정을 지었다.

"형, 이 사람들은 누구야?"

'형'이라는 호칭에 남풍은 입가를 구겼고 부요는 눈썹을 움찔거렸다. 사련은 삼랑에게 손을 들어 보이면서 말했다.

"괜찮아, 긴장하지 마."

그러자 남풍이 버럭 일갈했다.

"놈과 말 섞지 마십시오!"

"뭐야, 너희 아는 사이야?"

"……."

침묵하던 부요가 불퉁하게 대답했다.

"모릅니다."

"모르면서 왜 이러는……."

말을 이으려던 사련은 양쪽에서 빛이 반짝이는 느낌에 무심코 뒤를 돌아보았다. 두 사람은 오른손에 새하얀 빛무리를 모으고 있었다. 불안한 예감이 절로 피어올랐다. 사련이 다급히 말했다.

"잠깐, 잠깐. 둘 다 흥분하지 마!"

터무니없이 솟구쳐 지글거리는 빛무리는 아주 위험해 보였다. 평범한 사람의 손에서 피어오를 만한 물건은 절대 아니었다. 삼랑은 손뼉을 치면서 예의상 한마디 거들어 주었다.

"신기하다, 신기해."

성의라고는 눈곱만큼도 없는 칭찬이었다. 사련은 가까스로 두 사람의 팔을 붙들었다. 남풍은 그를 돌아보며 핏대를 세웠다.

"이 사람 어디서 만났습니까? 이름은 뭡니까? 집은 어디고요? 내력은 어떻습니까? 왜 전하와 같이 있는 겁니까?"

"길에서 만났고, 삼랑이라고 해. 그다음은 아무것도 몰라. 갈 곳이 없어서 내가 같이 지내자고 했고. 너희들은 우선 흥분부터 가라앉혀."

"전하는……."

남풍이 숨을 꾹 참았다. 험한 말을 억지로 삼킨 것 같았다. 그가 다시 따지고 들었다.

"아무것도 모르는데 냉큼 들여보냅니까? 만에 하나 저자가 나쁜 마음을 먹으면 어쩌려고요!"

무슨 말투가 저렇게 내 아버지뻘 같아? 사련은 속으로 생각했다. 만약 다른 신관, 혹은 다른 사람이 손아랫사람에게 이런 말을 듣는다면 진작에 불쾌하고도 남았을 터다. 하지만 사련은 갖가지 질책과 야유에 무감각해진 몸이었다. 두 사람의 행동이 호의에서 우러나왔다는 사실도 잘 알고 있었기에 크게 개의치 않았다. 이때 삼랑이 입을 열었다.

"형, 이 둘은 형의 하인이야?"

사련이 상냥하게 일러 주었다.

"하인이라는 말은 좀 그렇고. 정확히는 조수라고 해야겠지."

삼랑이 가볍게 웃었다.

"그래?"

자리에서 일어난 그는 무언가를 낚아채 부요가 있는 쪽으로 내던지며 말했다.

"그럼 도와주실까?"

부요는 그 물건을 쳐다보지도 않고 받아 들었다. 다시 고개를 숙여 내려다본 순간, 새카만 기운이 그의 머리 위로 솟구쳤다.

소년이 부요에게 던져 준 것은 다름 아닌 빗자루였다!

부요의 표정을 보니 당장이라도 빗자루와 소년을 가루로 만들어 버릴 기세였다. 사련은 잽싸게 부요의 손에서 빗자루를 뺏었다.

"진정, 진정해. 빗자루는 이게 다란 말이야."

하지만 말이 끝나기도 전에 부요가 손에 품고 있던 하얀 빛무리를 날려 보냈다. 그가 날카로운 목소리로 외쳤다.

"속히 본 모습을 드러내라!"

삼랑은 애써 피할 생각도 없이 팔짱을 낀 자세 그대로 몸만 슬쩍 틀었다. 눈부신 빛무리는 제상의 다리에 명중했다. 상이 기울자, 잔이며 쟁반이며 그릇에 촛대까지 와르르 바닥으로 쏟아졌다. 사련은 이마를 짚었다. 더는 지켜볼 수 없었던 그가 손을 흔들었다. 쏜살같이 튀어나간 약야가 남풍과 부요의 팔을 옭아맸다. 두 사람은 몸부림을 쳤지만 끝내 빠져나오지 못했다. 분노한 남풍이 소리쳤다.

"이게 무슨 짓입니까!"

사련은 잠시 멈추라는 듯 손짓하며 말했다.

"나가서, 나가서 얘기하자."

다시 손을 흔들자 약야는 두 사람을 힘껏 끌고 밖으로 날아갔다. 사련은 삼랑을 돌아보더니 한마디를 건넸다.

"금방 올게."

그는 등 뒤로 문을 닫고 도관 앞으로 갔다. 그러고는 우선 약야를 거두고 문 앞의 팻말을 가져와 두 사람 앞에 내려놓았다.

"한번 읽어 보고, 나한테 이게 뭔지 말해 줘."

"본 도관은 보수가 필요합니다. 선량한 분들께선 수리비를 기부하여 공덕을 쌓으십시오."

팻말을 읽어 내린 부요가 고개를 들었다.

"보수가 필요하니 돈을 기부하라고요? 전하가 쓰신 겁니까? 아무리 그래도 선경에 오른 신관이 어떻게 이런 글을 씁니까? 존엄은 다 어디 갔습니까?"

사련은 고개를 끄덕였다.

"맞아, 내가 썼어. 너희들이 계속 치고받으면 난 수리비가 아니라 집 지을 돈을 구하게 될 거야. 그때는 훨씬 존엄이 없을걸."

남풍이 손가락으로 보제관을 가리키며 말했다.

"전하는 저 소년이 이상하지도 않으십니까?"

"물론 이상하지."

"그런데도 위험을 감수하면서까지 곁에 두시겠다고요?"

다들 돈을 기부할 의향이 없어 보이자 사련은 팻말을 제자리

에 돌려놓고 말했다.

"남풍, 그렇게 말하면 안 되지. 원래 세상 사람들은 각자 성격도 인연도 천차만별이잖아. 이상하다고 해서 꼭 위험한 건 아냐. 분명 남들 눈에는 나도 아주 괴상해 보일걸. 하지만 너희들, 내가 위험하다고 생각하니?"

"……."

이 말에는 정말 반박할 재간이 없었다. 신선처럼 고상하고 수려한 얼굴로 온종일 고물을 줍고 있으니, 이 얼마나 괴상한가!

부요가 다시 입을 열었다.

"그놈이 계략을 품으면 어쩌나 걱정되지도 않으십니까?"

사련이 되물었다.

"날 보고 품을 만한 계략이 있겠어?"

그 한마디에 남풍과 부요 두 사람은 말문이 턱 막혔다.

아닌 게 아니라 참으로 일리 있는 질문이었다. 보통 사람들은 누군가의 능력을 보고 계략을 품는다. 하지만 애석하게도, 곰곰이 생각해 보면 지금의 사련에게는 계략을 품을 만한 가치를 전혀 찾아볼 수 없었다. 돈을 원해도 돈이 없고, 보물을 원해도 보물이 없다. 암만 그래도 그가 날마다 줍는 고물을 노리기야 하겠는가.

사련이 다시 말을 이었다.

"게다가, 나도 저 소년을 몇 번 시험해 봤어."

두 사람이 안색을 굳히며 물었다.

"어떤 방식으로요?"

"결과는요?"

사련은 자신이 시도했던 내용을 전부 털어놓고 말을 덧붙였다.

"아무런 결과도 없어. 벌써 이만큼이나 시도해 봤는데도 말이야. 그 아이가 평범한 사람이 아니라면, 나머지 가능성은 단 하나야."

절!

부요가 차갑게 비웃었다.

"정말로 '절'일지 누가 알겠습니까?"

"그런 등급씩이나 되는 귀왕이 우리처럼 한가하겠어? 이 작은 산골 마을에서 나와 같이 고물이나 줍고 다니고."

"저희는 한가하지 않습니다!"

"그래, 그래……."

작은 산비탈 위, 보제관 바깥의 세 사람은 소년이 방 안을 느긋하게 거니는 소리를 들었다. 걱정거리 하나 없는 듯 한가로운 발소리였다. 남풍이 목소리를 바짝 낮추었다.

"안 되겠습니다. 역시 무슨 수를 써서라도 저놈이 '절'인지 아닌지 시험해 봐야겠어요."

사련은 미간을 문지르며 말했다.

"그럼 시험해 봐. 그래도 과하게 하지는 말고. 정말로 집 나온 도련님일지도 모르잖아? 나는 저 꼬마와 꽤 마음이 잘 맞으니까, 너희들도 너무 괴롭히지 말고 조금이나마 사이좋게 지내."

'괴롭히지 말고'라는 대목에 남풍은 형언할 수 없는 표정을 지었다. 부요의 흰자위는 아예 머리 뒤까지 넘어갈 지경이었다. 당부를 마친 사련이 다시 문을 열었다. 삼랑은 머리를 숙이고 제상의 다리를 살펴보는 것 같았다. 사련은 가볍게 헛기침하고 입을 열었다.

"괜찮아?"

삼랑은 웃으며 대답했다.

"난 괜찮아. 제상을 고칠 수 있을지 보고 있었어."

사련이 따뜻한 목소리로 말했다.

"아까는 전부 오해였으니까, 너무 마음에 담아 두지 마."

삼랑은 여전히 웃고 있었다.

"형이 이렇게 말하는데 어떻게 마음에 담아 두겠어? 저 사람들은 아마 내 얼굴이 낯익어 보였나 봐."

부요가 쌀쌀맞게 대꾸했다.

"그래, 조금 낯이 익더군. 그래서 착각한 모양이다."

삼랑은 생글생글 웃으며 말했다.

"오, 대단한 우연이네. 나도 두 분이 조금 익숙하더라고."

"……."

두 사람은 경계심을 내보이면서도 더 과격한 행동은 하지 않았다. 남풍이 목소리를 죽이고 넌지시 말했다.

"'축지천리(縮地千里)' 진법을 그릴 자리를 비워 주시겠습니까."

'축지천리'란 땅을 줄이는 술법이다. 말 그대로 천 리 산천을

한 걸음으로 줄이는 것이다. 한 번 사용할 때마다 엄청난 법력을 소모하는 것만 제외하면 더없이 편리한 술법이었다. 사련은 바닥의 거적을 치우며 말했다.

"여기에 그려."

부요는 아까 들어온 뒤로 도관의 가구를 제대로 살펴보지 않았다. 그는 이제야 이 기울어진 낡은 오두막 안에 잠시 발을 붙이고 사방을 훑어보았다. 온몸으로 거북함을 표현하며 그가 미간을 찌푸렸다.

"이런 곳에 사십니까?"

사련은 부요에게 의자를 가져다주며 말했다.

"난 늘 이런 곳에서 살았어."

그 말에 남풍은 손을 움찔 멈추나 싶더니 다시 빠르게 진법을 그려 나갔다. 부요는 의자에 앉지 않았다. 표정도 희미하게 굳어 있었다. 그게 무슨 표정인지는 확실하게 묘사하기 어려웠다. 얼떨떨한 느낌이 짙었지만 아주 조금은 고소해하는 것 같기도 했다.

부요는 재빨리 그 기묘한 표정을 거두고 거듭 물었다.

"침상은요?"

사련이 거적을 껴안은 채로 대답했다.

"여기 있잖아."

고개를 든 남풍은 그 거적을 흘긋 보더니 다시 머리를 숙였다. 부요가 옆에 있던 삼랑을 곁눈질하며 물었다.

"저자와 같이 잡니까?"
사련이 되물었다.
"무슨 문제라도?"
두 사람은 한참이 지나도록 한마디도 꺼내지 않았다. 보아하니 문제는 없는 모양이다. 사련은 삼랑을 돌아보며 물었다.
"삼랑, 아까 중간까지 말하다 말았잖아. 그 반월의 요도가 누구라고? 계속 말해 줄래?"
삼랑은 어떤 생각에 잠긴 사람처럼 칠흑처럼 새카만 눈빛으로 남풍과 부요를 노려보고 있었다. 하지만 사련의 질문에 정신을 차리고 싱긋 웃으며 말했다.
"좋아."
잠시 말을 고른 그가 다시 입을 열었다.
"반월의 요도는 바로 고대 반월국의 국사야. 요도 쌍사(妖道雙師) 중의 한 명."
"요도 쌍사라는 명칭이면 확실히 두 명이겠네. 다른 한 사람은 누군데?"
삼랑이 재깍 대답했다.
"반월국과는 상관없는 중원 지역의 요도, 방심 국사라는 인물이야."
사련은 눈을 약간 크게 뜨더니 계속해서 이야기를 들었다.
반월인은 본디 힘이 세고 성정이 흉포하며 호전적인 민족이었다. 게다가 유리한 지형적 조건으로 중원과 서역의 통행로

가운데 중요한 관문 하나를 틀어쥐기까지 했다. 양국은 국경 지대에서 수시로 충돌했고, 끊길 줄 모르는 마찰에 크고 작은 교전이 빈발했다. 그런 반월국 국사는 사술(邪術)에 통달한 자였다. 반월국 병사들은 그를 강력하게 믿고 따르며 일편단심으로 추종했다.

그러나 이백 년 전, 중원의 한 왕조가 마침내 군사를 일으켜 전투를 치르고 반월국을 평정했다.

반월국은 멸망했으나 국사와 병사들의 원념은 사라지지 않고 남아 작간을 부렸다. 녹주 지역이었던 반월국은 나라가 무너지고 반월관으로 변한 뒤부터 사악한 기운에 침식된 것처럼 서서히 주변 사막에 삼켜졌다. 아직도 밤이 되면, 늑대 이빨이 박힌 낭아봉[#23]을 들고 멀찍이 사막을 거닐면서 순찰하거나 사냥을 하는 건장한 반월 병사가 보인다고도 했다. 본래 이곳에 거주하고 있던 수만 명의 주민은 살기 힘들어지자 차츰 고향을 떠났다. 동시에 '반월관 관문을 지날 때마다 절반이 실종된다'는 괴담이 퍼지기 시작했다. 중원에서 온 사람이 이곳을 지나가려면 절반의 '통행세'를 남겨 두어야만 했다. —바로 사람의 목숨이었다.

부요가 겉웃음을 지으며 말했다.

"이 공자님은 아는 게 정말 많으시군."

삼랑이 웃으며 대꾸했다.

#23 **낭아봉** 狼牙棒. 곤봉처럼 생긴 타격 무기

"별말씀을. 당신들이 아는 게 별로 없을 뿐이지."

"……."

사련은 웃음을 참을 수가 없었다. 이 꼬마도 말재간이 참 대단하구나, 내심 그런 생각이 들었다. 삼랑이 다시 나른한 목소리로 입을 열었다.

"기껏해야 야사나 지괴[#24] 고서적에 적힌 설화잖아. 실제로 이런 국사가 있었는지 누가 알겠어? 반월국이 실존했던 나라인지도 확신할 수 없는데."

#24 지괴 志怪. 중국의 위 · 진 · 육조 시대의 기괴한 일들을 적은 소설

9장 축지천리, 모래바람 속에서 길을 잃다

사련이 살며시 끼어들었다.

"네가 본 게 야사에 기록된 전설이긴 해도, 반월국은 실제로 존재했던 나라야."

"그래?"

이때 바닥에 겹겹이 진법을 쌓아 올리던 남풍이 드디어 몸을 일으켰다.

"다 됐습니다. 언제 출발합니까?"

사련은 재빨리 봇짐을 꾸리고 문 앞으로 다가섰다.

"지금 바로 가자."

그가 문 위에 손을 얹더니 한마디를 외웠다.

"천관이 복을 내리시니, 근심할 것 하나 없다!"

그러곤 가볍게 문을 밀었다.

문을 밀어젖히자 바깥의 작은 산비탈과 마을은 사라지고 광활한 대로가 그 자리를 대신했다.

대로는 넓었지만 인적이 드물었다. 반나절이 지나도록 행인 한두 명이나 만날까 싶을 정도였다. 날이 저문 탓이 아니라 북서 지방은 원체 인구가 적다. 게다가 사막과 가까우니 낮이라도 행인이 그리 많지는 않을 터였다. 보제관을 나선 사련은 등 뒤의 문을 닫고 다시 고개를 돌렸다. 그가 빠져나온 곳은 누가 봐도 보제관이 아니었다. 뒤에 있는 건물은 분명 작은 객잔이었다. 이 한 걸음으로 천 리 거리를 뛰어넘은 셈이다. 이것이 바로 축지술의 신통한 힘이었다.

지나치던 행인 몇몇이 수군거리며 경계를 곤두세우고 그들을 빤히 쳐다보았다. 뒤에서 삼랑이 입을 열었다.

"고서에는 달이 저물었을 때 북극성 방향으로 쭉 걸어가면 반월국이 나온다고 하던데. 형, 봐 봐."

그가 하늘을 가리키며 덧붙였다.

"북두칠성."

사련도 하늘을 올려다보며 웃었다.

"북두칠성, 정말 밝네."

삼랑은 사련의 곁에 나란히 서서 그를 짧게 응시했다. 그러고는 뒤따라 고개를 들며 웃었다.

"맞아. 서북의 밤하늘은 왠지 중원보다 청명한 것 같아."

사련이 맞장구를 쳐 주었다. 밤하늘과 별에 대해 진지하게

토론하는 모습에, 뒤에 있던 두 젊은 신관들은 기가 다 막혔다.

남풍이 벌컥 외쳤다.

“그 녀석은 왜 여기 있는 겁니까?”

삼랑은 순진무구한 얼굴로 대답했다.

“아. 이 기문둔갑[#25] 술법이 너무 신기해서 구경이나 할 겸 따라왔어.”

남풍이 핏대를 세웠다.

“구경? 우리가 놀러 온 줄 알아?”

사련이 미간을 문지르며 말했다.

“됐어, 벌써 따라왔는데 뭘 어쩌겠어. 삼랑이 너희들의 건량을 축내는 것도 아니고. 내가 충분히 챙겼거든. 삼랑, 내 뒤에 바짝 붙어서 따라와. 안 그러면 길 잃어버린다.”

삼랑은 어쩐지 고분고분한 기색이었다.

“알았어.”

“지금 이게 누가 건량을 축내고 말고의 문젭니까?”

“어휴, 남풍. 한밤중이잖아. 다들 자고 있을 시간이라고. 우리 할 일부터 처리하자. 자꾸 다른 거 신경 쓰지 말고. 가자, 가자.”

네 사람은 북두칠성을 길잡이 삼아 북쪽으로 나아갔다. 하룻

#25 기문둔갑 奇門遁甲. 방위를 다스리는 고대 술법

밤을 걷자 도시와 수풀은 희박해지고 모래와 자갈이 길을 뒤덮기 시작했다. 발아래에 밟히던 흙마저 사라질 무렵에야 사막에 들어설 수 있었다. 축지술을 사용하면 단숨에 천 리를 갈 수 있지만, 뛰어넘는 거리가 멀수록 법력도 크게 소모되었다. 남풍은 아까 축지술을 사용했으니 적어도 몇 시진 동안은 술법이 제한될 것이다. 게다가 벌써 법력을 한 차례 소모했으므로 싸울 힘을 비축할 필요가 있었다. 사련은 부요에게도 축지술을 부탁할 생각이 없었다. 만일을 위해서라도 누군가는 법력이 충분해야 했다.

사막은 낮과 밤의 기온 차가 극심했다. 추위가 뼛골까지 스며드는 밤은 오히려 괜찮은 축에 속했다. 그러나 낮이 되면 이야기가 달라졌다. 이곳의 하늘은 구름 몇 점 없이 아득하고 깨끗했다. 하지만 동시에 햇볕이 강렬하게 쏟아졌다. 여정이 이어질수록 거대한 찜통 깊숙이 들어서는 기분이었다. 이렇게 하루를 내리 걷는다면 땅 밑에서 솟구치는 후더운 열기에 산 채로 쪄질지도 몰랐다.

사련은 바위 밑, 야트막하게 자라난 식물과 풍향에 의지해 방향을 판단했다. 누군가 뒤처질까 걱정이 된 그는 한참을 걷다 말고 뒤를 돌아보았다. 남풍과 부요는 평범한 사람이 아니니 두말할 필요가 없었고, 삼랑은 오히려 사련에게 웃음을 선사했다.

쏟아지는 뙤약볕 아래, 소년은 붉은 겉옷을 벗어 느적느적

태양을 가리고 있었다. 나른한 표정은 약간 진저리가 난 것도 같았다. 흰 살갗과 칠흑처럼 검은 머리카락을 붉은 옷으로 가리니 요염한 눈매가 한층 돋보였다. 사련은 삿갓을 벗어 그의 머리에 푹 눌러 씌웠다.

"빌려줄게."

삼랑이 한순간 멍한 표정을 짓더니 금세 웃으며 말했다.

"괜찮아."

그러고는 삿갓을 사련에게 돌려주었다. 사련도 극구 사양하지 않았다. 본인이 괜찮다고 하니 강요할 필요는 없었다.

"필요하면 나한테 얘기해."

사련은 삿갓을 고쳐 쓰고 계속해서 걸음을 옮겼다.

다시 한참을 걷자, 앞쪽의 누런 모래 사이로 잿빛의 작은 건물이 보였다. 가까이 다가가 보니 오래전에 버려진 객잔 같았다. 사련은 하늘을 올려다보았다. 벌써 오시[#26]가 지났으니 곧 미시[#27]가 될 터였다. 하루 중 가장 더위가 기승을 부리는 시간일지도 몰랐다. 게다가 하룻밤을 쉬지 않고 걸었으니 재정비를 할 때도 됐다. 사련은 세 사람을 이끌고 객잔으로 들어갔다. 다들 객잔 안에 놓인 네모난 탁자를 보고는 그 주변에 둘러앉았다. 사련은 등에 멘 간소한 봇짐에서 수통을 꺼내 삼랑에게 건넸다.

#26 오시 午時, 오전 11시부터 오후 1시
#27 미시 未時, 오후 1시부터 3시

"마실래?"

고개를 끄덕인 삼랑이 수통을 받아 물 한 모금을 넘겼다. 사련은 다시 수통을 돌려받은 뒤에야 물을 마셨다. 고개를 젖히고 몇 모금 들이켜자 목울대가 위아래로 울렁였다. 찬기가 목을 타고 넘어가니 기분이 상쾌했다. 옆에서 한 손으로 뺨을 괸 삼랑은 사련을 보는 둥 마는 둥 눈길이 모호했다. 이윽고 그가 갑작스레 물어 왔다.

"더 남았어?"

사련은 입가에 묻은 물기를 훔치더니 약간 젖은 입술로 고개를 끄덕이며 수통을 다시 건네주었다. 삼랑이 막 받아 들려는 순간, 누군가의 손이 수통을 들고 있는 사련의 손을 가로막았다.

"잠깐."

세 사람의 시선이 부요를 향했다. 그가 느릿하게 소매 안에서 다른 수통을 꺼내 탁자에 내려놓고 앞으로 밀었다.

"여기도 하나 있다. 이걸로 마셔."

사련은 한눈에 상황을 파악했다.

부요가 어디 선뜻 남들과 수통을 나눠 쓸 성격이던가? 사련은 다시 삼랑을 시험해 보겠다던 어젯밤의 대화를 떠올렸다. 그렇다면 이 수통에 담긴 건 평범한 물이 아니라 현형수(現形水)가 틀림없었다.

비밀스런 술법으로 만든 이 약수는 평범한 사람이 마시면 아무 일도 일어나지 않는다. 그러나 사람 외의 것이 마시는 순간

약수의 영향을 받아 본모습을 드러내게 된다. 이 소년이 '절'인지 시험할 생각이라면 수통에 든 현형수의 위력은 결단코 만만치 않을 터였다.

하지만 삼랑은 웃으며 대꾸했다.

"나랑 형은 수통 하나로 마시면 돼."

남풍과 부요는 옆에 있는 사련을 쳐다보았다. 왜 나를 쳐다보는 거니? 사련은 속으로 생각했다. 부요가 냉담하게 말했다.

"그 수통은 거의 비었잖아. 사양할 것 없다."

"그래? 그럼 두 분이 먼저 드시죠."

"……."

남풍과 부요가 침묵에 빠졌다. 이윽고 부요가 다시 입을 열었다.

"손님께서 먼저 드셔야지."

변함없이 고상하고 우아한 태도였지만, 사련은 어쩐지 이 한 마디가 악다문 잇새를 비집고 나온 것 같다는 생각이 들었다. 삼랑도 먼저 마시라는 듯 손짓하며 말했다.

"조수분들이 먼저 드셔야지. 안 그러면 내가 미안하잖아."

사련은 가식을 떠는 세 사람의 대화를 가만히 듣고만 있었다. 마음에도 없는 말이 한참 오가더니 결국 무력전이 시작됐다. 세 사람은 탁자를 사이에 두고 가엾은 수통을 은근히 힘주어 밀면서 서로에게 떠넘겼다. 사련은 손 아래에서 가늘게 떨고 있는 낡은 탁자가 천수를 누리기도 전에 생을 마감할 것 같

다고 생각하면서 고개를 내저었다. 세 사람은 계속해서 은근한 힘겨루기를 이어 갔다. 결국 부요가 참지 못하고 서늘하게 비웃었다.

“한사코 거절하는 걸 보니 뭔가 켕기는 모양이지?”

삼랑이 웃으며 대꾸했다.

“그쪽이야말로 불친절하게 굴면서 먼저 마시려 들지도 않잖아. 그게 더 수상하지 않나? 물에 독이라도 넣은 거 아냐?”

부요가 받아쳤다.

“물에 독이 들었는지 어쨌는지는 네 옆에 있는 사람에게 물어보지 그래.”

그러자 삼랑이 사련에게 냉큼 물었다.

“형, 이 물에 독이 들었어?”

부요가 떠넘긴 질문은 아주 교활했다. 현형수는 당연히 독약이 아니고, 보통 사람들이 마신다면 평범한 물이나 다를 바 없었다. 사련은 할 수 없이 대답했다.

“독은 없어. 하지만…….”

말이 끝나지도 않았건만 남풍과 부요가 그를 매섭게 노려보았다. 무슨 영문인지, 사련의 말을 들은 삼랑은 손에서 힘을 풀었다.

“좋아.”

삼랑은 수통을 들고 까딱 흔들며 말했다.

“형이 독이 없다고 했으니, 그럼 마실게.”

말을 마친 그는 웃으면서 단숨에 현형수를 들이켰다.

이렇게까지 시원시원하게 나오다니. 예상치 못한 상황에 사련은 조금 얼이 빠졌다. 남풍과 부요도 잠시 멍해졌지만 곧바로 경계 태세를 갖추었다. 하지만 현형수를 말끔히 비운 삼랑은 빈 수통을 흔들면서 말했다.

"맛이 별로네."

그러곤 수통을 툭 내던졌다. 그 수통은 쾅, 하는 굉음과 함께 바닥에 부딪쳐 산산이 부서졌다.

그는 현형수를 마시고도 별다른 이상이 없었다. 한순간 부요의 얼굴에 반신반의하는 감정이 스쳤다. 이내 그가 냉담하게 입을 열었다.

"기껏해야 물인 것을. 물맛은 원래 다 똑같아. 무슨 차이가 있다고."

삼랑은 사련의 팔꿈치 옆에 놓인 수통을 가져가며 말했다.

"당연히 다르지. 이게 훨씬 맛있어."

그 모습에 사련은 내심 우스워졌다. 그는 사실 어떤 결과가 나와도 상관없었다. 두 사람이 말하는 삼랑의 신분이나 목적은 전혀 신경 쓰이지 않았다. 그러니 이 난투극은 재미있다는 점을 제외하면 사련에게 별 의미가 없었다. 그는 두 사람이 이쯤에서 포기할 줄 알았다. 그러나 누가 알았으랴. 남풍이 쾅, 하는 굉음과 함께 검 한 자루를 탁자에 올려놓았다.

얼핏 보면 입을 막겠다고 살인을 저지를 기세였다. 잠시 할

말을 잃었던 사련이 물었다.

"지금 뭐 하는 거야?"

남풍이 묵직한 목소리로 말했다.

"목적지가 위험하니 어린 아우에게 호신용 검을 선물할까 합니다."

사련은 고개를 숙였다. 이 검은 검집이 고풍스러웠다. 오랜 세월에 바래고 씻긴 모습이 결코 평범한 물건처럼은 보이지 않았다. 사련은 가슴이 덜컥 내려앉았다. 이마를 짚고 한쪽으로 돌아앉은 그가 속으로 중얼거렸다.

'이건 홍경(紅鏡)이잖아.'

검의 이름은 붉은 거울, '홍경'이었다. 이 검은 진정한 보검이었다. 비록 요마를 제압하는 용도는 아니었으나 어떤 요마도 이 거울에서 벗어날 수는 없었다. 인간이 아닌 존재가 검을 뽑으면 검날은 피가 번지는 것처럼 서서히 붉어지고, 핏빛 검날에 검을 뽑은 자의 본모습이 비친다. 흉이든 절이든 이를 피할 길은 없었다.

소년들은 보검이나 명마 앞에서 유난히 눈을 빛내기 마련이다. 삼랑도 관심이 생겼는지 오, 하며 감탄하고 입을 열었다.

"좀 볼게."

그는 검집과 칼자루를 각각 양손으로 쥐고 검을 느릿하게 밖으로 빼냈다. 남풍과 부요의 눈동자 두 쌍이 그의 움직임을 주시했다. 검을 검집 밖으로 세 치 남짓 당기자 검날이 눈부시게

빛났다. 이윽고 삼랑이 가볍게 웃었다.

"형. 형의 하인들이 나한테 장난치는 건 아니겠지?"

큼, 하고 헛기침한 사련이 삼랑 쪽으로 몸을 틀었다.

"삼랑, 내가 말했지. 하인이 아니라니까."

사련은 말을 마치자마자 다시 돌아앉았다. 남풍이 서늘한 목소리로 끼어들었다.

"누가 너한테 장난을 쳐?"

삼랑이 웃음기를 머금고 말했다.

"부러진 검으로 어떻게 몸을 지키라는 건데?"

삼랑은 검을 검집에 꽂고 탁자에 내던졌다. 그 말을 들은 남풍이 표정을 굳히더니 칼자루를 힘껏 잡아당겼다. 동시에 쩍, 하는 소리가 울려 퍼졌다. 그의 손에는 서슬 퍼런…… 부러진 검이 들려 있었다.

무려 홍경의 검날이 세 치 아래로 부러진 것이다.

남풍의 안색이 희미하게 변했다. 검집을 거꾸로 뒤집자 잘그락, 소리가 어지럽게 쏟아졌다. 검집 안에 남은 칼날도 죄다 날카롭게 빛나는 조각으로 부서져 있었다.

홍경이 모든 요마를 가려낼 수 있다는 것은 사실이다. 무언가가 홍경의 눈을 피했다는 말은 난생 들어 본 적도 없다. 하지만 무언가가 검집 바깥에서 검을 부러트렸다는 말 역시 들어 본 적이 없었다!

남풍과 부요가 나란히 삼랑을 가리켰다.

"너……."

하하, 소리 내어 웃은 삼랑이 몸을 젖히더니 탁자 위로 검은 목화를 신은 발을 척 올렸다. 그러고는 홍경의 파편을 위로 던지고 받으며 손장난을 쳤다.

"아무리 그래도 일부러 부러진 검을 호신용으로 쓰라고 줬겠어. 오는 길에 실수로 부러뜨렸나? 걱정 마, 난 검 없이도 몸을 지킬 수 있으니까. 그런 건 그쪽들이나 잘 가지고 다니라고."

사련은 차마 그 검을 똑바로 볼 수가 없었다. 사실 이 기검(奇劍) '홍경'은 군오의 소장품이었다. 사련은 처음 선경에 올랐을 때 놀러 간 군오의 신무전(神武殿)에서 이 검을 보았다. 그다지 실용적이지는 않아 보였지만 사련이 관심을 보이자 군오가 그에게 홍경을 선물했었다. 그리고 훗날, 폄적된 사련에게 실로 곤궁한 시기가 닥쳤다. 입에 풀칠하기도 힘든 지경이 되자 그는 풍신을 시켜 홍경을 전당포에 넘겼다.

그렇다. 기검을 돈으로 바꾼 것이다!

검을 맡기고 받은 돈은 두 사람이 몇 끼니를 해결하기에 충분했지만, 고작 그게 다였다. 그때 사련은 너무 많은 것들을 전당포에 넘겼다. 그래서 그 생각에 피눈물을 흘리지 않게끔 그날의 기억을 몽땅 잊었다. 어쩌면 나중에 선경에 오른 풍신이 이 일을 떠올렸을지도 모른다. 한 시대를 풍미한 기검 홍경이 인간계를 떠도는 꼴을 지켜볼 수 없었을 테고, 그래서 인간계에 내려가 검을 되찾고 깨끗하게 닦아 남양전에 보관한 모양이

었다. 아마 남풍은 그 검을 가져온 것이리라. 좌우간 사련은 홍경을 보면 가슴이 욱신거려 시선을 돌릴 수밖에 없었다. 그는 또 신경전을 시작한 것 같은 세 사람의 모습에 고개를 내젓고는 진지하게 바깥 날씨를 가늠하면서 생각했다.

'이 기세라면 곧 모래바람이 닥치겠어. 오늘 다시 출발하면 중간에 바람 피할 곳을 찾을 수 있으려나?'

이때, 바깥의 찬란한 금빛 모래 위로 두 사람의 그림자가 언뜻 스쳐 지나갔다.

사련은 몸을 들썩이며 자세를 고쳐 앉았다.

두 그림자는, 하나는 까맣고 하나는 희었다. 조급하다기보다는 오히려 여유로운 행색이었으나 걸음만큼은 구름을 밟듯이 가볍고 날랬다. 검은 옷을 입은 사람은 키가 크고 늘씬했다. 흰 옷을 입은 사람은 여관[#28]으로, 등에 장검을 메고 팔에는 불진[#29]을 비스듬히 걸치고 있었다. 검은 옷을 입은 사람은 뒤 한번 돌아보는 법이 없었다. 반면 흰옷을 입은 여관은 작은 객잔을 스쳐 지나가는 순간 뒤를 돌아보며 빙긋 웃었다. 두 사람의 그림자와 함께 빠르게 사라진 그 미소는 어쩐지 신비롭고 괴이한 느낌을 자아냈다.

계속 바깥을 보고 있던 사련은 그 장면을 눈으로 포착할 수 있었지만, 나머지 세 사람은 그들의 뒷모습만 얼핏 보았을 뿐

#28 **여관** 女冠. 정통 도교에서 여성 도사를 이르는 말.
#29 **불진** 拂振. 짐승의 털, 삼(麻) 등을 엮어 막대 끝에 붙여 만든 것. 마음의 잡념을 쓸어낸다는 의미를 가짐

다른 것은 미처 살펴보지 못했다. 남풍이 벌떡 몸을 일으켰다.

“저자들은 뭡니까?”

사련도 자리에서 일어났다.

“모르겠어. 하지만 분명 평범한 사람은 아닐 거야.”

잠시 침묵한 그가 덧붙여 말했다.

“다들 장난은 이쯤에서 그만하고, 바람이 더 거세질 테니 서둘러 떠나자. 갈 수 있는 데까지는 가야지.”

다행히 부요와 남풍은 시도 때도 없이 날뛰기는 해도 필요할 때에는 단호하게 일에 착수했다. 그들은 곧장 싸움을 멈추고 홍경의 파편을 수습한 뒤 객잔을 나섰다. 네 사람은 바람을 맞으며 한참을 걸었다. 이번에 걸은 두 시진은 아까 걸어온 두 시진과 비교도 되지 않았다. 모래바람이 아까보다 훨씬 더 거칠었다. 모래를 휘감은 광풍이 정면으로 몸을 때리자 밖으로 드러난 얼굴과 팔이 온통 욱신거렸다. 걸음을 디딜수록 고달픈 기분만 늘어갔다. 귓전에 웅웅 대는 바람 소리가 기승을 부렸다. 천지를 뒤덮은 모래 탓에 시야가 불분명했다. 사련은 삿갓을 내리누르며 소리쳤다.

“이 모래바람, 뭔가 이상해!”

한참이나 돌아오는 대답이 없었다. 사련은 설마 다들 뒤처진 건 아닐까 싶어 뒤를 돌아보았다. 세 사람은 분명 잘 따라오고 있었다. 다만 그가 방금 말을 했다는 것은 전혀 눈치채지 못한 것 같았다. 아무래도 모래바람이 너무 심해서 목소리까지 휩쓸

려 날아가는 모양이었다. 남풍과 부요는 당연히 걱정할 필요가 없었다. 둘은 격렬한 모래바람을 뚫고 굳건한 걸음으로 살기등등하게 걷고 있었다. 한편 삼랑은 줄곧 다섯 걸음 떨어진 뒤에서 여유롭게 걷고 있었다.

온 하늘을 뒤덮은 모래 속, 소년은 태평한 얼굴로 뒷짐을 지고 걸음을 내디뎠다. 붉은 옷과 새카만 머리카락이 어지러이 흩날렸다. 몰아치는 모래바람이 전혀 느껴지지 않는 것처럼, 그는 동요하는 법 없이 눈 하나 깜짝하지 않았다. 모래에 맞아온 얼굴이 아팠던 사련은 삼랑의 무방비한 모습이 걱정스러워 한마디 건넸다.

"눈이나 옷에 모래 들어가지 않게 조심해."

다시 생각해 보니 사련도 본인이 뭐라고 말했는지 제대로 들을 수가 없었다. 사련은 직접 나서서 바람과 모래가 파고들지 않도록 삼랑의 옷깃을 꼭꼭 여며 주었다. 삼랑은 이번에도 한순간 멍해졌다. 이때 나머지 두 사람도 뒤로 따라붙었다. 거리가 가까워지자 겨우 서로의 목소리를 알아들을 수 있었다. 사련이 입을 열었다.

"다들 조심해. 모래바람이 갑자기 부는 게 뭔가 수상해. 요괴가 일으킨 바람일지도 모르겠어."

부요가 대꾸했다.

"아무리 심해 봐야 모래바람일 뿐인데요. 무슨 문제가 더 있겠습니까?"

사련은 고개를 저었다.

"모래바람은 괜찮아. 하지만 모래 안에 다른 게 끼어들면 문제가 되겠지."

그 순간, 난데없이 들이닥친 광풍에 사련이 쓰고 있던 삿갓이 날아갔다. 날아오른 삿갓은 아득한 모래에 휘감겨 완전히 사라질 태세였다. 하지만 삼랑의 반응은 무섭도록 기민했다. 그는 하늘로 날아오르는 삿갓을 민첩하게 붙잡아 사련에게 다시 건네주었다. 고맙다고 인사한 사련은 삿갓 끈을 고쳐 매면서 말했다.

"우선 피할 곳부터 찾는 게 좋겠어."

부요가 반대하고 나섰다.

"이 모래바람이 정말 요괴의 수작이라면 우리의 앞길을 가로막는 게 목적일 겁니다. 그럴수록 앞으로 가야 합니다."

사련이 대답하기도 전에 삼랑이 하하, 하고 소리 내어 웃었다. 부요가 고개를 들고 냉담하게 말했다.

"왜 웃지?"

삼랑은 팔짱을 끼고 빈정거렸다.

"일부러 남한테 반대하면, 자기가 아주 특별해진 것 같은 만족감이라도 드나?"

소년이 항상 달고 다니는 웃음이 과연 진심에서 우러나온 것인지, 아니면 칭찬을 가장한 조롱인지 잘 모르겠다고 사련은 이전부터 생각했었다. 하지만 이번에는 누구라도 알아볼 수 있

었다. 지금 삼랑의 웃음에는 호의가 털끝만큼도 없었다. 부요의 눈빛이 급속하게 얼어붙자 사련이 손을 쳐들었다.

"일단 그만. 할 말이 있으면 이따 다시 해. 바람이 더 거세지면 정말 무서울 거야."

부요가 대꾸했다.

"사람을 하늘로 날려 보내기야 하겠습니까?"

"음, 그럴 가능성이 아주 크……."

사련이 말을 끝내기도 전에, 앞에 있던 세 사람이 갑자기 사라졌다.

사실 사라진 건 그들이 아니라 사련이었다. 이 모래바람은 정말로 그를 휘감아 하늘로 날려 보냈다.

회오리바람!

사련은 공중에서 정신없이 도는 와중에 손을 휘둘렀다.

"약야! 견고하고 믿음직한 물건을 붙잡아!"

약야가 바람을 가르며 날아갔다. 곧이어 약야의 꼬리가 무언가를 휘감았는지 묵직한 감각이 느껴졌다. 사련은 그제야 허공에서 중심을 잡고 아래를 내려다보았다. 광풍에 휘말린 그는 적어도 지면에서 열 장 떨어진 곳까지 떠오른 참이었다.

지금 사련은 지면과 이어진 줄에 연처럼 덜렁 매달린 신세였다. 얼굴을 덮쳐 오는 누런 모래 속, 그는 약야를 힘껏 붙잡은 채 약야가 대체 무엇을 휘감았는지 확인하려고 애썼다. 한참을 들여다본 끝에 붉은 그림자 하나를 알아볼 수 있었다. 약야의

꼬리가 붉은 옷을 입은 소년의 손목에 감겨 있는 것 같았다.

견고하고 믿음직한 것을 잡으라고 했더니, 삼랑을 붙잡은 것이다!

사련은 울지도 웃지도 못하는 심정이 되었다. 어서 다른 것을 잡으라고 말하려는데, 문득 팔목에 감긴 약야가 느슨해졌다. 큰일이다, 사련이 속으로 읊조렸다.

이 갑작스러운 느낌은 약야의 끝이 풀린 게 아니었다. 그보다 더 무서운 일이 일어난 것이다.

아니나 다를까, 지면에 있던 붉은 그림자가 훌쩍 가까워지더니 금세 손을 뻗으면 닿을 곳까지 다가붙었다.

이제 삼랑까지 폭풍에 휘말렸다!

"당황하지 마!"

그를 향해 소리친 사련은 입을 벌리자마자 모래를 한입 가득 먹었다. 하지만 이쯤 되니 하도 모래를 먹어서 맛이 익숙해졌다. 당황하지 말라고 소리치면서도 사실 사련은 삼랑이 전혀 당황하지 않으리라고 생각했다. 삼랑이 허공에 휩쓸리자 사련은 냉큼 약야를 거두고 서로의 거리를 좁혔다. 예상대로 삼랑의 얼굴에선 당황한 기색을 찾아볼 수 없었다. 책을 건네주면 당장이라도 이 모래 먼지 안에서 태연하게 독서를 시작할 것만 같았다. 일부러 휩쓸린 건 아닌지 약간 의심스러울 정도였다.

약야가 두 사람의 허리를 둘둘 휘감아 한데 묶었다. 사련은 삼랑을 껴안고 거듭 외쳤다.

"다시 가! 이번에는 사람 잡지 말고!"

그렇게 야야는 다시 한번 날아갔다. 이번에 잡은 것은…… 남풍과 부요였다.

실의에 빠진 사련이 야야에게 말했다.

"내가 잡지 말라고 한 '사람'은 좁은 의미의 사람이 아니었는데…… 그래, 뭐."

그는 아래를 향해 한껏 목청을 높였다.

"남풍, 부요! 버텨! 제발 버텨 줘!"

지면에 있는 남풍과 부요도 당연히 버티고 싶었다. 둘은 각자 제자리를 굳건히 지키고 섰다. 하지만 이 모래바람은 너무나 맹렬했다. 오래 지나지 않아 검은 그림자 두 개도 여지없이 회오리에 휩쓸렸다.

이제는 네 사람이 공중에서 정신없이 원을 그리며 돌게 되었다. 검누런 빛깔의 세상 속, 이 회오리바람은 하늘을 비스듬히 떠받친 모래 기둥 같았다. 야야도 네 사람을 매단 채로 모래 기둥 안에서 쉴 새 없이 돌았다. 돌면 돌수록 떠오르는 속도도 박차를 가했다. 사련은 정신없이 모래를 먹으면서 소리쳤다.

"너희들도 올라오면 어떡해!"

보이는 건 온통 모래에, 들리는 건 전부 바람 소리였다. 다들 어쩔 수 없이 낼 수 있는 가장 큰 소리로 서로에게 고함을 쳤다. 부요가 입으로 들어오는 모래를 뱉으면서 외쳤다.

"전하의 그 멍청한 비단에게 물어보시죠! 이게 대체 뭡니까!"

사련은 양손으로 그 '멍청한 비단'을 붙잡고 속절없이 외쳤다.

"약야야, 약야야. 지금 우리 넷은 너밖에 없다. 부탁이니 이번에는 제대로 잡아 줘. 가렴!"

그는 비장한 심정으로 다시 손을 휘둘렀다. 남풍이 소리를 질렀다.

"저 장난감에게 뭘 더 바랍니까! 다른 방법을 좀 생각해 보십시오!"

이때 사련의 손이 팽팽하게 당겨졌다. 그가 번뜩 정신을 차리고 외쳤다.

"잠깐, 한 번만 더 기회를 줘! 뭔가를 잡았어!"

부요도 소리를 질렀다.

"이번에도 지나가던 사람이 걸렸으면 어쩌려고요! 어서 놓으십시오!"

물론 사련도 그럴까 봐 몹시 불안한 참이었다. 약야를 몇 번 잡아당겨 보았지만 약야의 꼬리는 꿈쩍도 하지 않았다. 그는 그제야 마음이 놓였다.

"아니야! 묵직한 게 걸렸어! 움직이지도 않아!"

말을 마친 그가 다시 외쳤다.

"당겨!"

약야는 광란의 회오리바람을 맞받으며 쏜살같이 줄어들었다. 네 사람은 모래바람 기둥에서 금세 빠져나왔다. 하늘을 집어삼킨 싯누런 모래 속, 사련의 발아래에서 반원 모양의 새카만 윤

곽이 서서히 모습을 드러냈다.

이 윤곽은 작은 사당 한 채 크기에 맞먹을 정도로 거대했다. 약야의 꼬리가 동여맨 것이 바로 이것이었다. 지면에 가까워지자 그 정체가 선명하게 보였다. 그건 한 덩어리의 거대한 암석이었다.

이 거센 모래바람 사이로 보이는 암석은 견고하고 과묵한 요새 같았다. 단언컨대 바람을 피하기에는 더없이 적절한 곳이었다.

방금까지 걸어오면서는 이런 암석을 본 적이 없었다. 이 괴이한 회오리바람이 그들을 얼마나 멀리 데리고 온 것인지도 모를 일이었다. 네 사람은 땅에 발을 디디자마자 바람을 등진 암석 뒤로 돌아갔다. 이윽고 사련의 마음이 환하게 빛났다.

"정말로 천관께서 복을 내리셨네."

바람을 등진 암석의 뒷면에는 구멍이 하나 있었다. 너비는 궐에서 볼 수 있는, 반월 모양인 아치문만큼이나 넓었고 높이는 일반적인 문짝보다 약간 낮았다. 그래도 성인이 허리를 굽히고 머리를 숙이면 충분히 들어갈 수 있었다. 동굴의 입구는 매끄럽지 않고 비뚤배뚤했지만 자연적으로 형성된 것 같지는 않았다. 어쩌면 사람이 무턱대고 뚫은 구멍일지도 몰랐다.

먼저 동굴로 들어선 사련은 이 암석의 속이 거의 텅 비어 있다는 것을 발견했다. 동굴 안 공간은 작지 않은 듯했다. 다만 주변이 제법 어두워서 안쪽까지 탐색하지는 않았다. 사련은 우선 빛이 드는 곳에 앉아 약야에 묻은 모래를 털어 내고 다시 손

목에 감았다.

남풍과 부요는 모래를 뱉어 냈다. 입과 코, 눈과 귓속까지 모래가 들어갔다. 옷의 주름 사이는 더 말할 것도 없었다. 옷을 벗어서 털자 작은 모래알이 묵직하게 쏟아졌다. 넷 가운데 그나마 가장 멀쩡해 보이는 사람은 삼랑이었다. 그는 허리를 숙이고 동굴로 들어와서 붉은 겉옷에 묻은 흙먼지를 건성건성 털어 낸 게 고작이었다. 새카만 머리카락이 조금 흐트러지고 묶인 모양이 비뚤어진 것만 빼면 그 여유로운 분위기는 아무런 지장도 받지 않았다. 하지만 애당초 그 머리는 사련이 비뚤게 묶어 놓은 것이니 좀 더 비뚤어져도 상관은 없었다.

얼굴을 두어 번 쓸어내린 남풍이 욕을 퍼부었다. 사련은 삿갓을 뒤집고 모래를 털면서 말했다.

"아니, 너희들까지 하늘로 날아갈 줄은 정말 생각도 못 했네. 왜 천근추(千斤墜)를 쓰지 않았어?"

남풍이 모래를 퉤퉤 뱉으면서 대답했다.

"썼습니다! 소용이 없었어요."

부요는 겉옷을 매섭게 털면서 살기등등하게 대꾸했다.

"여기가 어디라고 생각하십니까? 여긴 북서쪽 극단의 황무지입니다. 우리 장군의 근거지도 아니란 말입니다. 북쪽은 배씨 가문 두 사람의 지반이고, 서쪽은 권일진의 지반입니다. 사방 수백 리 안에서 현진묘는 한 채도 찾을 수 없다고요."

모름지기 인간 세상에도 이런 속담이 존재하는 법이다. '강한

용도 그 지방에서 나고 자란 뱀을 이기지 못한다.' 이 두 사람은 동남쪽 무신과 서남쪽 무신을 보좌하는 신관 부장이다. 그러니 자신의 지반이 아닌 곳에서 술법을 사용하면 법력에 제약을 받을 수밖에 없었다. 사련이 바라본 두 사람은 너나없이 울화가 치민 모습이었다. 회오리바람에 휘말려 땅에 내려가지도 못하고 하늘을 빙글빙글 돈 경험은 아마 이번이 처음이었을 것이다. 사련이 입을 열었다.

"둘 다 정말 고생 많았어."

삼랑은 사련의 옆에 자리를 잡고 앉더니 한 손으로 뺨을 받치고 물었다.

"여기서 모래바람이 지나갈 때까지 기다리려고?"

사련은 삼랑 쪽을 향해 몸을 돌리며 말했다.

"지금은 그게 최선일 것 같아. 그 회오리바람이 강하긴 강해도 이렇게 거대한 암석을 하늘로 휘감을 정도는 아니니까."

"형 말대로 이 모래바람은 확실히 어딘가 수상해."

사련은 문득 한 가지 일이 떠올랐다.

"삼랑, 물어볼 게 있어."

"편하게 물어봐."

"그 반월 국사 말인데, 남자야 여자야?"

"내가 말한 적 없나? 여자야."

사련은 역시 예상대로라고 생각하면서 입을 열었다.

"아까 버려진 객잔에서 쉬던 도중에 두 사람이 객잔 앞을 지

나가는 걸 봤잖아? 그들의 보법은 가볍고 기이했어. 절대 평범한 사람은 아니야. 그중에 흰옷을 입은 도사는 여인이었고.”

부요가 의심스럽다는 기색으로 말했다.

“그 도포만 봐선 사내의 복식인지 여인의 복식인지 구분하기 모호합니다. 몸집도 보통 여인보다 컸고요. 확실하게 보신 것 맞습니까?”

“확실해. 잘못 봤을 리가 없어. 그래서 나는 그 사람이 반월 국사가 아닐까 싶어.”

남풍이 말했다.

“가능성은 있습니다. 하지만 옆에 검은 옷을 입은 동행이 한 명 더 있었는데, 그자는 또 누구란 말입니까?”

“글쎄. 그래도 그 사람의 걸음이 더 빨랐어. 분명 그녀보다 기량이 뒤떨어지진 않겠지.”

부요가 물었다.

“요도 쌍사의 다른 한 사람, 방심 국사일 가능성도 있지 않겠습니까?”

사련이 대답했다.

“이건 말이지, 단순하게 짝을 지으면 기억하기 쉬워서 ‘요도 쌍사’라고 부르는 걸지도 몰라. 귀계의 사대해와도 같은 거지. 어떻게든 머릿수를 네 명으로 맞췄잖아.”

그 말에 삼랑이 또 하핫, 웃음을 터트렸다. 사련이 쳐다보자 그가 말했다.

"별거 아냐. 형이 한 말이 정말 일리 있다고 생각해서. 사대해 중 하나는 확실히 머릿수만 채울 뿐이지. 계속해요."

사련은 곧장 말을 이어 갔다.

"실제로 두 사람은 서로 아무런 관계가 없을 거야. 방심 국사에 대해선 나도 약간 들은 적이 있어. 이 사람은 영안국의 국사야. 그가 태어난 시기는 반월 국사와 적어도 백 년은 차이가 나."

부요는 납득할 수 없다는 듯이 되물었다.

"귀계의 사대해는 모르시면서 인간계에 있는 영안국의 방심 국사는 아십니까?"

"가끔 고물을 줍다가 얘기가 들려서 조금 알게 된 거야. 게다가 나는 귀계까지 고물을 주우러 가지는 않았으니 당연히 그쪽에 대해선 잘 모르지."

이때 동굴 바깥의 바람 소리가 조금 잦아들었다. 동굴 벽면으로 다가선 남풍은 바위를 툭툭 두드리면서 재질을 살폈다. 그는 잠시 고심하다가 고개를 숙이며 말했다.

"이 암석은 어쩌다 이런 구멍이 뚫린 걸까요?"

남풍은 이런 암석 덩어리를 발견한 것이 무척 의심스러운 모양이었다. 반면 사련은 전혀 의아해하지 않았다.

"이렇게 구멍이 뚫린 바위는 제법 많아. 과거 반월국 사람들은 밖에서 가축을 방목하다가 집에 돌아갈 시간을 놓치면, 모래바람을 피하거나 잠시 밤을 보내기 위해 이런 바위에 구멍을 뚫곤 했어. 파낸 게 아니라 폭파한 구멍도 있고."

남풍은 미심쩍은 얼굴로 대꾸했다.

"사막에서 무슨 방목을 합니까."

사련이 대답했다.

"이백 년 전까지만 해도 전부 사막인 건 아니었어. 녹주도 있었지."

이때 삼랑이 그를 불렀다.

"형."

사련은 고개를 돌렸다.

"왜 그래?"

삼랑이 한 곳을 가리키며 말했다.

"형이 앉은 돌 위에 글씨가 적혀 있는 것 같아."

"뭐?"

고개를 숙여 본 사련은 자리에서 일어나고서야 깨달았다. 자신이 앉은 곳은 다름 아닌 석판이었다.

먼지를 닦아 내자 석판 위로 글자가 보였다. 얕게 새겨져 있어 글자의 자취는 그다지 뚜렷하지 않았다. 석판은 반쯤 모래에 파묻혀 있었고, 위로 뻗어나간 글자들은 어둠 속에 잠긴 채였다.

글자가 있는 이상 반드시 읽어 봐야 했다. 사련이 말했다.

"법력이 얼마 없어서 그런데, 누가 불을 비춰 주지 않을래? 고마워."

남풍이 손가락을 튕기더니 금세 손바닥으로 불꽃을 받쳐 들

었다. 사련은 무의식중에 삼랑을 쳐다보았지만 그는 놀란 기색이 아니었다. 하기야 축지천리까지 보지 않았던가. 앞으로 서로가 서로에게 무엇을 보여 주든 아무도 놀라지 않을 거라는 생각이 들었다. 남풍은 사련이 가리키는 곳으로 손바닥을 옮겼다. 불꽃이 석판에 새겨진 글자를 밝게 비추었다. 이 괴상한 글자는 어린아이가 휘갈긴 낙서처럼 비스듬히 기울어져 있었다. 남풍이 물었다.

"여기 쓰인 게 뭡니까?"

삼랑이 대꾸했다.

"당연히 반월국의 문자겠지."

사련이 말했다.

"남풍은 아마 무슨 뜻이냐고 물어보는 것 같아. 좀 볼게."

그는 석판 위의 모래와 자갈을 치우고 맨 위쪽 문장 앞으로 다가갔다. 이 몇 글자는 제목인지 크기가 유난히 컸다. 그리고 이 몇 개의 글자는 석판에 반복적으로 나타나고 있었다. 부요도 옆에서 손바닥에 불꽃을 받쳐 들며 물었다.

"반월문(半月文)을 읽을 줄 아십니까?"

사련이 대답했다.

"솔직히 말하면, 그 반월 요도가 등장하기 전에 반월국에서 고물을 주웠었어."

"……."

"왜 그래?"

"아무것도 아닙니다. 그냥, 전하가 얼마나 많은 곳에서 고물을 주우셨는지 궁금해서요."

사련은 가만히 웃더니 머리를 숙이고 계속해서 글자를 살펴보았다. 잠시 후 그가 난데없이 두 글자를 읊조렸다.

"장군."

남풍과 부요가 동시에 반응했다.

"예?"

사련이 고개를 들었다.

"이 석판 가장 위에 적힌 글자 말이야. '장군'이라는 뜻이야."

잠시 말을 고른 사련이 설명을 덧붙였다.

"그런데 '장군' 뒤에 한 글자가 더 있어. 무슨 뜻인지는 나도 정확하게 모르겠네."

남풍은 어쩐지 안도의 한숨을 돌린 것 같았다.

"그러면 다시 한번 살펴보십시오."

사련이 고개를 끄덕였다. 남풍은 불꽃을 받쳐 든 손바닥을 조금 더 앞으로 옮겼다. 불꽃이 움직인 순간 사련은 문득 이상함을 감지했다. 시선의 가장자리로 무언가가 더 보이는 것 같았다.

그는 글자가 빼곡하게 새겨진 석판에 양손을 짚고 천천히 고개를 들었다.

석판 위쪽, 희미한 불꽃이 어둠 속에서 경직된 한 얼굴을 비추었다. 그 얼굴은 두 눈알을 아래로 굴리고 사련을 쳐다보고

있었다.

"으아아아아아아악!"

비명을 지른 건 사련이나 남풍이 아니라 근육이 경직된 그 얼굴이었다.

남풍은 다른 한 손으로도 불꽃을 피워 올렸다. 거세게 솟구친 양손의 불꽃이 바위 굴 안을 구석구석 밝혔다.

방금 그 사람은 여태껏 어둠 속에 숨어 있었던 모양이었다. 그는 불빛이 쏟아지자 허겁지겁 깊숙한 동굴 구석까지 물러났다. 그리고 구석에는 뜻밖에도 일고여덟 남짓한 사람들이 한데 모여 움츠린 채 벌벌 떨고 있었다.

남풍이 사납게 일갈했다.

"너희들은 누구냐!"

남풍의 고함이 온 동굴에 먹먹하게 메아리쳤다. 방금 울려 퍼진 비명에, 귓속이 욱신거렸던 사련은 이제 귀를 틀어막아야 했다. 아까는 거센 모래바람의 소음이 귀를 방해해 조금만 목소리를 낮추어도 서로 무슨 말을 하는지 알아들을 수가 없었다. 게다가 동굴에 들어온 뒤로는 반월 국사에 대해 토론하기 시작했고, 다음으로는 석판 해독에 열중하느라 동굴에 묵묵히 숨어 있던 사람들을 전혀 눈치채지 못했다.

사람들은 여전히 오들오들 떨고 있었다. 한참이 지나고서야 오십 남짓 되어 보이는 노인이 말문을 뗐다.

"우리는 지나가던 대상, 평범한 상인들이오. 모래바람이 너

무 심해 길을 갈 수가 없어서 바람을 피하던 중이었소."

이 무리 중에서 가장 침착한 것으로 보아 대상의 우두머리인 듯했다. 남풍이 다시 물었다.

"평범한 상인이라면서 왜 수상하게 숨어 있었지?"

노인이 말을 꺼내려던 찰나, 그의 옆에 있던 열여덟 살 남짓한 소년이 목소리를 높였다.

"우린 원래 남몰래 숨어 있지 않았어. 당신들이 갑자기 들이닥치는데 좋은 사람인지 나쁜 사람인지 어떻게 알아? 나중에는 무슨 반월 국사니 귀계니 하는 대화도 어렴풋이 들리던데. 손으로 불을 피우기까지 하고 말이야. 우린 당신들이 순찰을 나와 사람을 잡아먹는 반월 병사인 줄 알았다고. 그러니 감히 소리를 낼 수 있었겠어?"

노인은 소년의 말이 상대의 화를 돋울까 봐 염려스러운지 소년을 말렸다.

"천생, 함부로 말하지 말거라."

짙은 눈썹에 큼지막한 눈, 다부진 용모를 가진 소년은 어른에게 야단을 맞자 바로 입을 다물었다. 귀의 통증이 가라앉은 사련은 겨우 손을 내려놓고 상냥하게 웃으며 말했다.

"오해입니다, 전부 오해예요. 다들 긴장할 필요 없습니다. 마음 놓으세요."

잠시 침묵한 사련이 말을 이었다.

"저희는 당연히 반월 병사가 아닙니다. 저는 한 도관의 관주

이고, 이분들은 제 도관의…… 사람입니다. 다들 기문둔갑 술법을 배우지요. 여러분이 평범한 상인이듯이 우리도 그저 평범한 도사들입니다. 악의는 전혀 없어요. 피차 바람을 피하려다가 마침 같은 동굴에 들어온 것뿐입니다."

천천히 이어진 부드러운 어조는 사람들의 마음을 달래기에 충분했다. 한참 해명을 하며 거듭 장담하자 상인들의 표정이 누그러졌다.

그때 삼랑이 느닷없이 웃으며 입을 열었다.

"글쎄, 이 상인들은 평범한 분들이 아닌 것 같은데. 겸손하시네."

사람들이 어리둥절한 눈으로 그를 바라보았다. 삼랑이 말을 이었다.

"반월관은 '지날 때마다 절반이 실종된다'고 하잖아. 이런 소문을 뻔히 알면서도 여기를 지나가려 했으니 배짱이 두둑한 셈이지. 그런데 평범하다니?"

이 말을 들은 노인이 대답했다.

"젊은이, 꼭 그렇지도 않네. 사실 소문은 과장된 부분이 많아. 이곳을 무사히 지나가는 상인들도 제법 많다네."

"오?"

"길잡이를 구해서 옛 반월국 영토를 피해 가기만 하면 되네. 그래서 우리는 특별히 현지인을 찾아 이번 여정의 길 안내를 맡겼지."

천생이라는 소년이 거들었다.

"그래! 결국 길잡이에게 달린 일이야. 이번 여정은 아소 형에게 신세를 졌어. 형이 우리를 데리고 얼마나 많은 수렁을 피했는데. 아까는 바람이 일어나자마자 서둘러 숨을 곳을 찾아 줬다니까. 형이 아니었으면 지금 우린 모래에 생매장됐을 거야."

사련이 시선을 흘긋 돌렸다. 길을 안내해 주었다는 아소는 스물 남짓 되어 보이는 젊은 청년이었다. 용모는 준수하고 순박했다. 그는 사람들의 칭찬에도 아무런 표를 내지 않고 담담하게 말했다.

"별거 아니에요. 제 역할을 다했을 뿐입니다. 이 바람이 지나가고 나면 여러분의 낙타와 물건이 무사했으면 좋겠어요."

"분명 괜찮을 걸세!"

상인들은 아주 낙관적이었다. 하지만 사련은 아무리 생각해도 그들의 생각처럼 일이 수월하게 풀릴 것 같지가 않았다.

반월국의 영토에 잘못 들어서지만 않으면 괜찮다니. 그렇다면 이전에 '절반 넘게 실종된' 상인들은 전부 소문을 귓등으로 넘기고 고집을 부리다 생죽음을 당했다는 말인가?

잠시 고민한 사련은 남풍과 부요에게 나지막하게 말했다.

"예상치 못한 상황이네. 모래바람이 지나가면 이 사람들부터 안전하게 보낸 다음, 반월국의 옛터를 찾아가서 내막을 알아보자."

사련은 다시 고개를 숙이고 석판 위 글자를 살펴보았다. 아까 읽은 '장군'은 자주 쓰이는 글자라 알아볼 수 있었다. 하지만 그가 반월국에서 지냈던 건 벌써 이백 년 전의 일이었다. 당

시에 아무리 능숙하게 익혔어도 이백 년이 지나면 뭐든 말끔히 잊어버리기 마련이다. 당장 기억을 끄집어내려면 충분한 시간과 인내심이 필요했다. 이때 옆에 있던 삼랑이 입을 열었다.

"장군총."

그 한마디에 사련도 기억이 되살아났다. 마지막의 이 글자는 바로 '무덤', '묘지', '묘혈'이라는 뜻이 아니던가?

사련은 고개를 돌리며 신기한 듯 물었다.

"삼랑, 설마 반월문도 할 줄 알아?"

삼랑이 웃으며 대답했다.

"별로. 취미로 봐서 몇 글자만 알아."

사련은 그의 이런 대답에 익숙해져 있었다. 하지만 반월문은 희귀한 언어라 익히기도 어려울뿐더러 '총'이라는 글자는 일상적으로 쓰는 말도 아니다. 정말로 '몇 글자만' 안다면 어떻게 마침 이 한 글자를 알 수 있었을까? '별로'라는 말도 '얼마든지 물어봐'라는 뜻처럼 느껴졌다. 사련은 재빨리 빙긋 웃으며 말했다.

"정말 잘됐다. 어쩌면 네가 아는 그 몇 글자가 마침 내가 모르는 몇 글자일지도 몰라. 이리 와서 같이 보자."

그가 가볍게 손을 흔들자 삼랑이 다가왔다. 남풍과 부요는 옆에서 불꽃을 피워 석판을 비추어 주었다. 사련은 석판 위 글자를 손가락으로 천천히 훑으면서 삼랑과 조용히 의논하고 문장을 해독했다. 석판을 읽을수록 사련의 눈빛이 차츰 미묘해지더니 마지막에는 어둡게 가라앉았다.

대상 일행 중에 그 천생이라는 소년은 젊어서인지 호기심이 많았다. 게다가 아까 서로 이런저런 대화까지 나눈 사이가 아니던가. 천생은 금세 친근감을 품고 살갑게 물어 왔다.

"형님들, 이 석판 위에 대체 뭐라고 적혀 있는 겁니까?"

사련은 화들짝 정신을 차리고 대답했다.

"이 석판은 비석이야. 이 위에는, 어떤 장군의 생애가 적혀 있어."

천생이 다시 물었다.

"반월국의 장군인가요?"

삼랑이 대답했다.

"아니. 중원의 장군이야."

남풍이 미심쩍은 눈치로 물었다.

"중원의 장군? 왜 반월국 사람들이 중원의 장군을 위해 무덤을 세우지? 양국 사이에 온갖 전쟁이 끊이지 않았다더니?"

삼랑이 설명을 이어 갔다.

"이 장군은 좀 특이해. 석판에서는 장군이라고 부르고 있지만, 사실은 교위(校尉) 직책이었거든."

"그러면 나중에 장군으로 진급했나?"

"아니. 처음에는 백 명을 지휘하다가 이후에는 칠십을, 나중에는 오십을 지휘했어."

"……."

"한마디로 계속 좌천된 거지."

추락을 거듭하다 못해 추락할 바닥마저 사라지는 경력이라니, 이렇게 익숙할 수가 없었다. 사련은 자신에게 모여든 두 줄기 시선을 느꼈지만 애써 외면하고 비석의 글자를 계속 읽어 나갔다. 이때 천생이 이해가 가지 않는다는 듯 말했다.

"무슨 관리가 이렇게 갈수록 추락해요? 큰 잘못을 범한 게 아니고서야 승급은 못 하더라도 좌천되지는 않았을 텐데. 얼마나 실패했길래 그런 신세가 됐을까요?"

"……."

사련은 말아 쥔 오른손을 입 앞에 대더니 큼, 헛기침하고 엄숙하게 말했다.

"꼬마 친구. 관리가 갈수록 추락하는 건 흔히 있는 일이란다."

"네?"

삼랑이 웃으며 말했다.

"확실히, 흔히 있는 일이지."

잠시 침묵한 삼랑이 말을 이어 나갔다.

"이 교위가 점점 추락한 이유는, 직책에 걸맞은 무력이 부족해서가 아니라 양국의 관계가 좋지 않았기 때문이었어. 게다가 늘 전장에서 공적을 세우기는커녕 여러 번 훼방을 놓은 모양이야."

남풍이 물었다.

"훼방이라니?"

삼랑이 대답했다.

"조국의 백성을 죽이려는 적군을 막으면서, 적국의 백성을

죽이려는 아군까지 막았어. 한 번 막을 때마다 한 등급씩 좌천됐고."

그가 차근차근 말을 잇자 다른 상인들도 하나둘 모여 앉았다. 다들 옛 설화를 듣는 것처럼 몰입해서는 이야기를 들으며 저마다 의견을 보탰다. 천생이 말했다.

"이 교위는 잘못이 없는 것 같은데요? 병사끼리 싸우면 그만이지, 무고한 학살을 막은 건 문제없지 않아요?"

"일국의 병사라는 사람이 그렇게 선심을 쓰면 안 되지. 그래도 전반적으로 보면 큰 잘못은 아닌걸."

"그래, 결국 사람을 구한 게 아닌가. 남을 해친 것도 아니고."

사람들의 말에 사련은 가만히 웃었다.

이 상인들은 국경 지대에 사는 백성들도 아니며 이백 년 전의 고대인도 아니다. 이제 반월국은 흔적도 없이 사라졌으니, 뭇사람들은 이 옛일을 듣고 한 귀로 흘리든 동정심에 탄식하든 칭송을 하든 자유롭게 떠들어도 상관이 없었다. 설령 탐탁지 않더라도 그 상황을 이해할 수 있는 입장이었다. 하지만 양국 사이에 전란의 불꽃이 흩날리고 증오가 끊이지 않던 수백 년 전, 이런 행동이 초래한 결과는 결코 '선심'이라는 가벼운 한마디로 평가할 수 없었으리라.

개중 유일한 현지인인 아소는 반월국 사정을 조금 더 자세히 알고 있었다.

"지금은 지금이고 이백 년 전은 이백 년 전이죠. 이 교위는

좌천으로 끝난 것만 해도 운이 좋은 겁니다."

부요가 코웃음을 치며 말했다.

"가소롭기 짝이 없군."

그가 무슨 말을 꺼낼지 대충 짐작한 사련은 미간을 문질렀다.

예상대로, 불빛에 비친 부요의 얼굴이 어두웠다.

"한 직책을 맡았으면 소임을 다해야지. 이자는 병사가 된 이상, 조국을 지켜야 한다는 소임을 명심하면서 전선에서 용감하게 적과 맞섰어야 해. 누가 뭐래도 양국의 교전에 살상은 불가피한 일이다. 이런 하찮은 인정 따위 아군에게는 미움을, 적군에게는 비웃음을 살 뿐이야. 아무도 고맙다는 생각은 하지 않았을 거다."

역시나 지극히 일리가 있는 말이었기에 동굴 안에 침묵이 흘렀다. 부요가 다시 냉담하게 말했다.

"결국 이런 자의 말로는 하나뿐이다. —죽음. 게다가 대부분은 아군의 손에 죽게 되지."

사련이 짧은 침묵을 깨고 입을 열었다.

"그래, 네 말대로야. 죽었어."

천생이 놀란 얼굴로 물었다.

"아! 어떻게 죽었어요? 정말 아군 손에 죽었어요?"

잠시 뜸을 들인 사련이 사실을 털어놓았다.

"방금 말한 그런 상황…… 은 아니고. 어느 날 양국이 교전을 벌였는데, 한참 싸우던 도중에 이 사람이 신발 끈을 꽉 묶어 놓

지 않아서 자기 신발 끈을 밟고 넘어졌어. 그렇게…….”

이 장군이 아주 비장하게 죽었으리라고 생각한 사람들은 사련의 말에 얼이 빠졌다. 이게 대체 무슨 죽음이야? 다들 이렇게 생각하는 모양이었다. 곧이어 웃음소리가 터져 나왔다.

“푸하하하하하…….”

사련이 말을 이었다.

“……그렇게 살육에 눈이 먼 양국 병사들에게 마구 짓밟히고 난도질을 당해 죽었어.”

“하하하하하하하…….”

삼랑이 한쪽 눈썹을 까딱 추켜세웠다.

“그렇게 웃겨?”

사련도 말했다.

“크흠. 그래, 아주 비참하지. 다들 웃지 말고 조금은 동정해요. 당사자의 무덤에 있는 만큼 조금이나마 체면을 세워 주자고요.”

천생이 황급히 말했다.

“악의는 없어요! 그래도 이건 너무…… 조금…… 하하…….”

사련도 별수 없었다. 사실 여기까지 읽었을 때 그도 약간 웃고 싶은 심정이었다. 그는 말을 아끼기로 하고 계속해서 석판을 읽어 내리며 해설을 덧붙였다.

“어쨌거나 이 교위는 군대에서는 평판이 별로였지만, 국경지대의 반월국 국민과 중원 사람들은 그에게 다소 신세를 졌어. 그래서 ‘장군’이라는 호칭으로 이곳에 간단한 돌무덤을 짓

고 비석을 세워서 그를 기렸지.”

삼랑이 이어서 말했다.

“이후에 반월국 사람들은 이 석판의 영험한 능력을 발견했어. 이 석판에 절을 세 번 올리기만 하면 사막에서 화를 피할 수 있었거든.”

정말이지 모두가 덜컥 믿고 따를 만큼 심오한 말투였다. 표정도 아주 진지했다. 사람들은 그 말을 듣자마자 밑져야 본전 아니겠냐는 마음으로 절을 올리기 시작했다. 반면 사련은 의문에 빠졌다.

“어? 그런 구절이 있어? 이렇게 신통하다고?”

살짝 웃은 삼랑이 나지막하게 대답했다.

“없어, 지어낸 거야. 아까 실컷 비웃었으니 절 정도는 올려야지.”

사련이 다시 시선을 옮겼다. 정말 석판에는 더 이상 이어지는 구절이 없었다. 아까까지 석판의 내용에 탄식하던 사련은 이제 웃음이 다 나왔다. 그도 나지막이 말했다.

“너 왜 이렇게 짓궂어?”

삼랑이 혀를 쏙 빼물었다. 두 사람이 한창 웃고 있던 그때, 갑자기 누군가가 소스라치며 외쳤다.

“이게 뭐야!”

온 동굴에 날카롭게 메아리치는 비명에 다들 머리카락이 쭈뼛 섰다. 사련은 비명이 들려온 곳을 향해 물었다.

"무슨 일입니까!"

비석에 절을 올리던 한 사람이 허겁지겁 도망치더니 공포에 질린 목소리로 말했다.

"뱀!"

남풍과 부요가 팔을 움직이자 불꽃이 바닥 저 너머를 멀찍이 비추었다. 모래흙 위에 빛깔 고운 뱀이 똬리를 틀고 있었다.

사람들은 모두 당황했다.

"여기에 무슨 뱀이 나와?"

"왜 아무 소리도 안 내지? 언제 안으로 기어들어 왔는지도 모르겠군!"

그 뱀은 불빛이 비치자 경계심을 곤두세운 것처럼 몸을 일으켰다. 당장이라도 공격을 퍼부을 태세였다. 남풍이 손바닥에 화염을 쥐고 날리려는 순간이었다. 한 사람이 유유자적 앞으로 다가가 뱀의 급소인 목덜미를 무심하게 틀어쥐더니, 왼손으로 치켜든 뱀을 눈앞에 대고 관찰하면서 말했다.

"사막에 뱀이 있는 건 당연한 일 아냐?"

이처럼 거리낌 없는 사람은 당연하게도 삼랑이었다. 뱀을 잡으려면 일곱 번째 마디에 해당하는 목덜미를 때리라는 말이 있다. 목덜미가 눌린 뱀은 아무리 매서운 독니를 지녔어도 활개를 치지 못한다. 이내 뱀의 꼬리가 삼랑의 왼쪽 팔을 힘없이 휘감았다. 사련은 눈앞의 뱀을 가만히 살펴보았다. 가죽이 반투명한 것인지 안쪽으로 선명한 자홍색이 보였다. 그 자홍색 안

쪽에 뒤섞인 얼룩덜룩한 검은색이 내장의 빛깔을 연상케 해 기분이 퍽 불쾌했다. 게다가 꼬리는 사람의 피부색을 띠고 있었다. 딱딱한 껍질이 마디마다 겹친 모양새라 뱀의 꼬리라기보다는 전갈의 꼬리 같았다.

이를 확인한 사련이 표정을 굳혔다.

"꼬리를 조심해!"

말이 끝나기도 전에 삼랑의 팔을 옭아맨 꼬리가 문득 느슨해졌다. 꼬리 끝은 또 다른 뱀 머리로 변한 것처럼 뒤로 튀어 오르더니 사납게 팔을 내찔렀다.

지극히 맹렬한 기세였다. 하지만 삼랑은 오른손을 들어 그 꼬리를 가뿐하게 붙잡았다. 그는 뱀의 꼬리를 틀어쥐고 재미있는 물건이라도 들고 있는 양 사련에게 보여 주며 웃었다.

"웃기게 생긴 꼬리네."

뱀 꼬리의 날카로운 끄트머리에는 분홍빛 침이 돋아 있었다. 한숨을 돌린 사련이 말했다.

"찔리지 않아서 다행이야. 역시 갈미사(蠍尾蛇)였어."

남풍과 부요도 뱀을 살펴보러 가까이 다가왔다.

"갈미사?"

"맞아. 반월국에만 있는 독물(毒物)이야. 개체 수가 적어서 한 번도 보진 못했지만, 그래도 들어 본 적은 있어. 몸은 뱀의 형태고 꼬리는 전갈을 닮았는데, 독성은 그 둘을 합친 것보다 맹렬해. 독니에 물리든 꼬리에 쏘이든 전부……."

여기까지 말한 사련은 삼랑이 팔에 두른 뱀을 엎치락뒤치락 괴롭히는 것을 발견했다. 삼랑은 뱀을 늘리고, 찌그러뜨리고, 때로는 수건처럼 비틀더니 나중에는 나비매듭처럼 묶어 놓았다. 잠시 할 말을 잃은 사련은 온화하게 그를 타일렀다.

"삼랑, 그거 가지고 놀지 마. 위험해."

하지만 삼랑은 웃으며 말했다.

"괜찮아, 걱정하지 않아도 돼. 이 갈미사는 반월 국사의 상징물이야. 흔치 않은 기회이니 당연히 자세히 봐 둬야지."

사련이 흠칫 놀랐다.

"반월 국사의 상징물?"

"맞아. 반월 국사는 갈미사를 조종할 수 있었다고 해. 그래서 반월인들이 그녀의 법력이 무한하다고 여기고 국사로 추앙했지."

'조종'이라는 두 글자를 들은 사련은 순간 불안해졌다. '조종'이라면 보통 떼거리로 한꺼번에 들이닥치는 법인데. 속으로 생각한 그가 재빨리 외쳤다.

"모두 당장 나가세요! 이 갈미사는 한두 마리가 아닐 수도……."

말을 끝맺기도 전에 누군가 비명을 내질렀다.

"아악!"

사람들이 너도나도 경악하며 소리쳤다.

"뱀!"

"뱀이 엄청 많잖아!"

"여기도 있소!"

자홍색 갈미사 일고여덟 마리가 소리 없이 기어 나왔다. 너무나 갑작스러운 등장이라 어떤 구멍에서 기어 나온 것인지도 모를 노릇이었다. 갈미사 무리는 공격을 하는 대신 무언가를 탐색하듯이 사람들을 가만히 노려보았다. 이 뱀들은 기어갈 때도 공격할 때도 아무런 기척을 내지 않았다. '쉬익' 하는, 평범한 독사가 혀를 날름거릴 때 내는 소리조차 없어 무척 위험했다. 남풍과 부요가 손바닥에 품은 불꽃을 날려 보냈다. 맹렬한 화염 덩어리가 동굴 안에서 폭발했다. 사련이 외쳤다.

"나가세요!"

사람들은 차마 동굴에 머무르지 못하고 황급히 뛰쳐나갔다. 다행히 날이 저물어 회오리바람은 물러간 지 오래였고 모래바람도 제법 잦아든 참이었다. 사람들은 탁 트인 곳을 찾아 물러났다. 한참 바삐 뛰어가는 와중에 한 상인이 말했다.

"저 비석도 참 무섭군! 세 번이나 절했는데 이런 일을 당하게 되다니!"

사련은 다들 그 마지막 문장을 삼랑이 날조했다는 사실을 몰라서 다행이라고 속으로 중얼거렸다. 누군가가 한마디 거들었다.

"그러게 말일세! 그 무슨 고물 선인의 효과하고 비슷하구먼! 절을 하면 할수록 재수가 없어지잖아!"

"……."

이렇게 사돈의 팔촌 사이만큼이나 먼 지방에서도 뒤통수를 얻어맞을 수 있다니. 사련은 할 말이 없었다. 이때 천생이 갑자

기 비명을 질렀다.

"정 아저씨!"

천생이 부축하고 있던 노인이 쓰러진 것이다. 사련이 다급히 다가갔다.

"무슨 일이야?"

정 노인은 고통스러운 얼굴로 벌벌 떨리는 손을 뻗어 왔다. 그 손을 붙잡고 살펴본 사련은 가슴이 내려앉았다. 엄지와 검지 사이의 살갗이 검붉게 부어올랐고, 그 부위에 뚫린 미세한 구멍을 간신히 볼 수 있었다. 이렇게 상처가 작으니 찔리고도 곧장 알아차리지 못한 모양이었다. 사련이 재빨리 말했다.

"모두 자신의 몸에 상처가 있는지 속히 살펴보세요. 혹시라도 상처가 있으면 당장 끈으로 묶어야 합니다!"

사련은 다시 정 노인의 손목을 뒤집어 경맥을 살폈다. 경맥을 따라 위로 기어오르는 자홍색이 육안으로도 또렷하게 보였다. 사련은 뱀의 독성이 너무 강하다고 생각하면서 약야를 풀어내려 했다. 이때 아소가 천을 찢더니 독혈이 심장으로 흘러가지 않도록 노인의 팔 중앙을 단단히 동여맸다. 더없이 신속한 동작에 사련은 내심 감탄했다. 다시 고개를 들었을 때, 남풍은 그가 부탁하기도 전에 벌써 약병을 꺼내 환약 한 알을 골라낸 참이었다. 사련은 노인에게 환약을 먹여 주었다. 천생이 허둥거리며 소리쳤다.

"아저씨, 괜찮아요? 아소 형, 아저씨 죽는 거 아니지?"

아소가 고개를 저으며 말했다.

"갈미사에 물렸으니 두 시진 안에는 무조건 죽을 거야."

천생은 넋이 나갔다.

"그럼…… 그럼 어떡해?"

정 노인은 대상의 우두머리가 아니던가. 다른 상인들도 황급히 물었다.

"이 젊은 친구가 약을 먹이지 않았소?"

남풍이 말했다.

"그 약은 해독제가 아니야. 목숨을 연장할 뿐이지. 기껏해야 두 시진을 열두 시진으로 늦추는 정도다."

상인들이 혼란에 빠져들었다.

"겨우 열두 시진?"

"그러니까 이대로 죽기만을 기다리라는 거요?"

"해독할 방법은 없소?"

이때 느릿하게 다가온 삼랑이 말했다.

"해독할 수 있어."

사람들이 연신 그를 바라보았다. 천생은 얼굴에 희색을 띠며 고개를 돌렸다.

"아소 형, 방법이 있으면 진작 말해 줬어야지! 깜짝 놀랐잖아!"

그러나 아소는 말없이 고개만 내저었다. 삼랑이 말했다.

"당연히 말하기 곤란했겠지. 중독된 사람을 구하다가 나머지 사람들이 죽을 수도 있는데, 어떻게 말하겠어?"

사련이 물었다.

"삼랑, 그게 무슨 말이야?"

"형, 이 갈미사 전설의 유래를 알아?"

전설에 따르면, 수백 년 전 반월국의 한 국주가 산 깊숙이 사냥을 나갔다가 우연히 정괴(精怪) 두 마리를 잡았다고 한다. 바로 독사와 전갈이 변한 정괴였다.

깊은 산속에서 수련한 두 정괴는 세상사에 관여하지 않아 사람을 해친 적이 없었다. 그러나 반월국 국주는 독물이 사람을 해친다는 구실로 이들을 죽이려 했다. 두 정괴는 국주에게 간절히 목숨을 구걸했다. 그러나 천성이 잔혹했던 국주는 두 정괴에게 자신과 신하들 앞에서 교미할 것을 강요하고, 연회에서 술을 마시며 즐거워했다. 연회가 끝나자 국주는 기어코 두 정괴를 죽였다. 오직 황후만이 그들을 애석하게 여겼다. 하지만 감히 국주를 거역할 수는 없었기에, 향초 잎사귀를 꺾어 두 정괴의 사체를 덮어 주었다.

원한에 사무친 독사와 전갈은 사악한 존재로 변했고, 자신들이 교미해서 낳은 후손들이 영영 이곳에 머무르며 반월국 백성을 죽일 것이라는 저주를 남겼다. 이런 연유로 갈미사는 반월국 일대에서만 출몰한다. 게다가 일단 물리거나 찔리면 독이 맹렬하게 발작해 참혹한 죽음을 맞게 된다. 하지만 황후가 베푼 잎사귀 한 장의 인정 덕분에, 그날 황후가 사체를 덮어 주었던 향초 잎사귀는 갈미사의 독을 해독할 수 있다는 이야기였다.

말을 마친 삼랑이 덧붙였다.

"그 향초는 선월초(善月草)라고도 해. 마찬가지로 고대 반월국 경내에서만 자라고."

그 말에 상인들이 어수선하게 말했다.

"그…… 그런 전설을 믿어도 되겠소?"

"이보게, 자네! 사람의 목숨이 달렸으니 농담하지 말게!"

사련에게 이야기를 들려준 삼랑은 말이 끝나자 웃는 얼굴로 묵묵부답이었다. 천생이 아소에게 되물었다.

"아소 형, 이 빨간 옷 형님의 말이 사실이야?"

아소가 짧게 망설이다 말했다.

"신화 전설의 진위를 어떻게 알겠어. 하지만 반월국 경내에 선월초가 자라는 건 사실이야. 갈미사의 독을 해독한다는 말도 맞아."

사련이 말했다.

"그러니까 갈미사에 물리면 살길은 하나뿐이라는 말이네. 그리고 이 살길은 반월국의 옛터에서만 구할 수 있는 거고?"

오죽하면 이곳을 거쳐 간 수많은 상인들과 나그네들이 '관문을 지날 때마다 절반이 실종된다'는 사실을 알면서도 반월국의 옛터에 뛰어들었을까. 그들은 죽기를 자처한 게 아니었다. 그곳에 들어가지 않으면 죽을지도 몰랐던 것이다.

갈미사는 반월 요도의 상징물이며 그녀의 조종을 받는다. 그렇다면 갈미사의 등장은 결코 우연이 아닐 터였다. 신관 몇 명

만으로는 이 사람들을 무사히 책임질 수 없었다. 사련은 두 손가락을 세워 관자놀이에 대고 통령진을 열었다. 구차하지만 소신관을 몇 명 더 빌릴 수 있을지 알아볼 생각이었다. 그런데 무슨 일인지 통령진은 열릴 기미가 보이지 않았다. 손을 내린 그는 의아한 심정으로 생각했다.

'내가 법력을 이렇게 빨리 썼다고? 아침에 계산해 봤을 때는 분명 조금 남아 있었는데.'

그는 곧장 남풍과 부요를 돌아보았다.

"아무나 통령진에 한번 들어가 볼래? 나는 접속이 안 돼서."

잠시 후, 남풍과 부요의 표정이 동시에 굳어졌다. 남풍이 말했다.

"저도 들어갈 수가 없습니다."

사악한 기운이 치솟는 곳에서는 신관의 법력도 영향을 받아 일시적으로 약해지거나 억눌린다. 아마도 지금이 그런 상황인 듯했다.

사련은 제자리에서 한참을 서성거리다가 고개를 들었다.

"여기가 반월국 옛터에서 너무 가까워서 통령술이 막힌 것 같아……."

그때 그의 시선 가장자리로 화려한 붉은빛이 언뜻 빛났다.

남풍과 부요는 다시 통령진에 들어가려 시도하는 중이었고, 다른 상인들은 몸에 작은 상처가 있는지 살펴보느라 분주했다. 정 노인을 끌어안고 전전긍긍하기 바빴던 천생은 자홍색 갈미

사 한 마리가 조용히 등을 기어오르고 있다는 사실을 전혀 눈치채지 못했다.

그러나 천생의 어깨 위에 도사린 뱀의 송곳니는 이 소년의 목이 아니라, 대수롭지 않게 옆에 서 있던 삼랑의 팔을 노렸다.

몸을 뒤로 젖힌 뱀이 빠르게 도약했다.

독니가 삼랑을 찌르려는 찰나, 사련이 손을 뻗어 뱀의 급소를 정확하게 움켜쥐었다.

사련의 손힘이라면 한 번 조르는 것만으로도 이 뱀의 급소를 짓이기고 내장과 뇌를 산산이 터뜨릴 수 있었다. 하지만 이 뱀의 피와 살에도 독이 있을지 알 수 없었기에 경솔한 행동은 삼가야 했다. 그는 다시 뱀의 꼬리로 손을 뻗었다. 예상보다 살갗이 미끄러워 제대로 붙잡을 수가 없었다. 바짝 힘을 주었으나, 말캉하면서 차가운 원통형 물체가 손아귀를 빠져나가는 느낌이 들었다. 다음 순간, 손등에 바늘로 찌르는 듯한 격통이 번졌다.

전갈 꼬리!

공격을 당한 사련은 재빨리 그 꼬리를 낚아채더니 갈미사의 몸통을 정확하게 붙잡고 힘껏 쥐어짜 기절시켰다. 그는 꼬리에 쏘였지만 아무 표정 변화도 없이 기절한 뱀을 땅에 던지며 말했다.

"다들 조심해요. 근처에 뱀이 더 있을지도 모르……."

말을 채 마치기도 전에 손목이 불현듯 조여 왔다. 고개를 들어 확인해 보니 삼랑이 그를 붙잡고 있었다. 사련은 조금 얼떨

떨해졌다.

"삼랑?"

이렇게 물은 이유는 지금 이 소년의 표정이 정말로 심상치 않아서였다. 형언할 수 없는 그 얼굴을 보고 있자니 어쩐지 오한이 끼쳐 왔다.

그는 사련의 손등에 난 작은 상처를 빤히 응시했다. 원래는 고작 바늘에 찔린 수준이었다. 하지만 독이 맹렬하게 발작하면서 손등이 커다랗고 단단한 자홍색 덩어리로 부풀었다. 작았던 상처 부위도 칼에 베인 것처럼 큼직하게 벌어졌다.

삼랑은 차분한 얼굴로 군말 없이 약야를 붙잡더니 사련의 팔목을 단단히 묶고 역류하는 독혈을 가두었다. 약야는 사련에게는 애교를 곧잘 부려도 아주 온순한 성격은 아니었다. 그런데도 삼랑의 손에 잡히자 죽은 듯이 고분고분해졌다.

서로 안면을 튼 이래로 이런 표정을 짓는 삼랑은 전혀 본 적이 없었다. 사련이 말을 꺼내려는 찰나, 삼랑이 한 상인의 허리춤에서 비수를 뽑았다. 이를 본 남풍은 그가 무엇을 하려는지 눈치채고 오른손으로 불꽃을 받쳐 들었다. 삼랑은 눈길 한번 주지 않고 칼끝만 불에 그슬렸다. 그러고는 달궈진 비수를 들고 돌아와 사련의 손등 상처 위로 가볍고 빠르게 십자를 그었다. 그가 머리를 숙이자 사련이 황급히 만류했다.

"안 그래도 돼. 갈미사의 독은 강해서 입으로 빨아내도 소용없어. 그러다 네가 중독될 수도……."

삼랑은 아랑곳없이 그의 손을 단단히 붙들고 무작정 입술로 상처를 머금었다. 왜인지 알 수 없었으나, 사련은 삼랑에게 붙잡힌 팔이 희미하게 떨려 오는 것을 느꼈다.

저쪽에 서 있던 부요가 말했다.

"이런 식으로 쏘이다니 운도 참 좋으십니다. 저자가 꼭 물린다는 법도 없는데 왜 잡으셨습니까? 괜히 일만 복잡해졌잖습니까."

맞는 말이다. 사실 좋을 대로 뱀을 묶고 놀았던 삼랑의 기세를 생각해 보면 그는 아마도 물리지 않았을 것이다. 설령 물리더라도 그저 담담했을 터다. 하지만 만에 하나 이 소년이 정말로 뱀을 눈치채지 못하고 그대로 물렸다면, 그때 가서 후회한들 무슨 소용이겠는가?

사련은 멀쩡한 반대쪽 손을 홰홰 내저었다.

"어차피 아프지도 않고 죽지도 않아. 너무 신경 쓰지 마."

부요가 물었다.

"정말로 아프지 않으십니까?"

사련이 솔직하게 말했다.

"정말이야. 이미 감각도 없는걸."

이 말은 사실이다. 사련은 운수가 아주 사나운 몸이라, 깊은 산중을 거닐면 열에 여덟은 독사를 밟거나 독충을 깨우는 등 다양한 독물에 부지기수로 물려 왔다. 하지만 그는 언제나 아득바득 죽지 않았다. 기껏해야 사흘 밤낮으로 열이 끓는 정도였다. 게다가 깨고 나면 무슨 일이 있었냐는 듯이 멀쩡해졌다.

그는 통각도 아주 둔했다. 어떤 아픔이든 거듭 겪다 보니 익숙해졌다.

사련이 말을 끝내자 삼랑이 마침내 고개를 들었다. 붉게 부푼 손등은 이미 가라앉은 뒤였고, 삼랑의 입가에는 핏줄기가 맺혀 있었다. 그는 서늘한 눈빛을 옆으로 옮겼다. 시선 끝에 닿은 것은 땅에 있는 갈미사였다. 곧이어 펑, 하는 처참한 소리가 울려 퍼졌다. 자홍색 뱀은 무참하게 폭발해 조각조각 난 고깃덩어리 신세가 되었다.

예상치 못한 폭발에 상인들이 펄쩍 뛰어올랐다. 누구의 짓인지도 몰랐고 핏덩이가 자신들에게 튄 것도 아니었지만, 그래도 두렵기는 마찬가지였다. 천생은 뱀에 쏘인 사련이 마음에 걸려 발을 동동 굴렀다.

"형님, 형님도 쏘이셨지요? 어떡해요?"

사련은 팔의 붕대를 단단하게 조이면서 웃어 보였다.

"꼬마야, 난 괜찮아. 우리는 원래 계획대로 성에 들어가서 선월초를 찾을 거니까."

다른 상인 한 명이 재빨리 끼어들었다.

"그곳을 간다고? 그럼 우리는? 우리도 인력을 보태야 하는 것이오?"

사련이 대답했다.

"여러분은 됐어요. 반월국 옛터는 상당히 위험할 겁니다. 사람이 많으면 뜻밖의 사고도 늘어나게 돼요. 선월초를 찾으면

열두 시진 안에는 가져오겠습니다."

상인 몇 사람이 입을 모았다.

"그…… 그게 정말이오? 그래 주면 정말 고맙지……."

"어찌 이런 호의를……."

하지만 사련이 뒤이어 꺼낸 말에 사람들의 안색이 변했다.

"속히 반월국을 찾으려면 여러분의 도움이 필요합니다. 잠시 이 친구를 길잡이로 빌려주세요."

그가 빌려 달라고 한 사람은 당연히 아소였다. 방금까지 상인들의 얼굴이 감격과 기쁨으로 물들었다면, 지금 드러낸 표정은 대부분 망설임이었다. 사련도 잘 알았다. 그들은 자신이 길잡이를 데려가서 선월초를 찾고 도망치면 어쩌나 걱정하는 것이다. 설령 아소가 양심적으로 함께 도망치지 않고 돌아온다 해도 시간은 한참이나 지체될 터다. 하지만 '지날 때마다 절반이 실종'된다는 기괴한 땅에 가고 싶지는 않았던지라 다들 머리가 복잡했다.

사람이라면 누구나 당연히 가질 만한 생각이니, 이해할 수 있었다. 사련이 한마디를 덧붙였다.

"하지만 다른 무언가가 여러분들을 습격할지도 모릅니다. 그러니 부요, 네가 여기 남아서 이 사람들을 지켜 줘."

사람을 남겨 둔다는 말에 마침내 모두가 고개를 끄덕였다.

"그리하시오. 아소가 당신들을 따라가겠다면 말이지."

사련은 아소를 돌아보며 물었다.

"젊은 친구, 도와줄 수 있겠어? 싫다면 거절해도 돼."

아소가 고개를 끄덕이며 말했다.

"돕겠습니다. 하지만 사실 반월국 고성은 찾기 쉬워요. 이 방향을 따라가면 바로 도착합니다."

상인들과 작별 인사를 나눈 아소는 선두에 서서 길을 안내했다. 사련과 삼랑, 남풍은 그 뒤를 바짝 따랐다. 한참을 걸었을 무렵 사련이 입을 열었다.

"아소, 이 일대에는 갈미사가 자주 출몰해?"

"자주는 아닙니다. 저도 이번에 처음 봤습니다."

사련은 고개를 끄덕이고 더는 묻지 않았다. 사실 그는 반월국 근처에서도 한동안 머문 이력이 있었다. 하지만 갈미사를 본 것은 마찬가지로 이번이 처음이었다. 아소의 대답에 수상쩍은 구석은 없었다.

무언가를 눈치챈 남풍이 목소리를 낮추었다.

"아소를 의심하십니까?"

사련도 나지막한 목소리로 대답했다.

"어차피 벌써 데리고 나왔으니까, 잘 지켜보기만 하면 돼."

예전이었다면 먼저 말을 걸어 왔을 삼랑은 아까 그 일 때문인지 여전히 안색을 굳힌 채 한마디도 꺼내지 않았다. 무슨 영문인지 사련도 그에게 말을 걸지 못하고 발걸음만 내디뎠다.

네 사람은 끝없이 펼쳐진 사막을 반 시진 남짓 걸었다. 폭풍이 그친 지는 오래, 발목을 잡던 모래바람도 사라져 걸음에 속

도가 붙었다. 눈앞으로 펼쳐지는 모래와 바위틈에 힘겹게 목숨을 건진 잡초들이 자라 있었다. 해가 저물어 갈 무렵, 사련은 하늘가에 걸린 고성을 발견했다.

황토색 고성은 아득한 사막과 한데 뒤섞인 데다 무너진 성벽 구석구석이 모래에 파묻혀 눈에 잘 띄지 않았다. 그들은 가까이 다가가고 나서야 까마득한 성벽의 높이를 실감했다. 가장 높은 부분이 십여 장에 달하는 것을 보니 웅장했던 과거의 모습을 어렵지 않게 상상할 수 있었다.

네 사람은 바깥에 세워진 옹성을 가로지르며 정식으로 옛 반월국의 경계에 발을 들였다.

문을 지나자 널따란 대로가 펼쳐졌다. 이 지역의 다른 길처럼 넓고 텅 빈 대로 양쪽으로는 폭삭 내려앉은 담장과 허름한 집, 부서진 바위, 썩어 빠진 나무들만 즐비했다. 신신당부하는 습관이 몸에 밴 것일까, 아소가 입을 열었다.

"여러분, 모두 조심하세요. 함부로 돌아다니면 안 됩니다."

물론 이 세 사람에게는 이런 당부를 할 필요가 없었지만.

이 고성이 자신이 상상한 반월국과는 한참 거리가 멀었는지, 남풍이 의심스러운 얼굴로 말했다.

"이게 반월국이라고요? 뭐가 이리 작습니까. 성 하나만도 못합니다."

사련이 말했다.

"사막의 작은 나라는 녹주의 크기에 따라 국가의 크기가 결

정돼. 반월국은 전성기에도 인구가 만 명 정도에 불과했으니 실제로도 이만한 크기였겠지. 그래도 사람이 많았을 때는 꽤 괜찮았어. 한창 떠들썩했지."

남풍은 가만히 주변을 둘러보며 말했다.

"이런 나라라면 며칠 안으로 치고도 남겠는데요."

사련은 고개를 가로저었다.

"그건 절대 아니야. 남풍, 반월인을 얕보면 안 돼. 국민이 만 명 정도라고는 해도 군대는 항상 4천 이상을 유지했거든. 반월국 국민은 여인보다 사내가 많았는데, 노인과 병자와 경작하는 농민을 제외한 사내들은 대부분 군대에 들어갔어. 게다가 반월 병사들은 키가 9척이나 되는 데다 성정이 용맹하고 호전적이야. 가슴에 칼이 꽂혀도 낭아봉을 들고 돌진하니 공략하기가 까다롭지."

아소가 조금 의외라는 듯 사련을 흘긋 쳐다보았다.

"공자께선 아는 게 꽤 많으신 모양입니다."

사련이 웃는 얼굴로 너스레를 떨려는데 남풍이 다시 물었다.

"저 벽은 뭡니까?"

그가 가리킨 것은 멀찍이 떨어진 거대한 황토 건물이었다.

사실 건물이라고 부르기에는 다소 무리가 있었다. 엄밀히 말하면 높은 흙벽으로 사면을 둘러싼 물체에 지나지 않았고, 문도 지붕도 없었다. 흙으로 쌓아 올린 벽은 높이가 열 장이 훌쩍 넘었다. 꼭대기에는 장대 하나가 꽂혀 있었다. 깃발 같기도 한

정체를 알 수 없는 너덜너덜한 형체가 바람에 나부꼈다. 어쩐지 보는 사람의 마음을 섬찟하게 만드는 풍경이었다.

사련은 남풍의 손가락을 따라 뒤를 돌아보고 입을 열었다.

"저건 죄인의 구덩이야."

이름을 보니 좋은 물건 따위는 아닌 것 같았다. 미간을 찌푸린 남풍이 되물었다.

"죄인의 구덩이?"

잠시 침묵한 사련이 설명을 덧붙였다.

"감옥이라고 생각하면 돼. 죄를 지은 사람을 특별히 가두는 곳이야."

"문도 없는데 어떻게 가둡니까? 설마 위에서 그냥 내던지는 겁니까?"

사련이 대답을 고민하는 와중에 삼랑이 불쑥 끼어들었다.

"그냥 내던지지. 게다가 아래에는 독을 지닌 뱀이나 전갈, 굶주린 맹수들이 득실거리고."

드디어 삼랑이 입을 열자 사련은 내심 안도하면서 그를 쳐다보았다. 하지만 삼랑은 사련과 눈이 마주치자 시선을 옮겼다. 남풍이 욕을 퍼부었다.

"이딴 염병할 게 무슨 감옥이라고! 그건 그냥 고문이잖습니까. 악랄한 작자들 같으니! 반월인들은 미친 게 아니면 흉악한 근성이 몸에 뱄나 봅니다."

"전부는 아니야. 반월인 중에 꽤 귀여운 사람도 있어."

미간을 문지르며 대답한 사련이 불현듯 말을 멈추고 표정을 굳혔다.

"잠깐."

나머지 세 사람은 자리에 멈춰 섰다. 사련이 손을 들어 올렸다.

"구덩이 위에 있는 장대 말이야. 사람이 매달려 있지 않아?"

날이 저물어 어둑하게 땅거미가 깔린 데다 거리도 멀어 장대에 매달린 것을 제대로 분간하기 어려웠다. 그러나 조금씩 다가가면서 윤곽을 살펴보니, 왜소한 사람이 틀림없었다. 그는 새카만 누더기를 걸친 채, 죄인의 구덩이 위쪽에 매달려 낡은 인형처럼 바람에 속절없이 흔들리고 있었다.

삼랑이 입을 열었다.

"그러네."

아소는 허공에 매달린 사람을 마주하자 낯빛이 조금 창백해졌다. 침착한 그조차 견디기 힘들 정도로 처참하고 기괴한 광경이었다. 이때 삼랑이 고개를 살짝 틀고 나직하게 말했다.

"누가 있어."

삼랑뿐 아니라 사련도 몹시 가벼운 발소리를 들었다. 네 사람은 재빨리 흩어져 거리 양측으로 늘어선 폐가로 몸을 숨겼다. 사련과 삼랑은 같은 집으로, 남풍과 아소는 맞은편에 있는 집으로 숨어들었다. 이윽고 퇴락한 거리 끝에서 흰옷을 입은 도사가 모습을 드러냈다.

하늘거리는 흰 도포 차림으로 팔에 불진을 걸친 그녀는 거리

를 거닐며 사방을 두리번거렸다. 두 눈은 눈부시게 빛나고 있었다. 마치 오랜 세월 버려진 고성이 아니라, 자신이 편하게 산책할 수 있는 작은 후원에 있는 듯한 분위기였다. 그리고 멀지 않은 뒤편에서 검은 옷차림의 도사가 뒷짐을 지고 느릿하게 걷고 있었다.

이 검은 옷의 여인은 이목구비가 수려하고 냉담했다. 눈빛은 칼집에서 나온 비수 같았다. 긴 머리카락을 늘어뜨린 모습에서 한기가 배어 나오는 듯했다. 흰옷을 입은 도사를 뒤따르고 있었으나 전혀 누군가의 부하처럼 보이지는 않았다.

아까 낮에 버려진 객잔 밖에서 보았던 두 사람이었다.

당시 두 사람은 빠르게 스쳐 간 데다, 검은 옷을 입은 도사는 체격이 훤칠해 당시에는 남자인지 여자인지 알아보지 못했다. 사련은 이제야 두 사람 모두 여인이라는 사실을 확인했다. 이 흰옷은 아마 반월 국사일 것이다. 그렇다면 이 검은 옷은 또 누구인가?

반월 국사는 느긋하게 불진을 휘두르며 말했다.

"그 사람들 어디로 숨었을까? 잠깐 한눈판 사이에 없어졌어. 하나하나 찾아내서 죽여야 하나?"

사련은 속으로 중얼거렸다. 역시 성안으로 들어오자마자 감시당하고 있었구나.

뒤에서 다가온 검은 옷의 여인은 무표정하게 그녀를 지나치며 말했다.

"네 친구들을 불러서 대신 죽여 달라고 하든지."

그 '친구들'은 분명 살상력이 막강한 반월 병사를 가리키는 것이리라. 반월 국사는 웃으며 대답했다.

"하! 다른 사람은 별로야. 난 널 부르는 게 좋아. 어때, 기쁘지?"

검은 옷의 여인은 반월 국사의 체면을 조금도 봐주지 않고 냉랭하게 대꾸했다.

"네게 불려 와서 이런 일이나 하는데 퍽이나 기쁘겠군. 가기나 해."

반월 국사는 눈썹을 치켜세우면서도 걸음을 재촉했다. 대화를 듣자니 사이가 돈독한 오랜 친구 같았다.

이 두 사람은 결코 평범한 자들이 아니다. 검은 옷을 입은 여인 역시 보잘것없는 무명인은 아닐 터였다. 반월 국사와 친밀한 여인이 누가 있을까? 의문의 동문인가? 아니면 반월국에 여왕이나 여장군이 있었던 걸까?

사련은 빠르게 머리를 굴리는 한편 가만히 숨을 죽였다. 지금은 들키고 싶지 않았다. 이 반월 국사는 쉽게 흥분하는 성정처럼 보였다. 지금 들켜 버리면 대뜸 흥분해서는 9척 키에 낭아봉을 든 전설 속 반월 병사들을 불러올지도 몰랐고, 그렇게 되면 또 싸움에 휘말리게 될 터였다. 총 열두 시진. 여기서 한 시진이라도 허비하면 위험이 커진다. 하지만 사련은 무언가를 피하려 할수록 맞닥뜨리는 체질이었다. 사련이 숨어 있는 집 앞을 지나치던 검은 옷의 여인이 불현듯 걸음을 멈추더니 날카

로운 시선을 던졌다.

한참 앞서 나간 반월 국사는 그녀가 걸음을 멈추자 몸을 젖히며 물었다.

"이봐, 안 갈 거야?"

검은 옷의 여인이 입을 열었다.

"너, 뒤로 물러서."

"응."

반월 국사가 가볍게 대답하더니 순순히 뒤로 물러섰다. 검은 옷의 여인이 손을 쳐들려는 순간, 길 건너편에서 난데없는 굉음이 터졌다.

맞은편, 남풍과 아소가 숨어 있던 집이 무너져 내렸다. 그 집이 무너지자 좌우로 늘어선 집들도 덩달아 무너지면서 온 거리가 모래 먼지에 휩쓸렸다. 휘날리는 모래를 뚫고 나온 검은 그림자가 맹렬하게 화염을 날려 반월 국사를 습격했다. 검은 옷의 여인은 성큼 뒤돌아 반월 국사 앞을 가로막았다. 왼손으로는 여전히 뒷짐을 친 채, 그녀는 날아든 화염을 오른쪽 손바닥으로 움켜쥐더니 제자리로 날려 보냈다. 민첩하게 화염을 피한 검은 그림자는 흙먼지를 나부끼며 멀리까지 도약했다. 반월 국사가 곧장 뒤를 쫓았다. 검은 옷의 여인은 이쪽을 흘긋 쳐다보고는 뒤따라 걸음을 옮겼다.

전부 눈 깜짝할 사이에 일어난 일이었다. 사련이 속으로 외쳤다.

'잘했어, 남풍!'

거리 맞은편에 숨어든 남풍이 발각되기 직전인 사련을 보고 선제공격을 가해 적들의 주의를 끈 것이 분명했다. 홀로 뛰쳐나왔으니 아소는 여전히 집 안에 있을 터다. 사련은 세 사람이 사라진 것을 확실하게 확인한 뒤 삼랑을 이끌고 집을 빠져나왔다.

"아소, 살아 있지? 다친 곳은?"

뒤이어 무너져 내린 집 아래에서 울적한 목소리가 들려왔다.

"……괜찮습니다."

사련은 가슴을 쓸어내리며 말했다.

"무사해서 다행이다."

분명 남풍이라면 치밀한 기교로 집을 무너뜨려 아래에 공간을 남겨 주었겠지만, 아무래도 두 눈으로 직접 확인해야 안심할 수 있을 것 같았다. 사련은 한 손으로 썩은 대들보를 들어 올렸다. 이윽고 아소가 집 밑바닥에서 간신히 기어 나왔다. 먼지를 뒤집어쓴 그는 몸을 두어 번 털어 내고 담담한 표정을 되찾았다. 사련이 말했다.

"이제 우리 셋만 남았어. 남풍이 추격당하고 있으니 우리도 서둘러야 해. 아소, 선월초가 성안 어디쯤에 자라는지 알아?"

아소가 고개를 저었다.

"미안합니다. 저는 고성의 위치만 알지, 실제로 와 본 적은 없어서 선월초가 어디서 자라는지는 잘 모릅니다."

옆에 서 있던 삼랑이 말했다.

"선월초는 음지를 좋아한다고 들었어. 왜소하게 자라는 식물이고, 뿌리가 가늘고 잎은 큰 편이라 날카로운 복숭아 모양처럼 보인다던데. 높은 건물 근처에서 찾는 게 나을걸."

사련은 고민에 잠겼다.

"높은 건물?"

높은 건물. 한 나라에 황궁보다 더 크고 웅장하게 지어진 건물이 어디 있겠는가? 하물며 전설 속 황후는 연회가 끝난 뒤에 선월초 잎을 땄으니, 황궁에 선월초가 자랐다는 사실을 짐작할 수 있었다.

세 사람은 시야를 멀찍이 옮겼다. 예상대로 성 한복판에 벽돌과 나무로 세워진 궁궐이 보였다.

그 궁궐은 멀리서 보아도 자못 기세가 있었다. 가까이서 보니 허물어진 수준도 거리의 다른 가옥들보다는 조금 나았다. 대문을 지나자 널찍한 화원이 펼쳐졌다. 옛날에는 화원이 아니라 광장에 가까운 장소였을 것이다. 하지만 오랜 세월 버려진 지금은 온갖 식물에 뒤덮인 땅덩어리만 남아 있었다.

물론, 발밑에 밟히는 것은 모래가 아니라 흙이었다. 아마 마지막 남은 녹주의 자취일 것이다. 선월초는 이 오만 가지 식물 사이에 숨어 있을지도 몰랐다. 사련이 말했다.

"서둘러서 찾아보자. 주어진 시간은 열두 시진밖에 없어. 하지만 무슨 일이 있어도 갈미사는 조심해야 해."

아소의 대답에 뒤이어 삼랑도 응, 하고 가볍게 대답했다. 세

사람은 고개를 숙이고 선월초를 찾기 시작했다. 문득 사련은 반월 국사가 갈미사를 조종할 수 있다는 말을 떠올렸다. 그렇다면 그녀의 지반에 다다랐을 때 더 많은 갈미사가 나타났을 터다. 하지만 그들이 반월국 고성에 들어선 뒤로 갈미사는 한 마리도 보이지 않았다.

사련이 허리를 펴고 말을 꺼내려는 순간이었다. 불현듯 손끝에 둥그스름한 무언가가 만져졌다.

아래를 내려다보니, 그건 사람의 다리였다.

"와아아아아아악!"

손을 거둔 사련은 한동안 말문이 막혔다. 어쩐지 어둠 속에서 무언가를 발견하거나 만질 때마다 이렇게 섬뜩한 광경을 마주하는 것 같다. 게다가 사련은 매번 아무 소리도 내지 않는데 상대방이 먼저 소리를 지르기 시작한다. 사실 가장 무서워해야 할 사람은 사련 본인이 아니던가?

화원의 관목과 수풀은 길고 무성하게 자라 있었다. 사련은 이 풀숲에 몰래 숨어 있던 누군가의 종아리를 더듬은 것이다. 그 다리는 쏜살같이 떨어져 나갔다. 앞쪽의 수풀이 바스락 흔들리더니 누군가가 외쳤다.

"때리지 마세요! 형님, 저예요!"

사련은 수풀을 유심히 들여다보았다. 이건 참 꿈에도 생각지 못했던 일이었다. '때리지 말라'고 외친 사람은 짙은 눈썹에 큰 눈을 가진 소년, 천생이었다. 천생은 사련이 자신을 알아보자

안도의 한숨을 내쉬었다.

그러나 천생을 알아본 사련은 안도의 한숨을 내쉬기는커녕 한층 경계심을 곤두세웠다. 그는 팔을 들어 앞을 가로막으며 말했다.

"넌 다른 사람들과 남아서 부상자들을 돌보고 있는 거 아니었어? 왜 여기에 있지? 정말 천생 맞아?"

이런 상황에서 등장하다니, 오히려 다른 무언가가 천생으로 둔갑했을 확률이 높아 보였다. 천생이 허둥거리며 소리쳤다.

"저예요! 진짜 저 맞다니까요! 저 말고 숙부 세 분도 같이 왔어요! 저기 안에 계시니까 못 믿겠으면 직접 보세요!"

천생은 재빨리 궁궐 쪽을 가리켰다. 과연, 머지않아 부서진 대전 안에서 세 사람이 뛰쳐나왔다. 아까 그 대상에 소속된 상인들이었다. 사련을 본 그들은 잠시 얼빠진 얼굴을 하더니 금세 멋쩍은 표정을 지었다.

사련은 한숨을 내쉬며 겨우 몸을 일으키고는 흰 옷자락을 툭툭 털어 내며 말했다.

"어떻게 된 겁니까?"

그가 묻자 상인들은 무안한 기색으로 입을 다물었다. 한참 뒤 천생이 더듬거리며 말문을 열었다.

"형님들이 떠나고 얼마 안 돼서 정 아저씨의 독이 또 발작했어요. 발작이 너무 심한데…… 형님들은 언제 돌아올지 알 수가 있어야죠. 선월초를 찾지 못하거나 늦게 돌아올까 봐 걱정

도 됐고요. 아소 형이 길을 쭉 따라가면 반월국이 나온다고 했으니까, 여럿이 모이면 빨리 찾을 수 있을 것 같아서, 그래서 온 거예요……."

말은 장황했으나 결론은 아소를 보내 놓고 후회했다는 소리였다. 선월초를 찾아낸 사련 일행이 아소를 데리고 몰래 도망치면 어쩌나 불안한 마음에 따라나선 것이다. 사련은 충분히 짐작할 수 있었다. 부요는 이들을 말리지 못했다기보다는 아예 수수방관했을지도 모른다. 고집스레 충고를 외면하고 죽으러 가겠다는 사람을 무슨 수로 막겠는가.

사련은 기가 다 막혔다.

"담도 크십니다. 이 성안에서 뭔가 나올지도 모른다는 거, 다들 잘 아시잖아요. 무슨 일이 일어날지 모르는데 겁도 없이 찾아오셨습니까?"

생각해 보면, 천생도 사련 일행에 대한 불신을 드러내는 이런 행동이 못내 미안했던 모양이다. 방금 수풀 속에 엎드려 있을 때 입을 떼지 못했던 이유도 아마 겸연쩍어서였을 것이다.

"죄송해요. 사람 목숨이 달린 일이라, 급한 마음에 그만……."

별수 없는 일이었다. 보통 사람이라면 생사가 오가는 상황 앞에 신중해지는 것은 당연한 이치일 터였다. 게다가 남을 위해 약초를 구하려고 위험 속으로 뛰어들었으니 의리까지 지킨 셈이었다. 무어라 말하기 멋쩍어진 사련은 미간을 문지르며 말했다.

"들어오는 길에 아무것도 마주치지 않았다니, 정말 운이 좋았네. 그나저나 황궁에서 선월초를 찾아야 한다는 건 어떻게 알았어?"

천생이 머리를 긁적이며 대답했다.

"우리도 어디를 찾아야 할지 몰랐어요. 그래도 빨간 옷 형님이 들려준 옛날이야기에서 황후가 선월초를 땄다고 했잖아요? 황후는 마음대로 황궁을 나갈 수 없을 테니까, 황궁으로 가서 운에 맡기자고 생각했죠."

이걸 맞히다니 머리를 제법 잘 굴렸네. 사련이 그리 생각하고 있는데 한쪽에서 삼랑의 목소리가 들려왔다.

"찾았어."

뒤로 돌자 삼랑이 손을 바짝 들어 보였다. 손에 들고 있는 것은 뿌리가 조금 붙어 있는 청록색 잎사귀였다.

이 잎사귀는 크기가 겨우 아기 손바닥만 했다. 뿌리는 아주 가늘었고, 잎 꼬리는 뾰족한 복숭아 모양이었다. 구태여 아소에게 물어볼 필요도 없었다. 사련은 그게 전설 속의 선월초가 틀림없다고 직감했다. 하지만 삼랑은 사련이 무언가 말할 틈도 주지 않고 그의 다친 손을 붙잡았다.

갈미사에 쏘여 무서울 만큼 부어올랐던 손은 삼랑이 독을 빨아낸 뒤로, 독소는 사라지지 않았어도 붓기는 제법 가라앉은 상태였다. 삼랑은 그의 다친 손을 한 손으로 받쳐 들고 선월초를 든 다른 손을 그러쥐었다. 어떻게 힘을 가했는지는 보지 못

했지만, 다시 손을 펼쳤을 때 그 잎은 초록색 가루로 부스러진 뒤였다. 삼랑은 이 가루를 사련의 손등에 꼼꼼하게 펴 발랐다. 상처를 타고 서서히 번져 나가는 부드럽고 서늘한 기운이 느껴졌다.

"삼랑, 고마워."

삼랑은 대답이 없었다. 그는 사련에게 약초를 발라 주고 곧바로 손을 놓았다. 또 아까와 같은 무거운 기류가 흘렀다. 사련은 기분이 이상했지만 어떻게 입을 열어야 할지 알 수가 없었다. 무슨 말을 꺼내든 분위기가 나빠질 것 같았다. 물론 다른 사람들은 이런 미묘한 구석을 알아채지 못했다. 천생이 다급히 물었다.

"형님, 좀 좋아진 것 같으세요? 이 약초가 효과가 있어요?"

사련은 퍼뜩 정신을 차리고 대답했다.

"훨씬 좋아졌어. 제대로 찾은 것 같아."

그 말에 상인들이 흥분에 휩싸였다.

"어서, 계속 찾아보세."

얼마 지나지 않아 아소도 푸른 잎을 들어 올리며 말했다.

"이쪽에도 있습니다."

그 선월초 잎사귀는 아까 삼랑이 발견한 볼품없는 이파리보다 훨씬 큼직했다. 특유의 생김새도 제대로 맞아떨어졌다. 사람들은 그 선월초를 보고 벌 떼처럼 몰려가 연신 호들갑을 떨었다.

"여기에 잔뜩 몰려 있어!"

"정말 많군!"

"어서 많이 따 놓자고."

"많이 따면 돌아가서 팔아도 되려나?"

사람들은 약초를 따느라 정신이 없었다. 뒤돌아선 사련은 자신의 손등을 슬쩍 내려다보고는 적당히 할 말을 찾아 삼랑에게 물었다.

"상인들이 있는 곳 말이야. 아까 네가 찾았던 곳 같은데, 그때는 저런 선월초를 못 봤어?"

말을 마친 사련은 자신이 듣기에도 참 싱거운 질문이라는 생각이 들었다. 하지만 삼랑은 고개를 가로저으며 대답했다.

"저기 있는 풀은 쓰지 마."

사련이 의아한 표정을 지었다.

"왜?"

삼랑이 이유를 말하기도 전에 난데없는 비명이 울려 퍼졌다.

"비켜!"

얼떨떨해진 사람들이 움직임을 멈추고 웅성거렸다.

"누가 소리 지른 거야?"

"난 아닐세!"

"나도 아닌데……."

또다시 처량한 목소리가 들려왔다.

"비켜, 자네가 날 밟고 있잖아……."

사람들은 그제야 깨달았다. —이 소리는, 놀랍게도 발밑에서 들려오고 있었다!

옹기종기 모여 선월초를 따던 상인들이 순식간에 흩어졌다. 예전부터 사련은 이런 상황을 짊어지는 데 익숙했다. 남들이 뒷걸음질할 때 먼저 나서는 식이었다. 그는 비명이 들려온 곳으로 걸어가 무성한 수풀을 느릿하게 헤집었다. 이내 사람들은 그 자리에서 숨이 얼어붙었다.

수풀 아래 흙 속에 남자의 얼굴 하나가 묻혀 있었다.

멀쩡하게 살아 있는 사람이 얼굴만 드러낸 채로 땅에 파묻혀 있었다!

참으로 기괴하기 그지없는 광경이었다. 겁을 집어먹은 상인들은 서로 부둥켜안고 소리를 질러 댔다. 사련은 이번에도 능숙하게 사람들을 안심시켰다.

"침착하세요. 다들 진정해요. 얼굴일 뿐이잖습니까. 그리 대단한 것도 아니에요. 다들 얼굴 하나씩은 달고 있잖아요, 안 그래요?"

그 얼굴이 너털웃음을 터트리며 말했다.

"나 때문에 놀랐나? 거참…… 나도 항상 내 모습에 놀란다니까."

사련은 반쯤 쪼그리고 앉아 땅에 묻힌 얼굴을 자세히 들여다보았다.

이 남자의 얼굴은 무표정일 때는 아주 납작했고 웃음을 띠면 자글자글한 주름이 잡혔다. 노인인지 청년인지는 물론이요, 생

김새가 추한지 준수한지도 확실히 판단할 수 없었다. 잠시간 살펴보아도 얼굴의 정체를 알아낼 수 없자, 사련은 할 수 없이 직설적으로 물었다.

"당신은 누굽니까?"

땅에 파묻힌 얼굴이 되물었다.

"그러는 자네들은 누군데?"

"지나가던 대상입니다."

사련의 대답에 그 얼굴이 한숨을 푹 내쉬었다.

"에휴, 지나가던 대상이라. 나도 한때는 지나가던 대상이었다네. 벌써 오륙십 년 전 일이지만."

그의 대답에 이 광경이 한층 기괴하게 느껴졌다.

버려진 고성의 땅에 파묻힌 지 육십 년이나 되었다니. 이게 사람이 맞을까?

상인 한 명이 벌벌 떨면서 물었다.

"그…… 그럼 어르신께선…… 어쩌다 여기에 오신…… 겁니까?"

흙에 파묻힌 얼굴은 기침을 몇 번 하고는 인상을 찌푸리며 말했다.

"나는…… 반월 병사들에게 잡혀 왔네. 실수로 성안에 들어왔다가 붙잡혔어. 그자들은 나를 흙 속에 파묻고 이 선월초의 거름으로 만들었지……."

알고 보니 이 선월초는 산 사람을 거름 삼아 자라난 것이었다. 그러니 이토록 커질 만도 했다.

상인들은 들고 있던 선월초 무더기를 냉큼 땅에 내던졌다. 방금까지 시체를 잡고 있던 것이나 다름없이 느껴졌다. 사련은 저도 모르게 제 손등을 내려다보았다. 그러자 삼랑이 말했다.

"그 약초는 괜찮아."

아까 이 근처를 뒤진 삼랑이 큼지막한 선월초를 따지 못한 이유가 따로 있었다. 흙에 묻힌 얼굴을 보고, 이 약초들이 인간을 거름 삼아 자라난 것임을 눈치챈 것이다. 그래서 이 약초를 외면하고 외진 곳에서 깨끗하고 정상적으로 자란 것을 찾아내 사련에게 발라 준 것이다.

"삼랑, 신경 써 줘서 정말 고마워."

삼랑은 고개를 저었다. 여전히 어둡게 가라앉은 얼굴이었다.

반월국 고성에 들어서기 전, 사련이 갈미사에 쏘인 뒤로 줄곧 이런 태도였다. 지난 며칠 함께 지내면서 말끝마다 따라붙던 '형' 소리는 이제 들리지도 않았다. 아까 독을 빨아내고 약을 발라 준 것을 제외하면 가능한 한 몸이 닿지 않도록 피하고 있는 것 같았다. 사련은 정말이지 의아했다. 이게 대체 무슨 태도인지 전혀 짐작이 가지 않았다. 조금은 불안한 마음도 들었다.

이때 흙에 파묻힌 얼굴이 다시 입을 열었다.

"오랫동안이나 산 사람을 보지 못해서 말인데, 다들…… 다들 내가 잘 볼 수 있게 가까이 올 수는 없겠나?"

사람들은 서로를 빤히 쳐다보았다. 다들 저 얼굴의 말을 듣지 않는 편이 좋겠다고 생각한 참이었다. 한참이나 반응이 없

자 흙에 묻힌 얼굴이 중얼거렸다.

"뭐야, 오기 싫은 건가? 거참…… 아쉽구먼……."

사련이 그 얼굴을 돌아보며 물었다.

"아쉽다니요?"

흙에 묻힌 얼굴이 대답했다.

"자네들이 들어왔을 때부터 아주 신경 쓰이는 일이 있었거든. 그래서 내 눈으로 직접 확인한 다음에 알려 주려고 했지. 그러니까 다들 가까이 와서 얼굴 좀 내밀어 보게. 한 사람씩 꼼꼼하게 살펴보고 싶으니까."

"뭐를 말입니까?"

흙에 묻힌 얼굴은 괴이쩍게 웃으며 말했다.

"내 말 듣고 놀라지 말게……. 자네들 중에, 내가 오십 년 전에 봤던 사람이 있어."

그 말이 나오자 모두의 등에 솜털이 바짝 곤두섰다.

이 얼굴이 오십 년 전에 본 사람이라면 지금은 적어도 예순이 넘었을 것이다. 하지만 이 상인들은 최고 연장자도 결코 사십은 넘어 보이지 않았다. 그러니 이게 말이 되는 소리인가?

그 사람이…… '사람'이 아니라면 말이 되지만.

아소부터 천생까지, 사련의 눈빛이 모든 사람을 차례차례 훑고 지나갔다. 조금 놀란 얼굴과 겁먹은 얼굴, 반신반의하는 얼굴에 눈만 휘둥그레 뜬 얼굴. 전부 더할 나위 없이 정상적인 반응이었다. 구태여 말하자면 아무런 반응도 없는 삼랑이 비정상

이었다. 하지만 이 소년에게 있어선 무반응이야말로 정상적인 반응일지도 몰랐다.

사련은 다시 흙에 묻힌 얼굴을 바라보았다.

"그게 누굽니까?"

흙에 파묻힌 얼굴이 얼굴 근육을 실룩거리며 기괴하기 짝이 없는 웃음을 지었다. 어떻게든 믿음직하게 보이려고 애쓰는 모양새였으나 가슴속에서 새어 나오는 간사한 웃음은 감출 길이 없었다. 그 얼굴이 의미심장한 투로 말했다.

"조금…… 조금만 더 가까이 오면 알려 주지."

아까 처음 들었을 때만 해도 사련은 그의 말을 거의 믿고 있었다. 하지만 이 한마디를 듣자 믿음이 절반으로 줄어들었다.

이 괴물이 사람을 가까이 유인해서 급습할지 누가 알겠는가?

사련은 당연히 그 말을 듣지 않고 자리에서 일어나 물러섰다. 흙에 파묻힌 얼굴이 다급히 외쳤다.

"다들 정말 그 사람이 누군지 알고 싶지 않은 게냐? 그자가 너희 모두를 죽일 거라고! 우리를 죽였던 것처럼!"

天官賜福

천관사복 1

1판 1쇄 발행 2022년 6월 10일
1판 6쇄 발행 2024년 4월 12일
지은이 묵향동후 **옮긴이** 고고
펴낸이 최원영
본부장 장혜경 **편집장** 김승신 **책임편집** 원서은
본문조판 양우연 **국제업무** 박진해 전은지 남궁명일 **마케팅** 김민원 조은걸
펴낸곳 (주)디앤씨미디어 **출판등록** 2002년 4월 25일 제20-260호
주소 서울시 구로구 디지털로 32길 30, 코오롱디지털타워빌란트 1301-1308호
전화번호 02.333.2513
B-Lab 공식 트위터 twitter.com/B_lab_BL/

ISBN 979-11-278-6454-5 04820
ISBN 979-11-278-6453-8 (세트)

정가 15,000원